BONO MALUM SUPERATE

보노 말룸 수페라테

Overcome evil with good

선으로 악을 이겨라

DUM VITA EST, SPES EST

둠 비타 에스트, 스페스 에스트

While there's life, there's hope

생명이 있는 한 희망이 있다

NEMO SINE VITIO EST

네모 시네 비티오 에스트

No one is without fault

결점 없는 사람은 아무도 없다

VOX POPULI VOX DEI
폭스 포풀리 폭스 데이

The voice of the people is the voice of the God
민중의 소리는 신의 소리

영어두면 잘난 척하기 딱 좋은

신화와 성서에서 유래한
영어표현사전

A Dictionary of Mythology & The Bible Metaphor

A Perfect Book For Humblebrag

알아두면 잘난 척하기 딱 좋은

신화와 성서에서 유해한

영어표현사전

개정판 1쇄 인쇄 2024년 12월 03일
개정판 1쇄 발행 2024년 12월 10일

저 자	김대웅
펴낸이	이춘원
펴낸곳	노마드
기 획	강영길
편 집	이경미
디자인	디자인오투
마케팅	강영길

주 소	경기도 고양시 일산동구 무궁화로120번길 40-14 (정발산동)
전 화	(031) 911-8017
팩 스	(031) 911-8018
이메일	bookvillagekr@hanmail.net
등록일	2005년 4월 20일
등록번호	제2005-29호

ISBN 979-11-86288-89-4 (03840)

알아두면 잘난 척하기 딱 좋은

신화와 성서에서 유래한
영어표현사전

A Dictionary of Mythology & The Bible Metaphor

A Perfect Book For Humblebrag

김 대 웅 지음

노마드

고대 그리스인들은 신들의 이야기나 영웅전설, 그 밖의 내용이 담긴 이야기를 미토스(mythos)라고 했다. 미토스는 그리스어로 '이야기'라는 뜻으로, 신들에 관한 것뿐만 아니라 인간과 자연과 문화 일반에 걸쳐 사람들이 이야기하고 또 믿고 있던 것들 모두를 담고 있다.

그러한 이야기 속에는 시사나 암시가 들어 있다. 신들이나 초자연적 요소가 모두 사실은 아니더라도 고대 그리스인들은 이 모든 것들을 특유의 미화(美化) 과정을 거쳐 인간화했다. 이것이 바로 '신화'가 된 것이다.

이처럼 신화란 세상의 모든 사물들의 뿌리나 건국 시조들의 근본 내력에 관한 성스럽고 신비로운 이야기이다. 우주와 자연 그리고 인간과 사회가 어떻게 만들어졌는지, 즉 '창조(creation)'에 관한 이야기이다. 특히 그리스·로마 신화는 서양의 문학과 예술뿐만 아니라 과학기술과 의학에 이르기까지 거의 모든 영역에 뿌리를 내리게 되었다. 그렇기 때문에 우리가 서양의 문화를 접할 때 그리스·로마 신화를 이해하지 못하면 그저 수박 겉핥기에 지나지 않을 것이다.

이 책의 제1부는 그리스·로마 신화 중에서 반드시 짚고 넘어가야 할 주요 신들의 이야기를 모아, 거기서 유래한 영어 단어들을 다루었다. 비록 옛날 옛적의 이야기이지만 3000년이 지난 지금까지도 살아남아 있는 이 이야기들이 과연 어떤 모습으로 현재 우리의 일상생활에 스며들어 있는지를 이 책은 상세히 보여준다.

제2부는 서양 문화의 또 다른 축을 이루고 있는 성서에서 유래한 영어 표현들을 실었다. 우리가 자주 쓰고 있지만 그 뜻이 정확히 무엇인지 몰랐던 내용을 상세히 설명하였다.

단적으로 말해 서구의 문화는 그리스 로마의 사상인 헬레니즘(Hellenism)과 그리스도교 사상인 헤브라이즘(Hebraism)의 토대 위에서 생겨나고 발전해왔다고 할 수 있다. 이 두 흐름은 서로 화합하기도 하고 때론 대립하기도 하면서 서구 사회에 문화를 꽃피워왔고 서양 사람들의 생활을 지배해왔다. 제1부에서 헬레니즘의 원류인 신화에서 유래한 영어들을, 제2부에서 헤브라이즘의 텍스트 격인 성서에서 유래한 관용구와 비유들을 소개한 것도 이 같은 맥락에서이다.

아무튼 신화와 성서에서 유래한 영어 표현들은 독자 여러분들이 서양 사람들의 생활양식과 사고방식을 이해하는 데 큰 도움이 될 것이다. 끝으로 이 자리를 빌려 꼼꼼하게 교정을 봐준 지연희 씨에게 고마운 마음을 전하고 싶다.

제2부 '성서에서 유래한 영어 표현'에서 인용한 우리말 성서는 가톨릭 《성경》을, 영어 성서는 NAB(New American Bible)를 텍스트로 삼았다.

김대웅

(2부) 성서에서 유래한 영어표현

2장 ◐ 신약성서 편 ——————————— 222

그리스·로마 신화에서 유래한 영어표현

1장  제우스 이전의 신들

카오스와 코스모스

그리스인들은 우주가 태초에는 무질서한 혼합물로 구성되어 있을 것이라고 상상했다. 그래서 이것을 '입을 벌린 구멍'이라는 뜻의 chaos(혼돈, 무질서)라고 불렀다. chasm(공백=blank, 빈틈·간격=gap)의 어원도 chaos이다. 여기서 유래한 '카오스 이론(chaos theory)'이란 겉으로 보기에는 불안정하고 불규칙적으로 보이면서도 나름대로 질서와 규칙성을 지니고 있는 현상들을 설명하려는 것으로, 자연의 무질서나 혼돈현상을 그대로 두지 않고 그 속에서 질서와 규칙을 찾아내 이를 해석하려는 사고의 대전환 이론이다.

카오스 이론을 소개하면서 가장 많이 등장하는 것은 '나비효과(butterfly effect)'이다. 이것은 1963년 미국의 기상학자이자 수학자인 에드워드 로렌츠(Edward Lorenz)가 기상현상을 이해하기 위한 연구 과정에서 처음 발견했는데, 브라질 상공에서 나비 한 마리가 펄럭인 영향이 몇 개월 뒤 텍사스에서 토네이도를 가져올 수 있다는 것이다. 즉 초기 조건의 미세한 차이가 증폭되어 결과는 엄청난 변화를 가져올 수 있다는 이 원리는 후에 카오스 이

에드워드 로렌츠와 '나비효과' 이론에 관한 메모

론의 토대가 되었다.

지금부터 약 500년 전 벨기에의 화학자 헬몬트(Jan Baptista van Helmont)가 석탄에서 발생하는 증기를 발견하고 그 명칭을 chaos에서 따왔다. 즉 chaos에서 o를 생략하고 ch를 g로 바꾸어 gas라 이름 붙인 것이다. 원유에서 정제된 자동차 연료인 액체에서 기체로 바뀌는 휘발유(揮發油)도 gasoline이라고 하며, 줄여서 그냥 gas라고도 한다. 그래서 미국에서는 주유소를 gas station이라고 한다.

이후 카오스에서 형태가 갖춰진 물체 kosmos(코스모스)가 창조되었는데, 그리스어로 '질서(order)' '조화(harmony)' '정연한 배열(arrangement)'을 뜻한다. 라틴어로는 cosmos로 표기하며(라틴어에는 k가 없기 때문에 c를 대신 쓴다), 영어로도 cosmos라고 표기한다. 오늘날에는 우주(universe)를 cosmos라고도 부른다. 형용사 cosmic은 '우주처럼 넓고 무게 있는'이라는 뜻이 있어 cosmopolitan은 '자신을 세계 전체의 일부로 보는 사람', cosmopolitanism은 '사해동포주의(四海同胞主義)'를 뜻하며, cosmic rays(우주선, 宇宙線)와 cosmonaut(astronaut; 우주비행사)라는 단어에도 쓰인다.

Cosmos는 얼굴을 정연하게 배열해주는 도구들, 즉 파우더·크림·립스틱·마스카라 등을 가리키는 cosmetic(화장품)이라는 단어를 탄생시켰다. 여자들이 화장하는 모습을 보면 마치 카오스에서 코스모스를 창조해내기 위해 혼신을 다하는 것처럼 보이니 아주 그럴듯한 표현이라 할 수 있다.

카오스에서 탄생한 가이아와 우라노스

그리스 신화를 보면 카오스에서 탄생한 최초의 존재는 인간이 아닌 신

가이아(Gaia; 라틴어로는 Gaea)와 우라노스(Ouranos; 라틴어로는 Uranus)이다. 여기서 gaia는 그리스어로 '대지'를 뜻하고, ouranos는 '하늘'을 뜻한다. 그리스인들은 대지를 여성으로 인식하여 가이아는 '대지의 여신(地母神)'으로 간주했으며, 우라노스(로마 신화의 카일루스Caelus)는 그에 대응하여 '하늘의 신'으로 여겼던 것이다.

Geography(땅에 대한 설명, 지리, 지리학), geology(땅에 대한 학문, 지질학), geometry(땅에 대한 측정, 기하학) 등 geo로 시작하는 단어들은 바로 이 고대의 여신에서 유래한 단어들이다. 지구가 우주의 중심이고 태양과 달과 행성은 지구 주위를 공전한다는 프톨레마이오스의 이론은 geocentric theory(지구중심설, 천동설)라 하며, 지표면이나 지구 내부의 물리적 과정, 열이나 자성 또는 해류나 대기의 움직임 등을 연구하는 학문은 geophysics(지구물리학)라고 한다.

로마 신화에서는 Terra 또는 Tellus가 '대지의 여신'으로 가이아와 동일시했다. 이 여신은 terra(땅, 토지, 대지), terrain(영역, 분야), territory(영토, 영지)라는 단어에 자신의 흔적을 남겼다. 그리고 형용사 terrestrial(지구상의, 세속적인↔celestial; 하늘의, 거룩한, 옛날 중국의)에 라틴어 접두사 extra(외부)가 붙으면 '외계인' '외계에서 온 생명체'를 뜻한다.

우라노스에서 유래한 단어 uranography는 천체의 별자리를 설명하는 것을 말하며, uranology(astronomy)는 천문학을 말한다. 특히 1781년 독일계 영국인 천문학자 윌리엄 허셜(Sir Frederick William Herschel)은 새로운 행성을 발견해 Uranos(천왕성)라고 이름 붙였다.

이어 1789년에는 화학자 마르틴 하인리히

윌리엄 허셜

클라프로트(Martin Heinrich Klaproth)가 새로운 금속을 발견해 uranium(우라늄; 방사성 원소)이라고 불렀다. 이 우라늄은 1945년 일본의 나가사키와 히로시마에 투하된 원자폭탄으로 무척 유명해졌는데, 가장 오래된 그리스 신이 가장 치명적 살상 무기와 관련된 이름으로 지금까지 살아남게 되었다.

외눈박이 거인족 키클롭스

우라노스와 가이아의 자식들은 엄청난 체구와 강력한 힘을 가진 무서운 존재였다. 이들을 Gigantes(기간테스, 거인족)라고 불렀는데 영어로는 giants(자이언츠)라고 한다. 이 거인족으로부터 '거대한'이라는 뜻의 gigantic이라는 단어가 파생되었다. '무수한'이라는 뜻의 접두사 giga는 byte에 붙어 '10억 바이트(gigabyte)'라는 정보단위가 되었다. 이와 반대인 nano는 '10억분의 1'을 가리킨다.

파괴적인 힘을 가진 거인족들 중 키클롭스들(Cyclopes, 단수형은 Cyclops)은 그리스어로 Cycl(cycle; 원, 고리, 순환)과 Op(optical; 눈, 시력, 광학)의 합성어이다. 즉 '둥근 눈'이라는 뜻인데, 이마 한가운데에 커다란 눈이 달려 있는 외눈박이들이었다. 우라노스와 가이아 사이에서 태어난 이들은 '브론테스' '스테로페스' '아르게스'라 불리는 삼형제였는데, 각각 '천둥(thunder)' '번개(lightning)' '벼락(thunderbolt)'을 뜻한다. 이들은 화산 속에서 주물을 담당하는 대장장이였다. 그래서 고대 그리스인들은 화산에서 가끔씩 우르르 하는 이상한 소리가 들리면 바로 이들의 소행으로 여겼다.

또 이들은 뛰어난 손재주를 지니고 있어 제우스에게는 번개(Astrape)를, 포세이돈에게는 삼지창(Triana)을, 하데스에게는 마법의 황금 투구(Kynee)

를 만들어주기도 했다. 나중에 티타노마키아 (Titanomachia) 전쟁에서 올림포스(Olympos) 신족들은 이 무기들을 이용해 거인족들에게 승리를 거둘 수 있었다.

요한 티슈바인의 〈키클롭스〉(1802)

이 밖에 키클롭스들은 그리스 초창기에 가장 강력했던 두 도시 미케네와 티린스의 성곽을 건설한 것으로 알려졌다. 그리스인들은 어떻게 엄청나게 큰 바윗덩어리들을 그토록 잘 짜 맞출 수 있었는지 의아해했다. 한참을 고민한 끝에 그런 성곽을 쌓을 수 있는 족속은 오로지 키클롭스들 같은 거인뿐이라고 결론지었다. 그래서 흙 반죽이 아닌 거대한 돌덩어리로만 건설된 성벽을 cyclopean wall이라고 부른다.

엄청난 양의 지식이 담긴 백과사전(cyclopedia; encyclopedia), 회오리바람이나 인도양의 열대성 저기압 cyclone, 자전거나 순환·주기라는 뜻의 cycle도 모두 키클롭스에서 나온 단어들이다.

불길한 이름 타이태닉

우라노스와 가이아의 거인 자손들 가운데 가장 중요한 존재는 바로 티탄족이다. 그리스인들은 그들을 엄청난 체구의 거인들로 생각했기 때문에 titan은 giant와 동일한 뜻을 갖게 되었으며, gigantic이라고 묘사할 수 있는 것은 대부분 titanic으로 바꿔 쓸 수 있다.

1911년에 당시로서는 굉장히 큰 초호화판 여객선이 건조되었는데, '타이태닉(Titanic)'이라고 이름 붙였다. 1912년 4월 10일 영국의 사우샘프턴 항

영국의 사우샘프턴 항구에 정박해 있는 타이태닉호

구를 떠나 뉴욕으로 첫 항해에 나선 이 배는 4월 14일 북대서양 뉴펀들랜드 남쪽 해역에서 빙하에 부딪혀 3시간 만에 가라앉고 말았다. 2223명의 탑승객 가운데 1517명이 익사했던 그날의 참사는 유사 이래 가장 큰 선박 사고로 기록되었다.

만약 배의 소유주들이 신화에 대해 조금만 알고 있었더라면 그토록 허영심 가득한 이름은 피했을 것이다. 신화 속에 나오는 티탄족들은 모두 '파괴적 행위'를 담당했기 때문에 이 이름을 사용하는 것이 아주 불길한 징조라는 것을 몰랐던 것이다.

1789년 영국의 목사이자 지질학자인 윌리엄 그레거(William Gregor)는 새로운 금속을 발견했는데, 이 금속은 독일의 화학자 마르틴 하인리히 클라프로트의 제안에 따라 titanium(티타늄)으로 명명됐다. 우연의 일치겠지만 티타늄은 원래 불순물과 섞여 있으면 잘 부서져 그리 쓸모가 없는 금속이다. 하지만 화학자들이 티타늄을 아주 순수한 상태로 만드는 데 성공하면서 매우 단단한 금속이 되었다. 따라서 티타늄은 그 '엄청난(titanic)' 강도에 걸맞은 이름이라 할 수 있다.

이 밖에 The weary titan(기진맥진한 타이탄)은 영국이나 구(舊)소련처럼 '전성기가 지나 기세가 꺾인 대국'을 가리킨다.

아버지를 죽인 농경의 신 크로노스

티탄족 가운데 가장 강력한 존재는 막내인 크로노스(Cronos)였다. 가이아가 키클롭스와 헤카톤케이르(Hecatoncheir, 복수형은 헤카톤케이레스 Hecatoncheires)라는 끔찍하고 괴상하게 생긴 티탄들을 낳자 우라노스는 이들을 타르타로스에 가둬버렸다.

이때부터 우라노스와 가이아의 사이가 벌어지고, 어머니인 가이아는 아들 크로노스에게 '스퀴테(Schythe)'라는 거대한 낫을 건네주며 우라노스를 죽이도록 사주했다. 최초의 철기 문화를 가졌던 스키타이족(Scythian)이라는 이름도 바로 이 낫에서 유래되었다. 그리고 a sweep of a scythe는 '큰 낫으로 한 번 후려 베기'라는 뜻이다.

Cronos라는 단어는 그리스어가 아니라 선주민의 언어이지만 그리스어 chronos(시간)와 어원이 같을 것이라고 생각하기 쉽다. 그 때문에 사람들은 크로노스를 '시간의 신'으로 여기기도 하는데 전혀 관련이 없다. 하지만 '자식을 낳는 족족 모두 잡아먹는' 크로노스의 행위와 '모든 시작을 말끔히 없애버리는' 시간의 의미를 동일시하여 그를 '시간의 신'으로 여기는 사람들도 있다. 여기서 유래한 단어로는 chronology(연표, 연대기), chronometer(정밀시계), chronograph(스톱워치), chronic(만성의, 오래가는) 등이 있다.

아마도 그리스인들이 정착하기 이전에 살던 주민들에게 크노로스는 '농경의 신'이었을 것이다. 아버지 우라노스를 살해할 때 썼던 스퀴테는 곡

스퀴테로 우라노스를 거세하는 크로노스

식을 수확하기 위한 도구였기 때문이다. 그래서 로마인들은 사투르누스 (Saturnus)라고 불리는 '농경의 신'을 크로노스와 동일시했다. 그들은 12월 17일부터 23일까지의 일주일을 축제기간(saturnalia)으로 정해서 사투르누스를 기리며 즐겁게 보냈다. 하지만 이 기간 중에 지나친 방종과 과음이 만연하는 바람에 결국 saturnalia는 '야단법석'이나 '방종과 과음이 판치는 파티'라는 뜻으로 변질되었다.

망원경이 없었던 당시에는 그리스인들에게 알려진 행성 중 여섯 번째 행성인 토성(土星)이 지구로부터 가장 멀리 떨어져 있었고 운행이 느려 늙은 신인 크로노스를 토성과 관련지어 생각했다. 로마인들은 이 행성을 Saturn(새턴)으로 명명했고 지금까지 사용하고 있다. 여섯 번째 날인 토(土)요일도 Saturday이므로 농경이나 흙과의 연관성을 잘 보여주고 있다.

토성의 영향을 받고 태어난 아이를 'saturnine baby'라 하는데, 이 낱말에는 토성이 무거운 납의 성질과 연결되어 있기 때문에 '무뚝뚝한(blunt)' '음울한(gloomy)'이라는 뜻이 있으며, saturnine[lead] poisoning도 '납중독'이라는 뜻이다.

티타노마키아와 기간토마키아

신들의 왕이 된 크로노스는 자녀들 중에 자신을 죽일 신이 나타난다는 신탁(神託)을 가이아로부터 들었다. 그래서 크로노스는 아내인 레아(Rhea; 로마 신화의 케벨레)가 낳은 자식들을 낳자마자 바로 삼켜버렸다. 레아는 자식들을 낳자마자 모두 잃자 가이아의 조언

아말테이아와 코르누코피아

대로 막내인 제우스를 낳은 후 제우스 대신 돌멩이를 강보에 싸서 크로노스에게 주었다. 가까스로 살아남은 제우스는 크레타섬의 이데산에 있는 동굴에 숨겨져 님프(또는 염소) 아말테이아(Amaltheia)가 주는 염소 젖과 멜리사('꿀벌 요정 멜리사' 항목 참조)가 주는 벌꿀을 먹고 자랐다.

이 염소의 뿔에는 신들이 마시는 음료 넥타르(nectar)와 신들의 음식인 암브로시아(ambrosia)가 가득 차 있었는데, 바라는 것은 무엇이든지 이루어지게 하는 힘이 있었기 때문에 '코르누코피아(cornucopia)'라고 불렀다.

티타노마키아_ 티탄 신과 올림포스 신의 전쟁

성인이 된 제우스는 어머니 레아의 도움으로 속임수를 써서 하늘나라로 올라가 크로노스의 음료수 시중을 들게 되었다. 아버지 크로노스로부터 우주의 지배권을 빼앗기로 작정한 그는 지혜의 여신 메티스에게서 약을 얻어 크로노스에게 먹였다. 약을 먹은 크로노스는 삼켰던 자식들을 토해냈고, 제우스는 이 형제들을 모아 크로노스가 거느리는 티탄족과 전쟁을 벌였다. 이를 티타노마키아(Titanomachia)라고 한다. 이때 프로메테우스

(Prometheus)와 레아는 비록 티탄족이었지만 제우스의 편을 들었다.

전쟁은 거의 10년 동안 계속되었고 여간해서는 끝날 것 같지 않았다. 이 때 제우스는 가이아의 조언을 받아들여 타르타로스에 갇혀 있는 키클롭스들과 헤카톤케이르들을 구해내 자기편으로 끌어들였다.

외눈박이 괴물인 키클롭스들은 대장장이들인지라 올림포스 신들에게 무기를 만들어 주었는데, 제우스에게는 번개인 아스트로페(Astrope), 포세이돈에게 삼지창인 트리아이나(Triaina), 하데스에게는 머리에 쓰면 보이지 않는 투구 키네에(Kynee)를 선물했다. 어깨에 50개의 머리가 달리고 100개의 손을 가진 헤카톤케이르들은 '백수거신(百手巨神, Hundred-handed Ones)'이라고도 한다. 이들은 '100'이라는 뜻의 헤카톤과 '손'이라는 뜻의 케이르의 합성어로 코토스(Cottos), 브리아레오스(Briareos), 기에스(Gyes) 삼형제였다. 키클롭스들과 헤카톤케이르들의 도움을 받은 제우스 형제들은 마침내 티탄 신들을 물리치고 그들을 타르타로스에 가뒀다. 전쟁이 끝난 후 키클롭스들은 제우스의 곁에서 제우스를 도왔고, 헤카톤케이르들은 타르타로스로 내려가 지하 감옥을 지키게 되었다.

기간토마키아_ 올림포스 신과 기간테스의 전쟁

제우스가 자신의 아버지인 크로노스와 그의 형제들인 티탄들과의 전쟁에서 승리하여 지배하게 된 세계는 더 이상 카오스(chaos), 즉 혼돈의 세계가 아니었다. 하늘과 땅, 강과 바다가 모두 제자리를 잡은 안정된 세계, 즉 코스모스(cosmos)였다. 하지만 우주의 지배권을 확실히 하기 위해서 제우스에게 아직 넘어야 할 고비가 남아 있었다. 제우스가 티탄들을 타르타로스에 가두자 할머니 가이아는 몹시 불쾌했다. 비록 크로노스의 만행이 괘씸하여 제우스를 도왔지만 제 자식들이 영원히 지하에 갇히는 것은 원치 않았다.

그래서 가이아는 우라노스의 성기에
서 흘린 피가 대지에 흘러들어 생겨난
또 다른 거인 자식들, 즉 기가스(Gigas;
'가이아의 자식'이란 뜻으로 복수형은 기간
테스Gigantes. 대개 20명에서 100명이며 에
우리메돈*Eurymedon*이 왕이라고 전해진다)
들을 동원하여 제우스의 형제들과 전쟁

아르테미스와 싸우는 기간테스

을 벌였다. 이것이 바로 기간토마키아(Gigantomachia)이다.

거인족 기간테스는 대개 상반신은 인간이고 하반신은 두 마리 뱀의 형
상을 하고 있다. 이들은 불사의 몸은 아니었지만, 힘이 엄청나 산을 들어올
릴 수 있고 키가 커서 일어서면 머리가 하늘에 닿고 깊은 바다에 들어서도
겨우 허리가 잠길 뿐이었다.

하지만 제우스는 기간테스가 신에 의해 멸망하지 않고 반드시 인간
의 영웅이 물리쳐야 한다는 예언을 알고 있었기 때문에 자신과 알크메네
(Alcmene)의 사이에서 태어난 헤라클레스(Hercules)를 전쟁에 끌어들였고, 승
리의 여신 니케도 이들의 편에 섰다. 한편 가이아는 기간테스에게 불사(不
死)의 생명을 줄 약초를 찾아 나섰다. 이를 알아차린 제우스는 태양의 신 헬
리오스와 달의 여신 셀레네, 새벽의 여신 에오스에게 자신이 약초를 찾아
낼 때까지는 모습을 드러내지 말라는 명령을 내려 암흑을 드리운 뒤 약초
를 먼저 찾아 없애버렸다. 결국 이 전쟁은 올림포스 신들의 승리로 끝나고
제우스는 다시 우주를 장악하게 되었는데, 이는 선주민(구세대)에 대한 이
주민(신세대)의 역사적 승리를 신화화한 것으로 볼 수 있다.

대양의 신 오케아노스

여성 티탄족인 테티스의 남편 오케아노스(Oceanos)는 티탄족 가운데 가장 나이가 많았으며 육지를 둘러싼 바다의 상징이었다. 그리스인들은 바다가 땅 전체를 둘러싸고 있는지 몰랐다. 육지는 동서남북 중 세 방향으로만 이어진다(continue)고 생각했다. 그래서 지금도 유럽과 아시아, 아프리카로 폭넓게 '이어지는 육지'를 continent(대륙)라고 부른다.

사람들은 오케아노스와 테티스는 서쪽 끝 너머에 살고 있을 것이라고 생각했다. 하지만 지구에 대한 지식이 좀 더 쌓이자 사람들은 지중해보다도 훨씬 더 넓은 바다가 있다는 사실을 알게 되었다. 그들은 이렇게 '드넓게 펼쳐진 대양'을 오케아노스에서 유래한 Ocean(오션)이라고 불렀다. 또한 호주·뉴질랜드·뉴기니와 수천 개의 섬들은 가장 넓은 대양, 즉 태평양으로 둘러싸여 있기 때문에 오세아니아(Oceania)라는 이름으로 함께 묶여져 있다. 이것은 또 ocean bed(해저), oceanography(oceanology, 해양학), ocean liner(원양 정기선) 등의 단어들을 만들어내기도 했다.

바다의 신 프로테우스

'바다의 신' 프로테우스(Proteus)는 '대양의 신' 오케아노스의 아들이라고도 한다. 그의 이름에서 pro는 '처음' '첫째'라는 뜻이므로 '초기의' 바다의 신이나 포세이돈의 '첫째' 아들을 뜻한다고 볼 수 있다. 올림포스 신들의 시대에는 바다의 신 포세이돈의 아들로, 포세이돈의 물개들을 관리하는 자로 묘사되기도 한다.

호메로스의《오디세이아》제4권에 오디세우스의 아들 텔레마코스가 아버지를 찾아 나서던 중 트로이 전쟁에서 승리하고 무사히 귀국한 메넬라오스왕을 만나 그가 텔레마코스에게 오디세우스에 대한 이야기를 들려주는 장면에서 프로테우스가 등장한다.

'바다의 신' 또는 '바다의 노인'으로
알려진 프로테우스

"다름이 아니라 '바다의 노인'이 해준 이야기라오. 여러 신들은 귀국하려는 나를 아이깁토스에 좀 더 있도록 잡아두었소. 내가 신들에게 제물을 바치지 않았기 때문이었지요. 그래서 신들은 나일강 하구에 있는 파로스(Pharos)라는 모래섬에서 나를 20일 동안이나 묵게 했다오. 이집트에서는 장비를 잘 갖춘 배가 순풍을 타면 꼬박 하루가 걸려야 겨우 다다를 만큼 떨어진 곳이지요. 그것도 폭풍우가 뱃머리에 불어닥칠 때라야만 가능했소. 즉 내가 움직이는 데 꼭 필요한 바람을 신들은 주시지 않았던 거요. 그때 신들 가운데 유독 한 분이 나를 가엾게 여겨 동정을 베풀지 않았던들 우리는 이렇게 무사할 수 없었을 거요. 그분은 에이도테아(Eidothea, 이도테이아Idothea)였는데, 바로 '바다의 노인'이라는 위풍당당한 프로테우스의 딸이었소."

또 그는 다른 바다의 신처럼 어떠한 사물로든 모습을 자유자재로 바꿀 수 있었다고 한다. 이처럼 되고자 하는 어떤 모습으로든 변할 수 있는 자신의 능력 때문에 그는 세상 만물이 창조되어 나왔던 원형질의 상징으로 여겨졌다. 그래서 영어 **protean**은 '다양한(versatile)' '변할 수 있는(mutable)' '여러 형태로 가정할 수 있는(capable of assuming many forms)'이란 뜻으로 쓰인다. 그리고 해왕성(海王星)에서 두 번째로 큰 제8위성도 프로테우스로 명명되었다.

변신에 능한 강의 신 아켈로오스

헤시오도스의 《신통기》에 따르면 아켈로오스(Achelous)는 오케아노스와 테티스 사이에서 태어난 3000명의 자식들 중 장남으로, 강의 신이다. 원래는 모든 강의 신으로 다른 강들은 그의 힘줄에서 갈라져 나온 것이라고 하지만, 좁게는 그리스의 아켈로오스강의 신으로 알려져 있다.

그는 변신술이 능했는데, 그중에서도 주로 수소나 큰 뱀으로 변한다고 알려져 있다. 예술작품에서는 인간의 몸통에 머리는 수소와 같은 뿔과 수염과 긴 머리카락을 지녔으며, 하반신은 뱀과 같은 물고기의 모습으로 그려진다.

조반니 야코포 카라글리오의 〈황소로 변한 아켈로오스를 제압하는 헤라클레스〉(16세기 세밀 목판화)

한번은 헤라클레스가 저승에 간 적이 있었다. 거기서 칼리돈(Calydon)의 왕 오이네우스(Oeneus)의 아들 멜레아그로스(Meleagros)를 만났는데, 그는 외삼촌들을 죽인 벌로 어머니 알타이아(Althaea)에게 죽임을 당해 그곳에 있었다. 그는 헤라클레스에게 자기 여동생 데이아네이라(Deianeira)가 절세미인이니 청혼해보라고 권유했다. 그의 말대로 헤라클레스는 데이아네이라에게 청혼을 했는데 공교롭게도 아켈로오스도 데이아네이라에게 청혼을 한 터라, 두 사람은 데이아네이라를 둘러싸고 격렬히 싸움을 벌였다. 아켈로오스는 여러 가지 모습으로 변신해 헤라클레스를 농락했으나 수소의 모습으로 변신했을 때 헤라클레스가 그의 한쪽 뿔을 꺾어 굴복시키고 말았다.

그래서 매년 봄이 가까워져 홍수가 지면, 고대 그리스 사람들은 이를 패배한 아켈로오스가 분을 참지 못하여 난동을 부리는 것이라고 여겼다.

두 사람의 싸움에서 헤라클레스가 꺾은 아켈로오스의 뿔은 과일이나 재물을 무진장 낳는 '풍요의 뿔(cornucopia; 염소 아말테이아의 뿔)'이 되었다고 한다. 아폴로니우스의 《아르고호 이야기》에 따르면 아켈로오스와 뮤즈 테르프시코라 사이에서 세이렌(그리스어로 Seiren; 라틴어로 시렌Siren, 영어로는 사이렌Siren)들이 생겨났다고도 한다.

피곤에 지친 거인 아틀라스

아틀라스(Atlas)는 티탄족의 후손인지 확실하지 않다. 그리스 신화 중에는 그를 우라노스의 아들이자 크로노스·오케아노스·이아페토스 등의 티탄족과 형제지간으로 묘사한 것도 있지만, 그를 이아페토스의 아들이자 우라노스의 손자, 즉 크로노스와 오케아노스의 조카로 묘사한 문헌도 있다. 이는 그리스 작가들이 각자 자신의 스타일대로 신화를 지어냈기 때문이다.

아무튼 아틀라스는 다른 티탄족과 연합해 제우스가 이끄는 보다 젊고 강력한 신들을 상대로 싸웠다. 하지만 티탄족이 패배하자 아틀라스에게

아틀라스가 지구를 이고 있는 메르카토르
지도첩 표지

주어진 형벌은 어깨로 하늘을 떠받드는 것이었다. 실제로 atlas는 그리스어로 '지탱하다'라는 뜻이다.

그리스인들은 아틀라스가 서쪽 끝의 지브롤터 해협 부근에 살고 있다고 여겨 그를 찾아 서쪽으로 떠났지만 찾을 수는 없었다. 그 대신 거대한 산악지대를 발견하고서 아틀라스가 돌덩어리로 변한 것이라고 생각했다. 그래서 모로코와 알제리에 걸쳐 있는 이 산맥을 Atlas Mountains(아틀라스산맥)라고 불렀다.

또한 그들은 아틀라스를 아틀란티스들의 아버지라고 여겼다. 이 여신들도 아버지처럼 서쪽 끝에 산다고 생각하여 '서쪽'이라는 의미가 있는 헤스페리데스(Hesperides)라고 불렀다. '저녁의 아가씨들'이라 불리는 헤스페리데스는 아이글레·아레투사(에리테이아)·헤스페리아(헤스페라레투사) 등 3명을 가리키며, 대지의 서쪽 끝에 있는 황금 사과나무 정원을 지켰다. 이 황금 사과는 헤라가 제우스와 결혼할 때 가이아가 헤라에게 선물한 가지에서 열매를 맺은 것이다. 하지만 나무들이 뽑혀버리자 헤라는 헤스페리데스를 믿을 수 없어 잠도 자지 않고 머리가 100개인 용 라돈을 파수꾼으로 두었다.

시간이 흐르면서 그리스인들이 천문학을 깊이 연구하여 하늘은 적어도 지구에서 수백만 마일 이상 떨어져 있다는 것을 밝혀냈다. 이때부터 아틀라스가 하늘이 아니라 '지구를 떠받치고 있다'는 생각을 하게 되었다. 그래서 오늘날에도 아틀라스는 커다란 지구를 어깨 위에 짊어지고 있는 '피곤에 지친 거인'으로 묘사되고 있다.

한편 1500년경 플랑드르의 지리학자 헤라르뒤스 메르카토르(Gerardus Mercator)가 최초의 근대식 지도를 펴내면서 아틀라스를 표지 그림으로 썼다. 그 덕분에 지도첩의 제목이 '아틀라스'가 되었다. 이후 지도책뿐만 아니라 인간의 해부도처럼 어떤 대상을 그림이나 사진으로 설명해주는 책들은 모두 아틀라스라고 부르게 되었다.

인간의 신체에도 아틀라스와 같은 역할을 하는 뼈가 있다. 두개골은 등을 타고 올라가는 척추가 지탱하고 있는데, 가장 윗부분에서 머리를 지탱하고 있는 뼈가 바로 atlas(제1경추, 환추環椎)이다.

바다의 요정 아틀란티스

그리스인들은 젊은 처녀의 모습을 한 작은 여신을 님프(nymph)라고 불렀다. 그리스어로 '어린 소녀'라는 뜻이다. 이 때문에 동물학에서는 곤충의 초기 형태인 '애벌레'도 님프라고 한다. 그리고 이 님프들은 여러 가지 자연물을 상징한다고 생각하여 수목들 사이, 바위나 산 그리고 호수와 강에 사는 존재들로 그려졌다. 말하자면 님프들은 특정한 나무나 특정한 개울의 '요정(spirit, elf)'이었던 셈이다.

아틀란티스는 바다와 연관된 님프들이다. 이 밖에 물과 관계된 요정들로는 오케아노스와 테티스 사이에서 낳은 3000명의 딸들인 오케아니데스(Oceanides, 단수형은 오케아니스Oceanis), 고대 '바다의 신' 네레우스(Nereus)와 오케아노스의 딸 도리스 사이에서 낳은 50명의 딸들인 네레이데스

(Nereides, 단수형은 네레이스*Nereis*)가 있다.

특히 아틀란티스들은 오케아노스가 있는 서쪽 끝 바다와도 연관이 있었다. 그래서 이 바다는 Ocean뿐만 아니라 Atlantic이라고도 불렸는데, 오늘날에는 Atlantic Ocean(대서양)으로 불린다. 이렇게 해서 아틀란티스와 오케아노스는 미국 조지아주의 주도인 Atlanta나 뉴저지주의 Atlantic City, Ocean City 같은 도시에도 자취를 남겼다.

기원전 355년 그리스 철학자 플라톤은 지진이 일어난 후 서쪽 바다 속으로 가라앉은 거대한 육지에 대한 이야기를 지었는데, 그는 이 땅을 아틀란티스(Atlantis)라고 불렀다. 순전히 지어낸 이야기에 지나지 않지만, 그 뒤부터 아틀란티스가 실제로 존재했다고 주장하는 사람들이 계속 등장했다. 1968년, 영국의 포크 가수 도너번(Donovan Philips Leitch)도 이 이야기를 주제로 '아틀란티스'라는 노래를 불러 세계적인 인기를 끈 적이 있다.

태양의 신 헬리오스

히페리온(Hyperion)은 토성의 제6위성에 이름을 남기고 있는 티탄족으로, 그리스인들은 그를 '태양의 신'으로 여겼다. 시간이 흐르면서 그 자리는 아들 헬리오스(Helios)가 대신하게 되었다. 태양의 광선 가운데 하나는 지구상에서 알려진 어느 원소로도 만들 수 없는 것이었다. 영국의 천문학자 노먼 로키어(Joseph Norman Lockyer)는 이 광선이 오직 태양에서 생기는 원소에 의해서만 생성된다고 결론짓고 이 원소를 헬륨(helium)이라고 이름 지었다. 27년 후 이 원소는 지구에서도 발견되었지만 지금도 이 원소는 헬륨, 즉 '태양의 원소'로 불리고 있다.

접두사 helio는 태양과 관련된 수많은 단어에 쓰이고 있다. 그 예로 지구는 자전함과 동시에 태양을 중심으로 그 주위를 공전하고 있다는 코페르니쿠스의 태양 중심설(heliocentric theory, 지동설)을 들 수 있다. 언제나 태양을 보고 있는 해바라기(sunflower)를 heliotrope라고도 하는데, 그리스어로 '태양을 향해 돌다'라는 뜻이다. 이 밖에 heliolatry(태양숭배), heliotheraphy(일광욕, sunbath), heliosis(일사병, sunstroke) 등도 낯익은 단어들이다.

달의 여신 셀레네와 새벽의 여신 에오스

티탄족인 히페리온에게는 아들 헬리오스 말고도 셀레네(Selene)와 에오스(Eos)라는 두 딸이 있었다. 셀레네는 '달의 여신'이고 에오스는 '새벽의 여신'이다.

그리스인들은 에오스가 여명뿐 아니라 여명이 출현하는 방향도 상징한다고 여겼다. 영어의 east(동쪽)도 eos와 비슷하다. 따라서 접두사 eo는 어떤 일의 첫 시작점, 즉 '여명'을 뜻한다. 예를 들어보자.

공룡이 멸종한 뒤 지구 역사에서는 조류와 포유류가 널리 분포한 시기를 그리스어로 '새로운 동물'을 뜻하는 Cenozoic period(신생대)라고 한다. 그리고 이 신생대 초기를 Eocene(에오세, 시신세)라 한다. 또 과학자들은 말의 가장 오래된 조상을 Eohippus(에오히푸스, 여명기의 말)라고 불렀다. 그리고 수억 년 전 고대인들이 땅속에 남긴 원시적인 도구들을 발견했을 때 이를 Eolith(원시석기, lith는 '돌'이라는 뜻)라고 불렀다. 참고로 Neolith는 '신석기', Paleolith는 '구석기'이다.

로마의 솔, 루나, 아우로라

로마인들도 여러 형태의 빛의 신들을 가지고 있었다. 로마인들은 태양의 신 헬리오스를 솔(Sol), 셀레네를 루나(Luna), 에오스를 아우로라(Aurora, 오로라)와 동일한 신으로 생각했다.

Solar라는 단어는 영어에서 흔히 접할 수 있는 형용사로서 태양과 연관된 사물을, lunar는 달과 연관된 사물을 묘사하는 데 쓰인다. 예를 들어 태양과 그 주위를 공전하는 행성들을 solar system(태양계)이라고 한다. 지구가 태양을 한 바퀴 공전하는 데 걸리는 시간은 solar year(태양년)라 하며, 달이 지구를 한 바퀴 공전하는 데 걸리는 시간은 lunar month(태음월)라고 한다. 태음월이 열두 번 지나가면 태양년보다 6일 짧은 lunar year(태음년)가 된다.

그 밖에도 solar는 일광욕을 위해 빛이 들어올 수 있도록 만든 방 solarium(일광욕실)에도 쓰이며 '해시계(sundial)'라는 뜻도 가지고 있다. '광선을 차단하다'라는 뜻의 parasol은 '양산'을 말한다. 또 어떤 사물을 보고 lunate라는 단어를 쓰면 모양이 '초승달처럼 생겼다'는 것을 의미하며, '정신이상의(insane)' '광기의(mad)'라는 뜻을 지닌 lunatic은 lunatic asylum(insane hospital, 정신병원), lunatic fringe(열성 지지자) 등으로 쓰인다.

피에르 가상디

로마의 아우로라 여신은 실제로 매우 화려한 자연현상에 그 흔적을 남겼다. 여명과 같은 빛이 동쪽이 아니라 북쪽에서 출현하는 현상을 northern lights(북극광)라 불렀다. 바로 아우로라 여신의 흔적을 느낄 수 있는 자연현상이다. 1621년 프랑스의 천문학자이자 물리학자이며 철학자인 피에르 가상디(Pierre Gassendi)

는 이름 aurora borealis(북쪽의 여명)라 이름 붙였으며, 1773년 영국의 탐험가 제임스 쿡은 남쪽으로 항해하다가 southern lights(남극광)를 발견하고는 이 빛을 aurora australis(남쪽의 여명)라 이름 지었다. 참고로 Australia(호주)는 '남쪽의 나라'라는 뜻이다.

복수의 여신 에리니에스

우라노스와 가이아 사이의 딸들 중에는 거인족이나 티탄족이 아닌 존재들도 있었다. 에리니에스(Erinyes, 단수형은 에리니스Erinys)라는 세 자매가 바로 그들이다. 가공할 만한 공포감을 주었던 그녀들은 특히 심각한 죄를 지은 사람들을 징벌했다. 죄인들을 쫓아다니며 불안하게 만들고 정신이 나가도록 했는데, 아마도 그녀들은 양심의 가책 또는 한번 저지른 잘못 때문에 평생토록 갖게 되는 비참한 심정의 상징이었을 것이다. 사람들은 그녀들이 너무 무서워 자살하기도 했기 때문에 그녀들은 하데스와 아주 가깝게 지냈다.

그리스인들은 이들 자매를 엉뚱하게도 '에우메니데스(Eumenides)'라고 불렀다. '친절한 사람들'이라는 뜻인데 이렇게 부른 것은 이들 자매가 사람들에게 친절히 대해주길 바랐기 때문이다. 이처럼 불쾌한 것을 유쾌한 명칭으로 부름으로써 불쾌한 감정을 피해보려는 완곡어법을 euphemism이라고 한다. 이 말은 그리스어로 '호평하다(eupheme)'라는 뜻이다.

로마인들은 복수의 여신들을 푸리아(Furia, 영어로는 Furies)라고 했는데, 이것은 fury(분노, 격심함, 격정)라는 단어의 어원이 되었다. 본래 이 단어는 격렬하게 요동치는 일종의 광기를 뜻했다. 미국에서는 특별히 이와 같이 행동하는 여자를 일컬어 fury라고 한다. 세월이 흘러 지금은 이런 의미가 약화되었고 형용사 furious에 '몹시 화내다(angry)' '격렬한(violent, severe, fierce)'이라는 뜻만 남아 있다.

운명을 관장하는 세 여신

모이라이(Moirae, 단수형은 모이라Moira)라는 고대의 세 자매는 우라노스의 딸이거나 조카들이었을 것이다. 이들은 우주의 행로를 조종했으며, 신들도 이에 개입할 수 없다고 생각했다. 이 모이라이 세 자매의 이름은 각각 클로토(Clotho), 라케시스(Lachesis), 아트로포스(Atropos)이다.

클로토는 살아 있는 각 개인들의 삶을 상징하는 실을 뽑고 있는 존재로 그려졌다. 사실 이 이름은 '실을 뽑는 자'라는 뜻이다. 보통 뽑은 실들은 cloth(옷감)가 되고 옷감은 다시 clothes(옷)로 만들어진다. clothe(dress, 옷을 입다), clothing(covering, 덮개) 등도 여기서 파생되었다. 라케시스라는 단어는 그리스어로 '추첨(lot)'이라는 뜻이다. 그리스에서는 아이들이 태어날 때 자신만의 삶의 모습을 결정하는 제비를 뽑는다고 생각했는데, 오늘날 로또 복권(lotto)이라는 말도 바로 여기서 나왔다. 또한 라케시스는 클로토가 뽑은 실의 길이를 측정하고 결정함으로써 운명을 통제하는 신이 되었다.

몇몇 그리스인들은 한 사람의 운명이 행위의 결과나 그의 메리트(merit)에 따라서 달라진다고 생각했다. 여기서 메리트는 모이라이와 관련이 있다. 메리트는 원래 장점과 단점을 아우르는 말이었지만, 요즘에는 '훌륭하다' 또는 '가치가 있다'라는 뜻으로 쓰인다.

마지막으로 보통 큰 가위를 들고 있는 존재로 그려지는 아트로포스는 라케시스가 표시한 지점에서 그 실을 끊는다. 이것은 죽음을 뜻하는데, atropos는 그리스어로 '돌아오지 않다'라는 뜻이다. 그 누구도, 그 무엇으로도 그녀의 행동을 막을 수 없다. 아트로포스는 '아트로핀(atropine, 경련이완제)의 어원이기도 하다.

세 자매 아트로포스, 라케시스, 클로토(왼쪽부터)

로마인들은 또 다른 세 명의 여신이 인간의 운명을 결정한다고 생각했다. 이들을 파르카이(Parcae)라고 불렀는데 라틴어로는 '생성시키다'라는 뜻이다. 세 자매가 어떤 행동을 하느냐에 따라 인간의 미래가 달라지기 때문이었다.

그리스인들은 신들이 미래를 계시해주는 방식을 oracle(신탁)이라고 불렀다. 여사제들이 보통 미래에 대해 자세한 예언을 해주지 않았기 때문에 신탁은 최소한 두 가지 이상의 의미로 해석될 수 있었다. 여기서 나온 표현인 oracular statement는 '직설적인 뜻이 없고 양쪽으로 모두 생각할 수 있는 모호한 표현'을 뜻한다.

그런데 oracle은 그리스어로 '기도하다'라는 뜻으로, 여기서 '지성소' '예언자' '현인'이라는 말이 나왔다. 형용사 oracular는 '엄숙한, 점잔을 빼는, 수수께끼 같은'이라는 뜻이며, 가톨릭에서는 하느님께 기도하기 위해 특별한 목적으로 봉헌된 예배소를 Oratorium이라 한다. 이 단어는 라틴어로 들어오면서 '말하다(speak, utter)'로 변형되었다. 여기서 oral(구두의), oration(연설), orator(웅변가, 연설자), oratory(웅변, 수사, 기도실) 등의 단어들이 파생되었다.

이 oracle과 같은 의미의 라틴어로는 fatum이 있다. 신탁은 세 명의 파르카이(또는 모이라이)가 결정하는 미래에 관한 일이었기에 로마인들은 이 세 명의 여신을 파타(Fata)라고도 불렀다. 이들을 영어로 Three Fates라고 하는데, fate는 '변화될 수 없는 미래'를 뜻하며, 모든 미래는 이미 결정되어 있다고 믿는 사람을 fatalist(운명론자)라고 한다.

로마인들은 파르카이 중 세 번째 여신을 모르타(Morta), 즉 '죽음의 천사'라 불렀다. 인간은 mortal(죽어야 할 운명의)한 존재이며, 불사하는 신은 immortal(불멸의)한 존재이다. 상처가 심해서 죽게 된다면 그 상처는 mortal(fatal, 치명적인)한 것이다. 이것은 a mortal hour(지루한 시간)와 mortician(undertaker, 장의사)에도 그 흔적을 남기고 있다.

행운의 여신 포르투나

티케(Tyche)는 그리스어로 '행운(운명)'을 뜻하며, 행운과 기회와 번영을 주관하는 대중적인 여신이다. 그녀는 머리에 왕관을 쓰고 한 손에 '풍요의 뿔'인 코르누코피아(cornucopia)를 들고, 다른 한 손에는 운명의 열쇠를 들고 있는 모습으로 묘사된다. 티케는 악한 행동을 응징하고 과도한 번영을 벌하는 복수의 여신 네메시스와 관련이 있으며, 일설에는 운명의 여신들을 가리키는 모이라이 가운데 가장 강력한 힘을 발휘하는 여신이라고 한다.

티케는 로마 신화에서 '행운과 복수와 운명의 여신' 포르투나(Fortuna)와 동일시되었는데, 이는 라틴어 vortumna(돌리는 사람)에서 따온 이름이다. 포르투나는 거대한 세월의 바퀴를 거꾸로 돌려 행복과 슬픔 그리고 삶과 죽음에 머물도록 했기 때문에 그렇게 불렸다. 이는 영어 fortune의 어원이 되었고 행운(luck), 재산(wealth), 운명(fate)이라는 뜻이 담겨 있다. make a fortune 은 '부자가 되다', marry a fortune은 '돈 많은 여자와 결혼하다', fortune-teller 는 '점쟁이'를 뜻한다.

행복이 가득한 곳 샹젤리제

착한 일을 많이 한 영혼은 하데스의 특별 구역으로 들어간다. 이곳은 크로노스가 통치하는 곳으로, 황금시대의 전설이 서려 있는 공간이다. 당시 그리스 사람들은 이 낙원을 '엘리시움(Elysium)' 또는 '엘리시움 들판(Elysium Fields)'이라고 불렀다. 지금도 엘리시움은 '지상의 행복' '행복이 가득한 장소나 시간'을 가리키며, 때로는 '천국(Heaven, Paradise)'과 동의어로도 쓰인다. elysian joy는 '극락의 환희'를 뜻한다.

프랑스 파리 시내에서 개선문으로 이르는 가장 훌륭하고 넓은 길 '샹젤리제(Champs Elysees)'와 대통령 관저로 쓰이는 '엘리제궁(Palais de l'Elysee)'도 바로 여기서 따온 명칭이다.

죽음의 신과 잠의 신은 형제지간

그리스인들은 죽음에도 장점이 있다고 생각했다. 지루하고 피곤한 인생을 산 사람에게 죽음은 마치 휴식과도 같다. 이 때문에 그들은 '죽음의 신' 타나토스(Thanatos)를 '잠의 신' 히프노스(Hypnos)와 형제지간으로 생각

모르페우스와 이리스

했다. '히프노스' 하면 낯익은 몇 몇 단어들이 떠오를 것이다. 약물이나 최면술에 의한 '수면 상태'는 hypnosis, '수면제'는 hypnotic, '최면술사'는 hypnotist라 한다.

로마 신화에서는 '잠의 신'이 솜누스(Somnus)이다. somnolent(졸리는), somnambulism(몽유병), somnolence(비몽사몽, 졸음), somniloquy(잠꼬대)도 그의 이름에서 나온 것이다. 불면증은 insomnia다.

히프노스의 아들은 모르페우스(Morpheus)이다. 그리스인들은 모르페우스가 잠자는 사람에게 형상을 가져다준다고 믿었기 때문에 그를 '꿈의 신'이라 불렀다. morpheus는 그리스어로 '형태(form)' 또는 '모양'이라는 뜻이기 때문에 morphology는 생명의 형태와 구성을 연구하는 생물학 분야를 말한다. 여기에 부정의 의미를 지닌 접두사 'a'를 붙여 amorphous로 만들면 '무정형'을 뜻하며, '허무주의(nihilism)'라는 뜻으로도 쓰인다. 이 밖에도 꿈의 신은 morphinism(모르핀 중독), in the arms of Morpheus(asleep, 잠든)라는 단어들에 잠들어 있다.

1803년 독일의 화학자 제르튀르너(Friedrich Wilhelm Serturner)는 통증으로 괴로워하는 사람들을 안정시키고 수면을 가능하게 하는 순수 화학물질을 약초에서 분리하는 데 성공한 뒤 morphine(모르핀)이라는 이름을 붙여주었다.

승리의 여신 니케

니케(Nike)는 '승리의 여신'이자 '전쟁의 여신'이기도 한 아테나와 관계가 깊고 모습도 비슷하다. 하지만 단독으로 그려질 때는 날개가 달려 있고 대추야자 잎을 손에 들고 있는 것이 특징이다.

파르테논 신전에서는 아테나가 손에 니케를 올려놓은 모습을 볼 수 있다. 기간테스와 올림포스 신들의 전쟁에서 제우스 편에 선 탓에 종종 제우스의 옆자리에 앉아 있는 모습으로 등장하기도 한다.

승리의 여신이기 때문에 상표로도 각광을 받아 스포츠 브랜드인 나이키(니케의 영어식 발음)와 일본 혼다 모터스의 로고, 영국의 수제(手製) 자동차 롤스로이스의 보닛 엠블럼, 즉 후드 오너먼트(hood ornament)로도 자리잡고 있다.

이 여신은 로마 신화의 빅토리아(Victoria)에 해당한다. 바로 여기서 영어의 victory(승리), victor(승리자), victorious(승리한, 승리를 거둔, 승리로 끝나는)가 나왔으며, '해가 지지 않는 나라' 대영제국(the British Empire)을 건설한 빅토리아 여왕의 이름으로도 남았다.

나이키와 혼다 모터스의 로고 그리고 롤스로이스의 후드 오너먼트

소문의 여신 페메

대지에서 태어난 거인들이 제우스와 다른 올림포스 신들과 싸우다가 벼락을 맞아 죽었다. 이에 격분한 대지의 여신 가이아는 거인 아들들의 죽음에 대한 복수로 그들의 막내 여동생 페메를 낳았다고 한다. 다른 설에 따르면 엘피스(Elpis; '희망'이라는 뜻)의 딸이라고도 한다. 이 밖에 '대화를 시작하게 발전시키는 여성'으로도 묘사되며, 아테네에 성전도 있었다. 페메(Pheme, 영어로는 Fame)는 그리스 신화에 나오는 실질적인 여신이 아니라 소문(rumor, hearsay)이나 명성(fame)을 의인화한 여신으로, 좋은 소문을 좋아하고 나쁜 소문에 분노한다.

페메는 신들과 인간의 다양한 일들을 들여다보고, 들은 것을 처음에는 속삭임에서 점차적으로 큰 소리로 말하며, 모두가 알 때까지 그것을 반복한다. 또 지붕에 앉아 옳든 그르든 가리지 않고 무분별하게 말하며, 예술작품에서는 항상 날개 달린 모습으로 트럼펫을 불고 있다.

로마 신화에서는 파마(Fama; '소문'이라는 뜻)에 해당한다. 베르길리우스에 따르면 그녀는 여러 개의 눈과 귀와 혀 그리고 날개를 지녔다고 한다. 또 오비디우스에 따르면 그녀의 궁전은 세상의 중심에서 가장 꼭대기에 자리잡고 있으며, 1000개의 창문과 문이 있고 그것은 항상 열려 있다고 한다. 그래서 세상의 이야기란 이야기는 모두 듣는 것으로 알려졌다.

드레스덴 예술대학교 지붕에 있는
페메의 금동상

이 신화의 의미는 이런 게 아닐까 싶다. 대지는 평민들의 속성을 상징한다. 늘 불만에 가득 차 있는 그들은 지배자들에 반기를 들어 무언가 변화를 불러일으키고자 한다. 이러한 성향이 적절한 기회를 만나면 반란과 모반을 키운다. 반란자들은 충동적인 분노에 가득 찬 채 군주를 타도해 파멸로 몰아가려고 위협하고 획책한다.

이러한 기도가 억압당하거나 진압될 때, 평온한 상태를 견디지 못하고 좌불안석하는 민중들의 비열한 성향은 권력을 쥔 자들을 비방하는 온갖 소문과 험담과 중상모략을 만들어내 퍼뜨린다. 반역적인 행동과 선동적인 소문은 그 기원이나 근원에서 다른 게 아니라 말하자면 그 성별에서만 다를 뿐이다. 반역과 반란이 형제들 몫이라면 추문이나 험담은 여동생 몫이다.

율법과 응징의 여신 네메시스

네메시스(Nemesis; '네메시스의 성지인 람누스의 여신'이라는 뜻의 람누시아 *Rhamnousia*로도 불린다. 또 '불가피한 것'이라는 뜻의 아드라스테이아*Adrasteia*라는 이름도 갖고 있다)는 그리스 신화에 등장하는 '율법과 응징의 여신'으로, 로마 신화의 인비디아(Invidia; envy의 어원)에 해당한다. 오케아노스 또는 제우스의 딸이라는 이야기가 있으며, 헤시오도스에 따르면 그녀는 에레보스와 닉스 사이에서 태어났다고도 한다.

호메로스 이후의 신화에 따르면 네메시스는 제우스의 사랑을 받았으나 그를 피하려고 거위로 변해 도망다녔다. 그러자 제우스가 백조로 변해 그녀를 겁탈했으며, 마침내 그녀가 알을 낳았고, 스파르타의 왕비 레다가 그 알을 주워다가 길렀다. 거기서 바로 그리스 최고의 미녀이자 트로이 전쟁

루마니아의 화가 게오르게
타타레스쿠의 〈네메시스〉(1853)

의 원인이 되는 헬레나(Helena)가 태어났다고 한다.

그녀는 단순한 복수가 아니라 정의롭고 정당한 보복만 행한다고 한다. 하지만 그 '정의'나 '정당함'은 신의 입장에서 보는 것이었다. 따라서 네메시스가 생각하는 불의에는 인간이 지나치게 복을 누리는 것도 포함된다. 인간은 어디까지나 인간인데 지나치게 복을 누리면 오만(hubris 또는 hybris; 영국의 역사가 아널드 토인비가 처음 사용한 용어. 지나친 오만과 자신에 대한 맹목적 과신 그리고 그로부터 비롯되는 폭력 따위를 통틀어 이르는 말인데, 신의 영역에까지 침범하려는 인간의 오만함이 의인화된 그리스 여신의 이름에서 유래했다. 특히 이 개념은 고대 그리스의 비극 작품을 이해하는 열쇠이기도 하다)에 빠져 신의 영역을 넘보기 때문이다. 오만이라는 병에 걸리면 두 눈을 부릅뜨고 직시해야 할 현실감각을 상실하고 자신의 능력을 과신한다. 눈앞의 현실을 보지 못하니 자신에게 닥쳐오는 위험도 감지하지 못한다. 오만에 빠져 눈뜬장님이 되었을 때 찾아오는 불행을 고대 그리스인들은 네메시스(nemesis)라고 했다.

로마인들에 의해서 수입된 네메시스는 가장 쓸모가 많았다. 전쟁에 출전하기 전에 로마인들은 그 여신에게 제물을 바치고, 그녀가 자신들의 보호자임을 선언함으로써 자신들의 침략행위가 정당한 것임을 전 세계 또는 그들 자신들에게 확신시키려고 애썼다. 그것을 사람들에게 충분히 인식시키기 위해서 로마인들은 로마에서 가장 높은 카피톨리누스(Capitolinus; 수도 capital의 어원) 언덕 위에 네메시스의 조각상을 세웠다.

네메시스는 주로 '겸손과 염치의 여신' 아이도스(Aidos)와 함께 다니는데, 둘이 지상을 떠나면 인간은 재앙을 피할 수 없게 된다고 한다. 즉 이 둘이 인간들을 신들에게 도전하지 못하게 만드는 일종의 제어장치 역할을 한 것이다.

2장 ➡ 제우스와 올림포스 12신

티탄족과 싸워 이긴 제우스와 형제들

크로노스에게서 구출된 올림포스의 신들은 제우스(유피테르, 주피터)를 지도자로 세우고 티탄족에 맞서 반란을 일으켰다. 승리를 거둔 제우스는 포세이돈(Poseidon, 넵투누스, 넵튠)에게 바다를 주었다. 그래서 son of neptune 은 '뱃사람'을 뜻한다.

하데스(Hades, 플루토스, 플루토)에게는 지하세계를 주고 자신은 하늘을 차지했다. 그리스어로 '보이지 않는 것'이라는 뜻의 하데스는 지하세계를 관장했기 때문에 '죽음의 신'으로 간주했다. 지하세계는 늘 죽음과 관련이 있었기 때문에 죽은 자들의 영혼이 살고 있는 장소도 죽음의 신의 이름을 따 하데스라고 불렀다. 그래서 하데스는 올림포스의 신이 아닌 '지하세계의 신'이다.

그리스인들에게는 하데스 말고도 지하세계의 신이 더 있었다. 이 신들은 보통 무시무시한 괴물로 묘사되었고 카오스에서 직접 탄생한 존재라고 생각했다. 카오스는 '밤의 여신'인 닉스(Nyx)와 '지하세계의 어둠'의 신 에레보스(Erebus)를 낳았다. 아직도 밤과 관련된 것은 nocturnal(밤의)이라고 표현하고, 저녁에 연주하는 음악을 nocturne(야상곡)이라고 하며, as dark as Erebus는 '칠흑같이 캄캄한'이라는 뜻이다.

에레보스와 닉스 그리고 타르타로스(Tartaros)는 올림포스 신들의 신화 이전에 지하세계의 신이었다. 제우스가 크로노스를 대신했듯이 하데스도 타르타로스를 대신했다. 하데스는 죽은 자들 중에서 비교적 죄가 가벼운 사람들이 살고 있는 장소로 생각되었으며, 그 아래로 더 내려가면 특별한 악인들이나 악신들에게 형벌을 내리는 곳인 타르타로스(무한지옥)가 있다고 생각했다. 기독교의 지옥(hell) 개념에도 상당한 영향을 주었을 것이다.

스틱스강을 건너는 카론

타르타로스는 역사적으로 비극적인 에피소드의 일부분에도 그 자취가 남아 있다. 1200년대 칭기즈 칸이 이끄는 몽골족은 중국, 중앙아시아, 페르시아, 러시아 등지를 침략하면서 살상과 파괴를 일삼았다. 그들의 기세는 마치 땅을 뒤덮고 세상을 타르타로스로 만들려는 것 같았다. 그래서 몽골족을 자연스럽게 '타타르족(Tartar)'이라고 불렀다.

지하세계 하데스에는 스틱스(Styx)강이 흐르고 있는데, 이 강과 관련된 단어로 stygian이 있다. stygian darkness는 '칠흑 같은 어둠', 즉 '지하세계의 암흑'이라는 뜻으로 쓰인다.

저승으로 들어가려면 뱃사공 카론(Charon)의 배를 타고 이 스틱스강을 건너야 한다. 그러려면 거기에 있는 케르베로스(Cerberos)라는 머리 셋 달린 개에게 입장료를 지불해야 한다. give a sop to Cerberos(케르베로스에 빵 한 조각을 던져주다)는 '공직자에게 뇌물을 바치다'라는 뜻이다. 익살스런 표현으로 카론은 '뱃사공', 케르베로스는 '경비원'이라는 뜻으로 쓰이기도 한다.

죽은 자들의 영혼은 하데스에 있는 레테(Lethe; 그리스어로 '망각'이라는 뜻)라는 강에서 물을 마시는데, 이 물을 마시면 곧바로 전생을 잊어버리고 유령이 된다. 그래서 '망각을 일으키는 것'이라는 뜻으로 lethean이라는 말을 사용한다. 또 '졸음이 오거나 몸이 나른해져 잘 잊기 쉬운 상태'나 '혼수상태'를 lethargy라고 한다. 하지만 완전한 망각은 오로지 죽어야만 가능하기 때문에 lethal은 '치명적'이라는 뜻이며, lethal weapon은 '흉기'를 가리킨다.

지하는 금과 은이 산출되는 곳으로 부(富)와 연관되어 하데스는 로마시대에 부의 신 플루토스(Plutos, 플루톤)라는 이름을 갖게 되었다. 이 단어에서 부호계급인 plute, 부자들이 지배하는 정치를 뜻하는 plutocracy(금권정치)가 나왔다. 그리고 태양계에서 가장 먼 9번째 행성을 사람이 죽은 뒤에 가는 영혼의 세계인 '명계(冥界)의 큰 별'이라는 뜻의 '명왕성(冥王星, Pluto)'으로 불렀다. 1930년 미국의 천문학자 톰보(Clyde William Tombaugh)가 발견한 이 행성은 2006년 8월 국제천문연맹(IAU)이 행성에 대한 분류법을 정정한 이후 아쉽게도 '왜소행성(dwarf planet) 134340'으로 전락하고 말았다.

올림피아드

그리스인들은 제우스와 그 형제자매들 그리고 그들의 자손이 올림포스 산에 살고 있다고 믿었으므로 그들을 '올림포스의 신들(the Olympians gods)' 이라고 불렀다. 이들은 그리스어로 '모든 신들(pan+theon)'이라는 뜻의 판테 온(Pantheon) 신전의 주역들로, 거기에는 12명의 신들이 살고 있다고 생각했다. 제우스, 포세이돈, 헤라, 데메테르, 헤스티아, 아레스, 아테나, 아프로디테, 헤파이스토스, 헤르메스, 아폴론, 아르테미스가 바로 그들이다.

그리스 남서부의 엘리스(Elis)라는 지역에서는 제우스를 기리기 위해 4년마다 특별한 경기를 벌였다. 이를 올림피아드(Olympiad)라 부르는데, 기원전 776년 올림피아(Olympia) 계곡에서 처음 개최되었기 때문에 붙여진 이름이다. 고대 올림픽 종목으로는 육상, 5종 경기(원반던지기, 창던지기, 달리기, 레슬링, 멀리뛰기), 복싱, 레슬링, 승마 경기가 있었다.

이 경기는 로마의 황제 테오도시우스 1세가 모든 이단 숭배와 예배를 금지했던 서기 393년 폐지되었다. 이후 프랑스의 쿠베르탱(Pierre de Coubertin)

남작이 '올림픽 경기(Olympic Games)'라는 명칭으로 이 경기를 부활시켰다. 평생 신봉했던 헬레니즘적 이상, 즉 인격, 지성, 체력의 3위일체를 표방하는 고대 그리스의 정신을 올림픽 경기의 이념으로 삼은 그는 1894년에 IOC를 창설했다. 그리고 2년 뒤인 1896년에 그리스 아테네의 '파나티나이코 스타디움(Panathinaiko Stadium)'에서 마침내 제1회 올림픽을 개최했다. 올림픽 경기는 2년마다 하계 올림픽과 동계 올림픽이 번갈아 개최된다.

이처럼 제우스는 올림픽 경기의 이름만으로도 자신에 대한 존경심을 여전히 지속시키고 있는 셈이다.

제우스의 아내이자 만인의 어머니 헤라

크로노스와 레아 사이에는 세 아들뿐 아니라 '만인의 어머니' 헤라(Hera), '농경의 여신' 데메테르(Demeter), '화로의 여신' 헤스티아(Hestia)라는 세 딸도 있었다. 제우스는 그중 누나인 헤라와 결혼했다.

모르핀을 아세틸화하여 만든 진정제의 일종인 헤로인(heroin)도 여기서

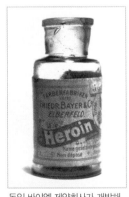
독일 바이엘 제약회사가 개발해
판매했던 헤로인

유래한 이름이다. 1895년 독일의 바이엘(Bayer) 제약회사가 디아세틸모르핀(diacetylmorphine)을 '헤로인(Heroin)'이라는 상표를 붙여 가게에서도 팔았다. '엄청난(heroic)' 효과가 있었으므로 Hera에서 이름을 따온 것이다. 지금은 사용이 금지된 마약으로 디아모르핀(diamorphine)으로도 불린다.

바이엘 제약회사는 1899년 뛰어난 해열·소염·진통제로 명성을 떨친 아스피린(aspirin)을 시

판했는데, 1970년대에는 이 약이 혈전 생성을 억제해 심혈관계 질환을 예방한다는 또 다른 효능이 밝혀졌다. 이후 바이엘은 1980년대에 아스피린 프로텍트라는 이름의 심근경색·뇌졸중 예방제를 발매했으며, 지금도 수많은 사람들이 이 약을 복용하고 있다.

농경의 여신 데메테르

'농경의 여신' 데메테르는 그리스인이 정착하기 이전 고대 종교와 관련이 있는 여신으로, 그녀에 대한 유명한 이야기가 있다.

데메테르에게는 페르세포네(Persephone)라는 딸이 있었다. 어느 날 페르세포네를 사모한 지하세계의 신 하데스가 그녀를 납치했다. 데메테르가 슬픔에 빠지자 땅에서는 곡식이 자라지 못했다. 그래서 제우스는 페르세포네가 지하세계의 음식을 입에 대지 않았다면 그녀를 다시 땅 위로 돌려주라고 하데스를 설득했다. 그러나 페르세포네를 돌려보내기 싫었던 하데스는 속임수를 써서 그녀에게 석류 알 네 개를 먹게 했다. 별수 없이 페르세포네는 먹은 석류알 개수만큼 1년 중 4개월을 땅속에 머무르게 되었다. 그동안 땅 위에는 곡식이

페르세포네에게 석류를 건네는 하데스

자라지 않았고 초목은 잎사귀가 모두 떨어졌으며 태양도 비추는 둥 마는 둥 했다. 매년 겨울이 오는 까닭을 페르세포네의 일화를 통해 설명해주고 있는 셈이다. 페르세포네는 소녀 시절에는 '처녀'라는 뜻의 코레(Kore)로 불렸으며, 로마에서는 프로세르피나(Procerpina)로 불렸다.

데메테르는 엘레우시스(Eleusis) 근처에서 숭배되었다. 신화에 따르면 그녀가 페르세포네를 찾아 헤매는 도중 엘레우시스 지역을 지나다 이곳에서 융숭한 대접을 받았다고 한다. 그 대가로 데메테르는 이 지역민들에게 어떤 의식을 가르쳐주었다. 이 의식을 행할 때 회원이 아닌 사람들은 이 의식에 참석할 수 없었다. 또 참석한 사람은 이 의식을 아무에게도 공개하지 않겠다는 서약을 해야만 했다. 서약한 사람들은 그리스어로 '닫힌 입'이라는 뜻의 mystes라 불렸다. 고대 그리스에는 이처럼 수많은 '밀교(mystery religion)'가 있었다. mystery라는 단어는 점차 그 뜻이 약화돼 '비밀의' '숨겨진'이라는 뜻으로 쓰였지만 지금은 보통 '교묘하게 숨겨진 해답을 찾아내야 하는 난해한 범죄'라는 의미로 사용되고 있다.

한편 로마인들은 크로노스의 세 딸들을 자신의 신들과 동일시했다. 헤라는 '유피테르(주피터)의 아내' 유노(Juno), 데메테르는 '농경의 여신' 케레스(Ceres), 헤스티아는 '화로의 여신' 베스타(Vesta)와 동일시한 것이다. 1년 중 여섯 번째 달은 유노에게 바쳐 이 달을 June(6월)이라 하며, 유노는 '결혼의 여신'이기 때문에 서양에서는 6월에 결혼식을 많이 올린다. 케레스는 밀·옥수수·쌀·호밀·귀리 등의 곡물을 돌보는 여신으로, cereal(곡물, 아침 식사용 곡물식)도 여기서 비롯된 단어이다. 그리고 성냥(match)이 처음 발명되었을 때 그것이 마치 작은 화로 같다고 해서 사람들은 성냥을 한동안 vesta라 부르기도 했다.

불과 화로의 여신 헤스티아

헤스티아는 크로노스와 레아 사이에서 태어난 6명의 자식들 가운데 맏딸로 영원히 숫처녀로 살았다. 헤스티아는 고대 그리스어에서 '화로'를 뜻하며, 화로는 고대 그리스에서 가정의 중심이었기 때문에 사람들은 이 여신을 '가정의 수호신'으로 받들었다.

헤스티아는 로마 신화의 베스타(Vesta)와 동일시되었다. 로마인들은 국가의 대사가 있을 때마다 이 여신에게 제사를 지내고 길흉을 점쳤다. 신전에는 베스탈(vestal)이라는 6명의 여사제가 평생 순결을 지키면서 제단의 성화(vestal fire)가 꺼지지 않도록 지켰다. 그래서 vestal virgin은 '처녀' '수녀(nun)'라는 뜻도 있다.

아프로디테의 허리띠

제우스가 권력을 장악한 후부터 신들의 세계에서는 더 이상 통치권을 찬탈하는 행위는 일어나지 않았다. 대신에 그들은 평화적으로 올림포스 신의 일원이 될 수 있었으며, 다른 신들과 동등한 지위를 부여받았다. 모든 신들은 제우스의 지배를 받는 상태였다.

아마도 올림포스 신의 후손들은 본디 그리스와 동맹을 맺은 여러 선주민들이 숭배하던 신들이었을 것이다. 몇몇 신들은 현실적으로 하나의 이름 아래 묶였을 수도 있다. 이 때문에 특정한 신에 대해서 제대로 짜이지 않은 이야기들이 여럿 나오게 되었다. 예를 들어 아프로디테(Aphrodite) 여신의 탄생에 대해서는 완전히 다른 두 가지 이야기가 있다.

한 이야기에서는 그녀가 우라노스와 가이아의 딸로 묘사되어 있다. 그녀는 조개껍데기에서 분비된 바다거품(그리스어로 aphro는 '거품'이라는 뜻이다)에서 탄생했다. 티탄족의 자매로 올림포스 신들보다 훨씬 더 오래된 신이며, 그녀에 관한 이야기는 그리스인들 이전의 원주민들이 숭배했던 여신에 관한 신화로 볼 수 있다. 또 그리스인들은 아프로디테를 제우스와 티탄족 여신 디오네 사이에서 태어난 딸로 여기고 올림포스 12신의 일원으로 섬기기도 했다. 이처럼 아프로디테가 어떻게 탄생했든 그리스인들이 그녀를 가장 아름다운 '미와 사랑의 여신'으로 생각했던 것만은 틀림없다. 그래서 육체적인 사랑, 즉 '성애를 자극하는 미약(媚藥) 최음제'는 aphrodisiac, '성적 흥분, 성욕'은 aphrodisia라고 한다.

로마인들은 아프로디테를 비너스(Venus)와 동일시했기 때문에 두 여신 모두 아름다움의 원형이라고 할 수 있다. 또 로마인들은 비너스를 매우 존경해 그 이름에서 유래한 venerate라는 말은 '삼가고 경외하다'라는 뜻을 갖게 되었다. 또 나이 먹은 사람들은 존중받아야 하기 때문에 노인들에 대해서는 venerable(존경할 만한)이라고 표현한다.

아프로디테의 허리띠

아프로디테는 케스토스(cestos)라는 허리띠를 차고 있었는데, 그녀의 매력을 한층 돋보이게 하고 사람들의 눈길을 사로잡았던 것으로 알려져 있다. 그래서 아름답고도 매력적인 여자를 보면 '아프로디테의 허리띠(cestos himas, Aphrodite's belt)'를 차고 있다고 표현한다. 그런데 고대 로마시대에 케스토스는 '가죽으로 된 권투선수 장갑'으로 쓰였고, 또 의학자들은 띠처럼 생긴 '촌충(cestoid)'에 케스토스라는 이름을 붙임으로써 본디 이 단어가 갖고 있던 서정성을 퇴색시키고 말았다.

비너스는 주요 행성인 '금성'에 이름이 부여된 유일한 여신이기도 하다. 태양계에서 태양과 달 다음으로 밝고 아름다우며, 별 중에서는 가장 밝게 빛나는 별이다. 금성은 태양의 어느 쪽에 자리잡고 있느냐에 따라 어둠별 (evening star)이라 불리기도 하고 샛별(morning star)이라 불리기도 한다.

처음에 그리스인들은 샛별과 어둠별을 두 개의 다른 행성으로 생각하여 각각 다른 이름을 붙여주었다. 샛별은 포스포로스(Phosphoros; '빛의 전령'이라는 뜻)라고 불렀다. 이 별이 동쪽 하늘에 뜨고 나면 곧 여명이 밝아왔기 때문이다. 반면 어둠별은 일몰 후 서쪽 하늘에서 빛을 냈기 때문에 헤스페로스(Hesperos, vesper; '서쪽'이라는 뜻)라고 불렀다. 나중에 포스포로스와 헤스페로스가 같은 별임을 알게 된 그리스인들은 그 아름다움에 걸맞게 아프로디테(금성)라는 이름을 붙여주었다.

비너스의 신목(神木) 도금양

로마 신화에서 '미의 여신' 비너스의 신목(神木)으로 알려진 도금양(桃金孃, myrtle). 성서 시대 유대인들의 결혼 풍습에 따르면 신부들은 도금양으로 화관을 만들어 썼다고 한다. 이는 도금양이 '다산(fecundity)'과 '풍요 (abundance, fertility)'의 상징이었기 때문이다.

19세기에 영국 빅토리아 여왕의 남편 앨버트 공의 할머니가 빅토리아 여왕에게 사랑과 결혼의 행운을 상징하는 도금양을 선물했다. 그녀는 이것을 아일 오브 와이트(Isle of Wight)의 오스본 하우스(Osborne House)에 심었

MYRTLE

Myrtus communis

도금양

으며, 장녀 빅토리아 아델레이드 메리 루이즈(Victoria Adelaide Mary Louise)가 1858년 1월 25일 결혼할 때 이 도금양 나뭇가지 하나를 잘라주었다. 그 이후로 엘리자베스 2세 여왕, 다이애나 왕세자빈, 케이트 미들턴도 빅토리아 여왕의 정원에서 가져온 도금양으로 부케를 장식했다.

아도니스 콤플렉스

아도니스 콤플렉스(adonis complex)란 현대사회에서 남성들이 외모 때문에 갖는 강박관념이나 우울증 또는 남성외모집착증을 말한다. 아도니스는 그리스 신화에 나오는 미청년으로 미의 여신 아프로디테의 애인이었다.

아프로디테의 아름다움을 깎아내리다가 여신의 저주를 받은 시리아의 공주 스미르나(Smyrna)라는 여인이 있었다. 그녀가 아도니스라는 사내아이를 낳자 아프로디테는 어린 아도니스를 빼앗아 하데스의 부인인 페르세포네에게 맡겨 기르도록 했다. 그러나 너무나 아름다운 청년으로 성장한 아도니스에게 반한 페르세포네는 아프로디테에게 그를 돌려주지 않았고, 두 여신은 한 청년을 두고 다툼을 벌이게 되었다. 이에 제우스가 중재에 나서서 1년의 3분의 1은 지하세계에서 페르세포네와, 3분의 1은 아프로디테와, 나머지 3분의 1은 아도니스 마음대로 하도록 했다.

하지만 아도니스는 자신에게 주어진 3분의 1의 시간도 아프로디테와 함께 보냈으며, 아프로디테도 아도니스에게 푹 빠져 잠시도 그에게서 떨어지려 하지 않았다. 그러나 여신이 잠깐 아도니스를 남겨두고 올림포스로 올라간 사이 아도니스는 사냥을 하다 그만 멧돼지에게 받혀 죽었다. 너무도 순식간에 일어난 일이라 아도니스의 비명소리를 듣고 아프로디테가 달려왔을 때는 이미 때가 늦었다.

멧돼지에게 받혀 죽는 아도니스

아도니스의 죽음을 슬퍼하던 여신은 그가 흘린 붉은 피 위에 넥타르(nectar)를 뿌렸다. 피와 신주(神酒)가 섞여 거품이 일더니 얼마 후 석류꽃 같은 핏빛 꽃 한 송이가 피었다. 꽃은 얼마 지나지 않아 시들었는데, 그것이 바로 아네모네(Anemone), 즉 바람꽃(windflower)이다. 이 아네모네는 마치 아도니스의 운명처럼 1년 중 3분의 1은 땅속에 있고, 3분의 1은 성장하며, 나머지 3분의 1은 씨앗의 형태를 취한다.

지혜의 여신 아테나

헤시오도스의 《신통기》에 따르면 제우스와 그 형제자매 세대보다 앞선 세대의 여신 메티스(Metis)와 결혼한 제우스는 그녀가 낳을 아이가 자기 자리를 차지할 것이라는 예언을 듣자 자기 아버지 때처럼, 아니 한 술 더 떠 임신 상태의 메티스를 잡아먹고는 바로 헤라와 결혼했다고 한다. 하지만 제우스의 몸 안에는 이미 메티스의 딸이 자라고 있었다. 그가 심한 두통에 시달리자 헤파이스토스(일설에는 프로메테우스)가 도끼로 머리를 내리치니 아테나(Athena)가 성인의 몸으로 무장을 한 채 튀어나왔다. 그리스어로 metis는 '지혜'라는 뜻이다. 그래서 아테나는 '지식의 여신'이자 '전쟁과 평화의 여신'으로 여겨졌다. 이 신화는 제우스가 권력을 잡은 후에 지혜를 얻었으며, 머릿속으로 생각을 하면서부터 기술의 발달을 가져다준 지식이 생겨났음을 의미하고 있다. 그래서 아테나 여신은 항상 '지혜의 상징'인 올빼미를 데리고 다녔다고 한다.

아테나는 그녀를 찬미하기 위한 도시 아테네(Athenai, 영어로는 Athens)를 특별히 감독하는 여신이기도 하다. 그리스 문명의 전성기에 아테네는 그리스에서 가장 강력하고 문명화된 도시로 명성을 떨쳤다.

아테나의 또 다른 이름은 팔라스(Pallas)이다. 팔라스라는 여신을 숭배하던 부족이 정복자인 그리스인들에게 편입되면서 팔라스와 아테나를 동일한 여신으로 간주했을 가능성이 높다. 어쨌든 시문학에서는 종종 아테나가 '팔라스 아테나'로 그려지고 있다.

트로이아(Troia, 트로이*Troy*)라는 도시에는 팔라디움(palladium)이라고 불리는 팔라스 아테나의 동상이 있었다. 트로이아 시민들은 팔라디움이 도시 안에 있는 한 트로이아는 멸망하지 않을 것이라 믿었다. 하지만 그들은 이 동상을 잃어버렸고 트로이아는 함락당하고 말았다. 이에 유래해서 요즘에는 한 나라를 수호하고 있는 어떤 상징물이나 전통 또는 소중한 미풍양속을 palladium이라고 부른다.

또 아테나는 극장이나 경기장이 아니라 실존했던 역사상 가장 아름다운 한 건물과 연관이 있다. 아테나는 결혼이나 연애를 한 적이 없었기 때문에 그리스인들은 종종 그녀를 '아테나 파르테노스(Athena Parthenos; 처녀 아테나)'라고 불렀다. 아테네 사람들이 그녀를 경배하기 위해 지은 아름다운 신전의 이름이 바로 파르테논(Parthenon, 기원전 438년 완공)이다.

로마인들은 수예와 목공의 여신 미네르바(Minerva; 라틴어로 '정신'이라는 뜻)를 아테나와 동일시했지만, 라틴어 이름보다는 그리스어 이름이 우리에게 더 잘 알

아테나 여신에게 바쳐진 도리스 양식의 파르테논 신전

려져 있다. 아마도 아테네 시의 높은 명성 때문일 것이다. 이 미네르바도 올빼미가 상징이라 "미네르바의 올빼미는 황혼녘에야 난다(The owl of minerva flies only at dusk)."는 말이 나왔다. '시대정신(Zeitgeist)'을 강조한 독일의 철학자 빌헬름 프리드리히 헤겔이 《법철학》에서 한 말인데, 지혜나 학문이 현실의 사건이나 문제에 개입하여 해결책을 주지 못하고 모든 일들이 끝난 뒤에야 명료하게 정리되기 때문에 '현실에 뒤처지는' 한계를 꼬집은 말이기도 하다.

신들의 전령 헤르메스

제우스의 아들 가운데 헤르메스(Hermes)라는 신이 있었다. 그의 어머니는 마이아(Maia)로, 플레이아데스(Pleiades, 단수형은 플레이아드Pleiad)라 불리는 아틀라스의 일곱 딸 중 한 명이었다. 어느 날, 그녀들은 험악한 사냥꾼(오리온이라는 거인족)에게 쫓기고 있었다. 그래서 신들은 그녀들을 비둘기로 변신시켜 하늘로 올려보냈는데, 황소자리의 조그맣고 귀여운 별무리를

이루고 있다. 지금도 우리는 '정확히 일곱 명의 유명인사 모임' 가운데 한 사람을 '플레이아드'라 부르곤 한다.

헤르메스는 '신들의 전령'이었다. 따라서 매우 빨리 움직이는 신이라 보통 그의 신발과 투구에는 날개가 달려 있는 것으로 표현되었다. 또한 그는 통상과 계략, 발명의 신이기도 했다. 그리스시대 후반기에는 이집트의 학문의 신 토트(Thoth)를 받아들여 헤르메스와 동일시했는데, '헤르메스 트리스메기스토스(Hermes Trismegistos)'라고 불렀다. 이것은 '세 번 위대한 헤르메스(thrice-great Hermes)'라는 뜻으로, 그가 우주 전체의 지혜의 세 부문, 즉 해와 달과 별을 완전히 알고 있다는 것을 의미한다. 또 다른 설에 따르면 그는 기원전 3400년경의 사람으로 인류 역사상 최초의 연금술 대가이자 연금술의 원조로 숭배되는 인물이라고도 한다.

사실 chemistry(화학)는 '이집트'의 옛 명칭이며, 옛말로 화학은 hermetic art(헤르메스의 기술)였다. 화학자들은 어떤 용기의 내용물이 바깥 공기와 닿지 않게 하려고 용기의 뚜껑을 꼭 조여 닫아놓곤 했다. 그래서 공기가 압축되어 있는 상태를 hermetically sealed라고 표현한다.

고대에는 전령사들이 통치자와 통치자 사이 또는 각 군부대 사이에 메시지를 전달하는 일을 했다. 이들을 살해하는 것은 금지돼 있었으며 어느 정도 우대를 받았다. 그들은 카두케우스(caduceus)라는 특별한 지팡이를 임

카두케우스가 들어 있는
대한의사협회 로고

무의 징표로 가지고 다녔는데, 신들의 전령 헤르메스의 카두케우스에서 비롯된 것이다. 헤르메스는 아주 빠르게 움직여야 했기 때문에 투구와 신발뿐만 아니라 지팡이에도 날개가 달려 있었다. 나중에 그가 헤르메스 트리스메기스토스가 되었을 때에는 지팡이뿐만 아니라 의약품까지 가지

고 다녔다. 이것은 상처를 치료하는 데 쓰이는 가상의 가루약으로 hermetic powder라 불렸다. 뱀이 허물을 벗는 것을 젊음을 소생시키는 능력으로 본 그리스인들은 의사들에게서 회춘을 기대했던 것이다.

그래서 헤르메스의 지팡이는 두 마리의 뱀이 감아오르고 끝에 날개가 한 쌍 달려 있는 모양으로 그려졌으며, 후에 의사나 약사, 군대의 의무병과를 상징하는 데 쓰였다. 그래서 대한의사협회 로고에도 카두케우스가 들어가 있다.

태양계에서 별들 사이를 가장 빠르게 움직이는 첫 번째 행성의 이름(Mercury, 水星)은 발 빠른 헤르메스의 이름에서 따왔다. 로마인들은 헤르메스를 자신들의 '상업의 신' 메르쿠리우스(Mercurius, 영어로는 머큐리 *Mercury*)와 동일시했는데, 장사는 계산이 빨라야 하는 만큼 잘 어울리는 이름이다. 또 mercury는 수은(水銀, quicksilver, 원소기호 Hg)을 가리키기도 한다. 상온에서 액체인 유일한 금속이라서 붙인 이름이다. mercurial은 '재치 있는, 변하기 쉬운, 경박한'이라는 뜻을 가지고 있으며, mercurochrome은 찰과상에 바르는 '빨간약'을 말하는데, 알코올 성분이 들어 있어 빨리 증발한다.

헤르메스와 아프로디테 사이에 헤르마프로디토스(Hermaproditos)라는 아들이 있었다. 그를 소아시아 이다(Ida)의 산속 요정들이 키웠다. 미소년으로 자란 그는 어느 날 연못에서 목욕을 하고 있었는데, 그를 본 연못의 요정이 홀딱 반해 사랑을 고백했다. 매번 거절을 당했지만 이 요정은 포기하지 않고 헤르마프로디토스와 영원히 하나가 되겠다고 신들에게 간절히 빌었다. 결국 둘은 하나가 되어 남성과 여성을 동시에 지닌 자웅동체(雌雄同體)가 되었다. 바로 여기서 남녀 구별이 힘들거나 양성의 특징을 모두 가진 hermaphrodite라는 단어가 탄생했다.

쌍둥이 남매 아폴론과 아르테미스

제우스에게는 티탄족의 레토(Leto)가 낳은 쌍둥이 자녀가 있었다. 레토는 질투심 강한 헤라를 피해 에게해의 가장 작은 섬 델로스(Delos)라는 곳으로 도망쳤다. 그곳에서 쌍둥이 남매 아폴론(Apollon)과 아르테미스(Artemis)가 태어나자 델로스섬은 바다 밑으로 가라앉아 다시는 떠오르지 않았다. 이 쌍둥이 남매는 이 섬의 퀸토스(Cynthus)산에서 출생했기 때문에 종종 킨티오스(Cynthios)와 킨티아(Cynthia)로 불리기도 한다.

이들은 모두 젊은 궁사로 그려졌다. 아폴론은 남성적 미의 이상형이며, 아르테미스는 '사냥의 여신'이다. 로마인들은 아폴론을 대신할 신이 없어 그냥 아폴로(Apollo)라 불렀지만, 아르테미스는 숲의 여신 '디아나(Diana, 영어로는 다이애나)'와 동일한 신으로 간주했다. 영어권에서는 아르테미스보다 디아나가 더 익숙하다.

레토의 어머니는 티탄족 포이베였다. 포이베(그리스어로 '빛나는 사람'이라는 뜻)는 그리스 이전 시대에 달 또는 태양의 여신으로, 그리스인들은 이 신을 자신들의 신화 체계로 끌어들였다. 그래서 아폴론과 아르테미스는 포이베의 손자와 손녀가 되었으며 태양과 달을 지배할 수 있게 되었다. '태양의 신'으로 간주된 아폴론은 포이베란 명칭의 남성형을 물려받아 종종 포이보스 아폴론(Phoebus Apollon) 또는 포이보스(Phoebos)라고도 불린다.

아르테미스는 '달의 여신'이다. 이는 올림포스 신들이 티탄족의 자리를 대신한 또 다른 사례이다. 아폴론과 아르테미스의 화살에 맞은 사람들은 반드시 죽었다. 그리스인들은 이들이 도처의 사람들에게 화살을 쏘아 전염병이 발생한다고 생각했고, 전염병이 발생하면 아폴론에게 제발 멈추게 해달라고 빌었다. 이런 일들을 계기로 아폴론은 병을 치료하는 일과도 연관을 맺게 되었으며, 이것은 아폴론에게 아들이 있다는 신화를 낳았다. 아들의 이름은 아스클레피오스(Asclepios)이지만 라틴어 이름 에스쿨라피우스(Aesculapius, 영어로는 에스쿨랍Aesculap)가 더 유명하다. 그는 나중에 '의약과 치료의 신'이 되었다.

하데스가 그 때문에 자신의 임무(사람이 죽어야 돈을 벌 수 있다)를 제대로 수행하지 못하게 되자 동생인 제우스는 형을 위해 천둥 번개를 쳐서 손자인 아스클레피오스를 죽이고 말았다. 그는 죽은 뒤에 별자리가 되었고, 양손에 큰 뱀을 쥐고 있는 형상으로 그려졌다. 여기서 큰 뱀은 약품과 의사의 상징물이다.

용감한 자가 미인을 얻는다

제우스와 헤라 사이에는 아레스(Ares)라는 아들이 있었다. 그는 싸움을 즐기는 '전쟁의 신'으로 잔인하고 피에 굶주린 모습을 하고 있다. 그가 전쟁에 임할 때는 두 아들 포보스(Phobos)와 데이모스(Deimos)가 전차를 준비했다. 그리스어로 포보스는 '두려움'을, 데이모스는 '공포'를 뜻한다. 이것은 전쟁이 두려움과 공포를 동반한다는 사실을 암시하고 있다.

포보스는 '비정상적인 두려움'을 뜻하는 phobia로 현대 심리학에 흔적을 남기고 있다. 예를 들어 19세기 독일의 신경학자 카를 베스트팔(Carl Westphal)이 1871년에 처음으로 소개한 상황공포로, 낯선 거리나 사람들이 밀집한 백

카를 베스트팔

화점이나 광장 또는 공공의 장소 등을 꺼리는 증상인 agora(광장)+phobia(공포증)=agoraphobia, 라틴어 claustrum(좁은 곳, 밀폐된 곳)과 phobia의 합성어 claustrophobia(폐소공포증), 물을 마시려고 할 때 속에서 경련이 일어나는 hydrophobia(공수병恐水病), acrophobia(고소공포증, a fear of heights), anthropophobia(대인공포증), androphobia(남성공포증), gynephobia(여성공포증) 등을 꼽을 수 있다.

그리스인들이 태양계의 네 번째 행성인 화성(火星, Mars)에 아레스의 이름을 붙인 것은 이 행성이 붉은색을 띠고 있어 그의 불같은 성질이나 전쟁의 신 이미지와 딱 들어맞았기 때문이다. 로마인들은 '전쟁의 신' 마르스(Mars)와 아레스를 동일시했다. 그들은 마르스를 상당히 중요한 신으로 여겨 1년 내내 모셨으며, 세 번째 달(당시엔 첫 번째 달, '달력과 1년 12달의 유래' 항목 참조)은 그를 기리는 뜻에서 March(3월)라고 불렀다. 바로 여기서 '호전적인'이라는 뜻의 martial(warlike), martialism(군인 정신), marshal(육군 원수), martial law(계엄령) 등의 단어가 생겨났다.

버림받은 재주꾼 헤파이스토스

헤라의 또 다른 자식으로 헤파이스토스(Hephaistos)가 있다. 태어날 때 너무 몸이 허약한 그를 수치스럽게 여긴 헤라가 올림포스산 아래로 떨어뜨리는 바람에 불구가 되었다고 한다. 또 다른 이야기에서는 제우스와 헤라가 말다툼을 할 때 그가 헤라의 편을 들었기 때문에 제우스가 하늘에서 내동댕이쳐서 그렇게 되었다고 한다.

그는 '대장장이의 신'이라서 늘 대장간에서 일하고 있는 모습으로 묘사

된다. 로마인들은 불의
신을 시칠리아섬의 거대
한 에트나(Etna)산 분화구
깊숙한 곳에서 일하고 있
는 모습으로 그렸다. 로

굿이어 타이어사의 창업자 찰스 굿이어와 회사 로고

마인들은 이 신을 불카누스(Vulcanus)라고 불렀으며 헤파이스토스와 동일
한 신으로 여겼다. 하지만 영어권에서는 Vulcan(벌컨)이 더 익숙하다. 그래
서 우리는 에트나산처럼 불을 내뿜고 있는 산을 volcano(화산)라고 한다.

1839년 미국의 발명가 찰스 굿이어는 우연히 고무와 황을 동시에 가열
하면 기온에 관계없이 건조하지만 유연한 상태로 변한다는 사실을 발견
했다. 이후 고무는 타이어 등 여러 분야에서 실용화되었다. 고무를 만드는
방법에는 황과 함께 열을 가하는 공정이 포함되어 있는데 이러한 고무를
vulcanized(가황처리된)라고 표현한다.

에로티시즘

아레스와 아프로디테(로마 신화의 베누스, 영어로는 비너스) 사이에 에로
스(Eros, 로마 신화의 쿠피도, 영어로는 큐피드)라는 어린아이가 있었다. 그는
'연애의 신'으로 활을 가지고 다니는 꼬마로 묘사되며, 그가 쏜 황금 화살
에 맞은 사람들은 모두 사랑에 빠지고 납으로 된 화살에 맞으면 증오심에
불탄다.

대표적인 이야기가 '태양의 신' 아폴론과 다프네(Daphne) 이야기이다. 아
폴론이 꼬마라고 비웃은 것에 화가 난 에로스는 다프네라는 아름다운 님

프에게 사랑의 마음을 없애는 납으로 만든 화살을 쏜 다음 아폴론에게는 사랑의 마음을 불러일으키는 황금 화살을 쏘았다. 그래서 아폴론은 다프네를 사랑하게 되었지만 다프네는 도망칠 뿐이었다. 아폴론이 끝까지 쫓아가 다프네를 거의 다 잡는 순간 다프네는 월계수로 변해버렸다. 그래서 비통에 빠진 아폴론은 월계수를 자기를 상징하는 나무로 삼았다고 한다.

에로스는 종종 눈가리개를 한 모습으로도 그려진다. 이는 젊은이들이 맹목적인 사랑에 빠질 수 있음을 암시한다. 정신분석학에서는 에로스를 리비도(Libido)에서 발생하는 성적 쾌락을 목적으로 하는 본능으로 규정하고 있다. 이처럼 에로스는 성애(sexual love)의 뜻이 강하기 때문에 erotic(관능적인)과 eroticism(성욕, 성적 흥분)이라는 말을 낳았으며, 이런 종류를 다룬 문학과 예술을 erotica 또는 erotology라고 한다.

로마인들에게는 에로스와 동일한 신 쿠피도(Cupido)가 더 익숙하다. 낭만적이기보다는 현실적인 로마인들의 성격을 반영하듯, '욕망(desire)'이라는 뜻의 라틴어 cupido에서 유래한 cupidity(욕심, 탐욕)는 성애보다는 돈이나 물질을 지나치게 사랑하는 것을 뜻한다.

그런데 에로스는 정말로 아름다운 공주 프시케(Psyche, 사이키)를 운명적으로 만나게 된다. 그녀를 한번 본 남자들은 누구나 곧 사랑에 빠졌다. 이를 질투한 아프로디테는 아들 에로스로 하여금 프시케가 비렁뱅이와 사랑에 빠지도록 사랑의 화살을 쏘아 혼내주라고 부추겼다.

임무를 수행하려고 지상으로 내려온 에로스는 프시케에게 화살을 막 쏘려는 순간 실수로 그만 자기 화살에 찔리고 말았다. 결국 에로스 자신이 그녀를 사랑하게 된 것이다. 그는 한밤중에 그녀를 찾아가 구애한 끝에 마침내 결혼에 성공하였다. 그는 이 소문이 아프로디테의 귀에 들어가지 않게 하기 위해 그녀에게 자신의 얼굴을 보여주지 않았다.

하지만 프시케의 자매들은 그들의 사
랑을 시기했다. 그래서 프시케에게 네 남
편은 어쩌면 못생긴 괴물일지도 모른다
고, 그렇지 않으면 왜 얼굴을 보여주지 않
느냐고 지분거렸다. 그녀는 정말 그럴지
도 모른다는 생각이 들어 에로스가 잠든

에로스를 비춰보는 프시케

사이 그의 침대로 다가가, 얼굴을 보려고 램프를 그의 얼굴 가까이에 대고
허리를 숙였다. 바로 그때 램프에서 흘러나온 기름이 얼굴에 떨어지는 바
람에 놀란 에로스가 눈을 떴다. 그리고 에로스는 안타깝게도 약속을 지키
지 못하고 자신의 얼굴을 본 그녀를 떠나버렸다.

프시케와 에로스의 이야기에는 단순한 사랑 이야기 이상의 의미가 있
다. 영혼(프시케)은 원래 모든 것이 사랑(에로스)으로 이루어진 하늘나라에
있었으나, 한동안 고통과 슬픔을 참아내며 지상에서 방황해야 하는 형벌
을 받는다. 그래도 영혼이 순수하고 진실하다면 결국 하늘나라로 돌아와
그 사랑과 함께하게 된다. 이것이 바로 이 신화에 숨어 있는 의미이다.

이것은 마치 애벌레의 상황과 아주 비슷하다. 못생긴 애벌레는 무덤 속
에 있는 사람처럼 죽은 듯이 가만히 고치 속에 있다가 사람의 영혼이 좀 더
나은 삶을 향해서 무덤에서 나오듯 허물을 벗고 아름다운 나비로 변한다.
이런 생각 때문에 예술가들은 종종 프시케를 나비 날개가 달린 모습으로
묘사했다. 그래서 psyche는 '나비, 나방'이라는 뜻도 있다. '정신'이나 '영혼'
이라는 뜻을 가진 psyche는 지금까지도 psychology(심리학), psychiatrist(정
신의학자), psychedelic(환각제), psychoanalysis(정신분석학), psychopath(반
사회적 성격장애자), psychosis(정신이상), psychotherapy(정신·심리요법),
psychic(영매靈媒) 등 여러 단어에 남아 있다.

침묵의 신 하포크라테스

하포크라테스(Harpocrates)는 '침묵과 비밀'의 신이다. 보통 오른손 검지를 입으로 물고 있거나 검지를 입에 대고 있는 소년의 모습으로 묘사되고 있다. 이는 이시스와 오시리스의 아들인 고대 이집트의 호루스(Horus)를 그리스화한 것이다. 손가락을 입에 물고 있는 것은 신성문자(神聖文字, Hieroglyph)에서 '아이(子)'를 나타내는 것으로, 그리스나 로마에서 침묵을 의미하는 포즈와는 무관했다. 하지만 그리스의 시인이나 로마의 시인인 마르쿠스 테렌티우스 바로(Marcus Terentius Varro) 등이 이것을 오해하는 바람에 하포크라테스를 침묵과 비밀의 신으로 여긴 것이다.

장미는 꽃말이 '애정' '사랑의 사자' '행복한 사랑' 등으로, 동서양을 막론하고 결혼식용 부케나 여성에게 주는 선물로는 최고의 꽃이다. 그런데 다른 꽃말로 '밀회(密會)의 비밀'이 있다. 로마 신화에서 사랑의 신 쿠피도가 어머니인 베누스의 로맨스를 소문내지 말아달라고 '침묵의 신'인 하포크라테스에게 부탁했다. 침묵의 신이 쿠피도에게 그렇게 하겠다는 약속을 하자, 그 답례로 쿠피도는 하포크라테스에게 장미를 보낸 것이다.

검지를 입에 대고 있는
하포크라테스

그 후 장미는 밀회의 비밀을 지켜주는 꽃이 되었다. 그래서 로마시대 연회석 천장에는 말조심하라는 표시로 장미를 조각했으며, 16세기 중엽 교회의 참회실(懺悔室)에는 장미를 걸었다고 한다. 이런 전통은 오늘날까지 이어져, 중요한 대화가 오가는 건물이나 방의 천장은 장미 문양을 새긴 조각을 장식하곤 했다. 장미 장식은 이곳에서 오간 말들을 비밀로 하라는 암묵적 메시지인 셈이다.

이런 이야기에서 라틴어 sub rosa라는 말이 나왔다. 영어에서도 keep it sub rosa(비밀을 지키다)의 형식으로 사용되고 있다. 즉 sub rosa는 영어로 under the rose이며, 이는 '비밀리에(secretly)' '남몰래(furtively)'라는 뜻이다.

어머니에게 버림받은 기형아 프리아포스

디오니소스와 아프로디테 사이에서 또는 디오니소스와 님프 사이에서 태어났다는 프리아포스(Priapos)는 장난꾸러기에다 키가 작았지만 유난히 성기가 비대했다. 이를 창피하게 여긴 어머니가 자식으로 인정하지 않자 그는 난봉꾼 아버지를 따라다녔다. 일설에 따르면 헤라가 그의 부모를 미워해 산모의 배를 쓰다듬는 바람에 기형이 되었다고 한다. 그는 숲속에서 늘 님프들의 꽁무니를 따라다녔고, 자신의 남근을 잘라 창 던지듯 하며 장난을 치고 놀았다.

이 때문에 priapos는 phallus(남근)를 뜻하기도 하며, '디오니소스 축제(로마 신화에서는 바카날리아)' 때에는 사람들이 '풍요와 다산'의 상징인 이 남근상을 짊어지고 다녔다고 한다. 의학용어 priapism은 '통증을 동반한 지속 발기증'을 뜻하지만 이 증세가 꼭 성욕과 관계 있는 것은 아니다.

이오니아해로 이름을 남긴 이오

로마인들은 제우스를 유피테르(주피터)와 동일시하는데, 이에 해당하는 명칭이 하나 더 있다. 그것은 바로 Jove이다. 하지만 이 단어는 감탄문 'By

Jove(맹세코, 천만에)'라는 구절 외에는 그리 많이 쓰이지 않는다. 그 대신 형용사형이 필요할 경우에는 Jupiter보다 Jove가 많이 인용되고 있다. 즉 태양계 행성 중에서 가장 큰 '목성(주피터)의 영향을 받고 태어난 아이'는 jovial baby라 한다. 이 형용사는 '유쾌한(merry)' '쾌활한(jolly)' '명랑한(cheerful)'이라는 뜻을 지니고 있다.

제우스는 이오(Io)라는 '강의 요정'과 사랑에 빠진 적이 있었다. 제우스는 질투가 심한 부인 헤라(Hera) 때문에 이오를 흰 소로 변신시켰다. 그러나 헤라는 이 소에 대해 의심을 품고 아르고스(Argos 또는 Argus; 엄중한 감시인)라는 거인족을 보내 소를 감시하도록 했다. 아르고스는 눈이 100개나 되어 잠을 잘 때도 그중 몇 개는 항상 뜨고 있었으므로 '조심스럽고 주의 깊은 사람'을 Argos-eyed(감시가 엄한, 빈틈없는)라고 한다. 제우스는 100개의 눈을 모두 감긴 후 아르고스를 죽여버렸고, 슬픔에 찬 헤라는 죽은 아르고스의 눈들을 자신이 애지중지하던 공작새의 깃에 붙여놓았다. 그래서 공작새과에 속하는 조류를 Argos pheasant라고 부른다.

언젠가 소로 변신한 이오가 유럽과 아시아를 가르는 해협을 건넌 적이 있었다. 그래서 이 해협을 '소가 건너가다'라는 뜻의 Bosporus(보스포루스)라고 불렀다. 이오는 또 그리스와 남부 이탈리아를 가르는 지중해 지역을 헤엄쳐 건너기도 했기 때문에 이 지역의 바다를 '이오니아해(Ionian Sea)'라고 부른다.

12궁도 속으로 들어간 상상의 동물들

선사시대 이래로 유목민과 농경민들은 별들의 형태를 보고 달력을 만

들었다. 1년 동안 볼 수 있는 별들은 계속
달라지기 때문에 변화하는 별의 형태를 한
눈에 알아보기 위해서 별들을 집단으로 묶
어 구분했다. 이렇게 구분한 별들을 '별자
리(constellation)'라고 부른다. 태양이 통과하
는 12개의 별자리는 수많은 상상의 동물로

고대의 12궁도

구성되어 있다. 그래서 이 별자리를 그리스어로 '동물들의 무리'를 뜻하는
zodiac(궁도宮圖)이라 부른다. 그리스인들은 대부분의 별자리들을 바빌로니
아인에게서 물려받았기 때문에 자신들의 신화에 맞추어 별자리 그림을 변
화시키거나 또 다른 신화를 만들어 별자리 그림을 설명했다.

　12궁도 중에는 라틴어로 카프리코르누스(Capricornus; '뿔 달린 염소'라는 뜻
으로 염소자리를 뜻한다)라는 별자리가 있다. 그리스인들은 이 별자리를 제
우스가 자신의 어린 시절에 젖을 먹여준 것에 대한 감사의 보답으로 하늘
에 옮겨놓은 염소 아말테이아(Amaltheia)라고 생각했다. 영어 단어에도 아말
테이아의 흔적이 남아 있다. 제우스는 염소의 뿔 중 하나를 골라서 넥타르
와 암브로시아로 가득 채울 수 있는 힘을 주었는데, cornucopia(horn of plenty,
풍요의 뿔)가 바로 그것이다. 이 단어는 '원뿔형 그릇'이라는 원래의 뜻 외에
'풍요(affluence, richness)' '보고(寶庫, treasury)'라는 뜻으로도 자주 쓰인다.

　제우스와 연결된 또 다른 별자리는 요정 칼리스토(Callisto)와 관련되어
있다. 어느 날 아르카스(Arcas)가 사냥을 나갔다가 곰으로 변신한 칼리스
토와 마주쳤다. 그 곰이 자신의 어머니일 거라고는 꿈에도 생각지 못한 아
르카스는 창을 높이 쳐들고 달려들었다. 그 절체절명의 순간 제우스가 나
타나 아르카스를 곰으로 만들고는 두 사람을 하늘로 옮겨놓았다. 그래서
칼리스토는 '큰곰자리(Ursa Major)'가 되었고, 아르카스는 '작은곰자리(Ursa

Minor)'로 남게 되었다.

북극성은 큰곰자리 별 가운데 하나이다. 그리스인들은 북쪽으로 여행을 가면 북극성이 점점 더 높아지며, 그와 동시에 두 개의 곰 별자리가 모두 뜬다는 것을 알고 있었다. 그리스어로 곰이 arkto였기 때문에 사람들은 북부 지역을 arktikos라고 불렀다. 그래서 영어로 북극 부근의 지역은 arctic zone(북극대)이라 하고 그 지역을 둘러싸고 있는 가상의 선은 arctic circle(북극권)이라고 한다. 얼음으로 뒤덮인 북극대의 바다도 arctic ocean(북극해)이 되었다. 반대로 antarctic zone(남극대)은 남극 주위를 말하는데 이곳은 가상선인 antarctic circle(남극권)에 의해 구분된다. 접두사 ant는 '반대'를 뜻하므로 antarctic은 북극의 반대편인 남극이라는 뜻이다. 남극 지대의 얼어붙은 대륙은 antarctica(남극 대륙)라 하며 그 주위의 바다는 antarctic ocean(남극해)이라 한다.

한편 제우스는 종종 그 자신이 변한 동물들을 하늘에 별자리로 남겨두었다. 그 예로 에우로페를 납치하기 위해 변신했던 황소는 황소자리(Taurus; 라틴어로 '황소'라는 뜻)로 남겨놓았다. 이른 봄에 태양은 황소자리로 진입한다. 이 별자리가 황소자리가 된 것은 아마도 땅을 갈 시기를 상징하기 위해서였을 것이다. 그리고 제우스가 미소년 가니메데스(Ganymedes)를 납치하기 위해 변신했던 독수리는 독수리자리(Aquila; 라틴어로 '독수리'라는 뜻)로 남았다.

일 월 화 수 목 금 토

고대인들은 사람이 태어날 때 일곱 행성(수성, 금성, 화성, 목성, 토성, 태양,

달)이 어떻게 위치해 있었는지를 연구하면 그의 운명에 대한 정보를 얻을 수 있다고 생각했다. 이것을 '점성술(astrology)'이라고 한다.

예를 들면 수성은 어느 행성보다도 움직임이 빠르다. 그래서 수성 아래에서 태어난 사람은 재치와 생기가 넘치고 활기차지만 변덕스럽다고 생각한다. mercurial이란 단어에는 바로 그런 뜻이 담겨 있다. 또 반대로 토성 아래에서 태어나면 무겁고 침울하며 둔한 성격을 지니게 된다. saturnine은 바로 그런 뜻이다. 화성 아래에서 태어난 사람은 호전적(martial, bellicose, warlike)이다. 목성 아래에서 태어난 사람은 누구나 행복해진다. 그래서 jovial은 바로 '즐겁다'는 뜻을 가지고 있다.

달은 사람들의 마음에 불안감을 심어주었을 것이다. 사람들은 보름달 빛을 쏘이게 되면 미쳐버릴지도 모른다고 생각했다. crazy(미친)보다는 고상한 lunatic이라는 말은 달의 여신 루나에서 유래했다. 보통 loony(머리가 돈)로 표현되기도 한다. moon strike는 달을 치는 것이 아니라 '달 착륙'을 말한다. 그리고 달을 따달라는 ask for the moon은 '무리한 요구를 하다', 달을 보고 짖는 bark at the moon은 '쓸데없이 떠들어대다'라는 뜻이다.

일곱 개의 행성은 각각 일주일 중 특별한 하루를 책임지고 있다고 생각했다. 첫째 날(태양, Sun), 둘째 날(달, Moon), 셋째 날(화성, Mars), 넷째 날(수성, Mercury), 다섯째 날(목성, Jupiter), 여섯째 날(금성, Venus), 일곱째 날(토성, Saturn) 각각의 요일은 행성의 라틴어 명칭에 따라 지어졌으며 이 명칭은 라틴 계통의 언어에 지속되어 왔다. 실례로 프랑스어로는 월요일, 화요일, 수요일, 목요일이 각각 lundi, mardi, mercredi, jeudi이다. 토요일은 라틴어 dies saturni(사투르누스의 날)의 영역 saturn's day가 Saturday로, 일요일은 라틴어 dies Solis(태양의 날)의 영역 Sun's day가 Sunday로, 월요일은 라틴어 dies Lunae(달의 날)의 영역 moon's day가 Monday로 된 것이다.

노르만 신화의 오딘

그러나 영어에서 나머지 4개 요일은 앵글로색슨족이 기독교로 개종하기 전에 섬겼던 노르만 신들의 명칭을 따서 붙였다. 화요일(Tuesday)은 '티우(Tiw)의 날(Tiwesdaeg)'이라는 뜻인데, 노르만 신화에서 군신(軍神)으로 그리스 신화의 아레스나 로마 신화의 마르스에 해당한다. 수요일(Wednesday)은 '워덴(Woden, 보덴)의 날(Wodnesdaeg)'이라는 뜻으로 '대기와 폭풍의 신'이며, 북유럽 신화에서는 오딘(Odin)이라고 한다. 그의 아내는 '사랑의 여신' 프리그(Frigg)이며, 그녀는 그리스 신화의 아프로디테나 로마 신화의 비너스에 해당한다. 여기서 바로 '프리그의 날(Frigedaeg)', 즉 금요일(friday)이 생겨났다. 워덴과 프리그 사이에 토르(Thor)라는 아들이 있었다. 그는 '우레의 신'으로 그리스 신화의 제우스나 로마 신화의 유피테르에 해당한다. 바로 여기서 '토르의 날(Thurresdaeg), 즉 목요일(Thursday)이 생겨났다. 이것은 thunder(천둥, 우레)와 어원이 같으며, 여기서 astonish(=surprise, 놀라게 하다), astound(경악시키다, 큰 충격을 주다) 등의 파생어가 생겨났다.

행성과 금속의 짝짓기

중세 연금술사들은 세상에는 일곱 개의 행성과 일곱 가지 금속이 있다고 믿었다. 그래서 그들은 천체와 금속을 짝지었는데, 연금술사들이 알고 있던 일곱 가지 금속은 금·은·구리·철·주석·납·수은이었다.

금속이 띠는 색깔과 관련지어 금은 태양과, 달은 은과 짝을 이루었다. 구리는 하늘에서 가장 밝은 빛을 내는 금성과 짝이 되었다. 또 전쟁 무기를 만드는 철은 당연히 화성과, 무겁고 둔탁한 납은 토성과 연결되었다. 수은은 액체 상태이며 쉽게 움직이는 성질이 있기 때문에 빨리 움직이는 수성과 연결되었다. 그리고 주석은 마지막 남은 목성과 짝을 이루게 되었다.

아주 예외적인 몇 가지 사례에서도 중세 연금술사들의 믿음에 대한 흔적이 남아 있기는 하다. 가장 유명한 예가 바로 질산은 합성물이다. '질산은'은 lunar caustic이라는 명칭에 아직까지 남아 있다. caustic은 그리스어로 '물어뜯다'라는 뜻으로 강한 부식작용을 하는 물질인 질산과 관련된 단어이다. lunar는 물론 은과 관련이 있다. 그리고 붉은빛을 띠는 납(lead)과 산소의 화합물은 일반적으로 red lead(연단鉛丹)로 알려져 있다. 또한 이것은 종종 saturn red로 표현되기도 한다. 납은 토성과 짝을 이루는 금속이었기 때문이다. 또한 다양한 색깔을 가진 일련의 철 화합물은 Mars가 들어간 mars yellow, mars brown, mars orange, mars violet 등의 명칭으로도 불렸다.

애틋한 사랑에 얽힌 이야기들

그리스인들은 연애담에도 관심이 많았다. 그런 까닭에 그리스 신화의 수많은 이야기들은 오늘날의 러브 스토리에도 많은 영향을 주었다. 몇몇 이야기들은 가슴을 저미는 감동으로 놀랍게도 3000년에 걸쳐 전해 내려오고 있다. 그 한 예가 바로 오르페우스(Orpheus) 이야기이다.

오르페우스는 아폴론과 칼리오페(Calliope; 뮤즈의 우두머리)의 아들이다. 그런 부모를 둔 덕분에 오르페우스는 아름다운 노래를 부를 수 있었다. 그의 노래 솜씨는 너무도 유명했기 때문에 orphean이란 말은 아직도 '아름다운 선율로 사람을 매혹시키다(melodious, enchanting)'라는 뜻을 가지고 있다. 그래서 수많은 음악관들에 Orpheum이란 이름을 붙였으며, 오늘날까지도 수많은 극장들의 이름으로 이어져 내려오고 있다.

오르페우스는 에우리디케(Eurydike)와 결혼했다. 그러나 행복한 시간은 쏜살같이 지나가고 그녀는 뱀에 물려 죽고 말았다. 그는 그녀를 되살려내기로 결심하고 하데스를 찾아갔다. 그는 수금(lyre)을 타고 노래하면서 지하세계로 내려갔다. 그의 음악에 감동한 카론은 산 사람인 그가 강을 건너게 해주었고, 케르베로스도 고개를 숙이고 저승으로 들어가도록 허락해주었으며, 하데스의 무뚝뚝한 얼굴에서도 눈물이 흘러내렸다. 그래서 그는 이 아름다운 악사에게 에우리디케를 돌려주기로 했다. 물론 한 가지 조건이 있었다. 지하세계를 완전히 빠져나갈 때까지 결코 뒤돌아보지 말아야 한다는 것이었다.

오르페우스는 노래를 부르고 연주를 하면서 지상으로 향했다. 저승을 거의 빠져나올 무렵 에우리디케가 정말로 따라오고 있는지 궁금한 나머지 그만 뒤를 돌아보고 말았다. 그녀는 아직 뒤따라오고 있었다. 그러나 오르페우스가 뒤돌아본 순간 그녀는 슬픈 울음소리와 함께 떠밀리듯 저 밑으

로 사라져버렸다.

지하세계를 헤매다 다시 지상으로 되돌아온 오르페우스는 그 후 밀교의 중심인물이 되었다. 그를 숭배하는 밀교는 매우 유명해져, orphic이라는 단어는 mystical(신비한, 밀교의)과 같은 의미로 쓰이고 있다.

동물들을 모아놓고 하프를 연주하는
오르페우스

나르시시즘

또 다른 사랑 이야기는 산의 님프였던 에코(Echo; 그리스어로 '소리'라는 뜻)에 대한 이야기이다. 장황한 수다로 헤라를 욕하고 다녔던 그녀는 결국 몇 마디 말밖에 할 수 없는 벌을 받게 되었다. 그나마도 다른 사람이 그녀에게 한 말 중 마지막 몇 마디만 되풀이할 수 있을 뿐이었다. 그러던 중 에코는 나르키소스(Narcissos, 나르시스)라는 미남 청년을 사랑하게 되었다. 하지만 그녀는 자신이 한 말의 마지막 몇 마디를 반복하는 것밖에 할 수 없었기 때문에 자신의 감정을 표현할 길이 없었다. 점점 야위어간 그녀는 마침내 목소리 외에는 아무것도 남지 않았다. 그녀의 목소리는 지금도 산속에서 들을 수 있으며 echo(메아리, 흉내)라고 불린다.

그녀에게 가혹하면서도 오만하게 굴었던 나르키소스에게도 파멸의 시간이 찾아왔다. 어느 날 나르키소스는 물에 비친 자신의 모습을 보게 되었다. 자신의 모습을 한 번도 본 적이 없었던 그는 물에 비친 모습에 반해 자신인 줄 전혀 깨닫지 못하고 자신을 사랑하게 되었다. 당연히 물그림자는 아무런 반응이 없었다. 이제 나르키소스 자신이 거부당한 셈이다. 그는 점점 야위어가더니 결국에는 죽고 말았다. 그 후 그는 꽃이 되었는데 사람들은 그의 이름을 따서 narcissus(수선화水仙花)라고 불렀다.

1807년 영국의 계관시인 워즈워스가 호숫가에 핀 수선화에서 영감을 얻어 지은 시의 제목도 〈수선화〉이며, 지그문트 프로이트는 1914년에 이

에코와 나르키소스

나르시시즘에 대한 책을 쓰기도 했다. 캐나다의 작가 맨리 홀(Manly P. Hall)
은 나르키소스를 잠든 영혼, 깨어 있지 못한 영혼, 즉 육(肉)의 성품(fleshly
nature)에 미혹되어 있는 상태의 영혼을 뜻한다고 해석했다.

나르시시즘(narcissism, 자아도취) 또는 자기애(自己愛)는 정신분석학적 용
어로 자신의 외모나 능력이 지나치게 뛰어나다고 믿거나 사랑하는 자기중
심성을 가리킨다. 대부분 청소년들이 주체성을 형성하는 과정에서 거치는
하나의 단계이기도 하지만, 정신분석학에서는 보통 인격적인 장애증상으
로 간주한다. 자기의 신체에 대해 성적 흥분을 느끼거나 자신을 완벽한 사
람으로 여기면서 환상 속에서 만족을 얻는 증상을 말한다.

narcissistic(자아도취의, 허영에 찬), narcotic(마취성의), NARC(속어로 마약단
속반), narcotism(마약, 마취), narcosis(혼수상태, 마취법), nark(앞잡이, 밀고하다)
등의 단어들도 여기서 생겨났다.

피그말리온 효과

키프로스의 왕이자 조각가인 피그말리온(Pygmalion)은 여성 혐오증이
있었다. 하지만 여자에 대한 생각을 잊으려고 하면 할수록, 한층 더 여자
에 대한 강박관념에 사로잡히게 되었다. 이상적인 여성을 발견할 수 없음
을 한탄한 나머지 그는 자신이 원하는 여성을 직접 조각하여 갈라테이아
(Galateia)라고 이름을 지어주었다. 그 후 피그말리온은 상아로 만든 이 조각
상과 사랑에 빠지고 말았는데, 그는 '아프로디테 축제' 때 자기가 조각한 갈
라테이아 같은 여성을 배필로 맞게 해달라고 아프로디테 여신에게 간절히
기원했다.

아프로디테는 아름다움과 사랑에 대한 간절한 마음을 갖고 있는 피그말리온을 기특하게 여겨 갈라테이아에게 생명을 불어넣어줌으로써 그의 소원을 들어주었다. 이 둘은 결혼했고 그렇게 해서 태어난 딸이 바로 파포스(Paphos)인데, 아프로디테에게 봉헌된 도시 파포스는 바로 이 딸의 이름에서 따온 것이다.

피그말리온과 갈라테이아

그래서 '피그말리온 효과(Pygmalion effect)'란 지극한 사랑으로 어떤 대가를 얻었을 때 표현하는 말이다. 이와 비슷한 개념의 교육학 이론으로 '로젠탈 효과(Rosenthal effect)'가 있다. 1968년 하버드대학교 사회심리학과 교수인 로버트 로젠탈(Robert Rosenthal)과 초등학교 교장을 지낸 레노어 제이콥슨(Lenore Jacobson)은 미국 샌프란시스코의 한 초등학교에서 전교생을 대상으로 지능검사를 한 후 검사 결과와 상관없이 무작위로 한 반에서 20퍼센트 정도의 학생을 추려냈다.

그리고 이 학생들의 명단을 교사에게 넘겨주면서 '지적 능력이나 학업 성취도의 향상 가능성이 높은 학생들'이라 믿게 했다. 몇 개월 뒤 다시 지능검사를 실시해보니, 그 명단에 든 학생들은 다른 학생들보다 성적이 크게 향상되었다. 이 학생들에 대한 교사의 기대와 격려가 크게 작용했던 것이다. 이는 교사가 학생에게 거는 기대가 실제로 학생의 성적 향상에 영향을 미친다는 것을 입증한 것으로 긍정의 힘을 보여준 것이라 할 수 있다.

반대로 나쁜 사람으로 낙인찍히면 그에 걸맞게 행동하는 것을 '낙인효과(stigma effect)'라고 한다.

3장 ➡ 자연과 관계 있는 반신과 괴물들

밀교의 상징 디오니소스

그리스 신화에는 올림포스 신들보다 비중이 약간 떨어지는 신들이 수없이 등장한다. 이들 가운데 일부가 바로 반신(半神, demigod)들이다. 이들은 비록 신들보다는 약하지만 그래도 인간보다는 능력이 월등하다. 간혹 죽기도 하지만 죽은 다음에는 대부분 신이 된다. 아스클레피오스가 하나의 본보기이다.

여러 반신들 중에서도 상위권에 드는 신들 가운데 하나가 디오니소스(Dionysos)이다. 그는 본래 밀교에서 중심인물로 여기는 '경작의 신'이었다. 페르세포네가 하데스에게 납치되어 내려갔다가 돌아왔듯이 그도 역시 살해당했다가(죽음) 곧바로 소생했다(부활). 바로 이 점이 중요하다. 왜냐하면 죽음은 겨울에 식물이 시들어가는 것을, 부활은 봄에 식물이 다시 자라는 것을 상징하기 때문에 페르세포네와 디오니소스는 밀교에서 아주 중요한 역할을 한다.

로마시대에 들어와 디오니소스는 바쿠스(Bacchus)라는 이름으로 알려졌다. 사람들은 바쿠스를 위한 감사 축제를 벌였는데, 거의 광란에 가까웠던 그 축제를 디오니시아(Dionysia, 주신제) 또는 바카날리아(Bacchanalia)라

로마의 주신제(酒神祭) 포스터

불렀다. 그리고 그 축제에는 대개 바칸테(Bacchante)라 불리는 여인들이 참석했다. 오늘날 Bacchanalia는 '광적인 축제'를 말하며, bacchante는 '자신의 감정을 주체하지 못하고 미치기 직전까지 이른 상태의 여성'을 일컫는다(남성은 bacchant). 차츰 인기가 높아진 디오니

소스는 마침내 올림포스 신들의 일원으로 받아들여졌다. 그리스 신화에서 그는 제우스의 아들로 나오며 그의 어머니는 세멜레(Semele)이다.

헤르메스의 아들 판(Pan)은 들판과 숲의 신, 즉 '모든 자연의 요정'이었다. 그의 이름도 그리스어로 '모든(범凡, all)'이라는 뜻이다. 제우스가 거인족과 싸우다 승리를 거두자 판은 너무 기뻐 환호성을 질렀고, 전쟁이 끝난 뒤 그는 자기의 고함소리에 거인족이 놀라 겁을 먹고 도망갔다고 으스댔다. '공황, 공포'라는 뜻의 panic, panic button(비상벨) 등은 바로 이 이야기에서 비롯되었으며, pan(모든)+theon(신을 모시는 곳)=Pantheon(만신전萬神殿), pansophism(박학다식), panorama(전경, 개관), pantology(백과사전적 지식) 등은 '모든'의 뜻을 품고 있는 단어들이다. 상호로는 미국항공사 팬암(Pan+America=Pan Am), 한국의 해운회사 범양(凡洋, Pan+Ocean) 등에 쓰이고 있다.

판은 간단한 악기를 불며 즐겁게 춤추고 있는 모습으로 묘사된다. 이 악기는 아직까지도 팬파이프(panpipe; '판의 파이프'라는 뜻)라고 불린다. 판은 물의 님프를 사랑했지만 그녀는 도망쳐버렸다. 그가 도망치는 그녀를 뒤쫓아가자 그녀는 그를 피해 달아나게 해달라고 신에게 빌었다. 간청을 받아들인 신은 그녀를 강가의 갈대로 만들어주었다. 그러자 슬픔에 잠긴 판은 갈대를 꺾어서 팬파이프를 만들었다. 판이 사랑했던 이 요정의 이름은 그리스어로 '관'이란 뜻의 시링크스(Syrinx)였다. 그래서 '새의 울대'나 '팬파이프'를 시링크스라고도 한다. 또 음악과 전혀 상관이 없지만 저수지에서 물을 방출하거나 유입하는 관들은 syringe(세척기, 주사기)로 불린다.

'씨 뿌리는 남자(sower)'라는 뜻이 담긴 '숲과 목축의 신' 사티로스(Satyros, Satyr)는 디오니소스의 수행원으로 장난이 심하고 주색(酒色)을 밝혔다. 함부로 씨를 뿌리는 '호색한'을 뜻하는 satyric도 바로 여기서 나온 말이다. 그리고 '여성음란증(nymphomania)'과 상반되는 '남성음란증'을 satyriasis라고 하는데, satyr와 -iasis(닮은꼴)의 합성어이다.

로마인들은 사티로스를 파우누스(Faunus)와 동일시했다. 파우누스는 '야생동물의 신'이었고 그의 누이인 플로라(Flora)는 '꽃과 식생의 신'이었다. 그래서 특정 지역의 동물 서식지는 fauna, 식물 서식지는 flora라고 한다.

식물의 신 가운데 특히 '과일나무의 여신'을 포모나(Pomona)라고 했다. 라틴어로 pomum은 '과일'을 뜻하며 여러 가지 파생어를 낳았다. 사과처럼 과즙과 섬유질이 풍부한 과일은 pome(이과梨果), 사과처럼 생긴 알갱이가 여러 개 붙어 있는 석류는 pomegranate, 자몽은 pomelo이다. 머릿기름으로 쓰이는 pomade(포마드)라는 연고제에는 사과 성분이 들어 있으며, 이 연고제를 넣고 다니는 작은 상자는 pomander(향료갑, 향료)라고 한다.

가끔씩 거론되는 여신들 가운데 이리스(Iris, 영어로는 아이리스)가 있다. 그녀 역시 신의 전령사로서, 특히 인간에게 신의 메시지를 전달하는 역할을 맡았다. 그래서 그녀는 자주 하늘에서 땅으로 내려와야만 했는데, 이때 사용한 계단이 바로 무지개였다. 실제로 iris는 그리스어로 '무지개'를 뜻한다. 무지개는 일곱 가지 색깔로 되어 있어 iris는 '여러 가지 색깔을 띠고 있는 물체'를 가리킬 때 쓰인다. 1721년 덴마크의 해부학자 야코프 베기누스 윈슬로(Jacob B. Winslow)는 눈의 색깔이 있는 부분을 iris(홍채)라고 이름 지었다. 이것은 갖가지 색깔의 꽃이 피는 '붓꽃'을 뜻하기도 한다.

그리스어 iris의 복수형 irides는 몇몇 영어 단어들에 나타나 있다. 예를 들어 물 위의 기름이나 비누 거품 그리고 조개껍데기의 안쪽에 생

야코프 베기누스 윈슬로

기는 얇은 막 등은 보는 각도에 따라서 그 빛깔이 달라진다. 바로 이것을 iridescence(무지갯빛, 진주빛)이라고 한다.

예술의 여신인 9명의 무사이

그리스어로 무사이(Musai, 단수형은 Musa; 영어 복수형은 Muses, 단수형은 Muse)는 '즐거움'을 상징한다. 제우스의 딸인 이 아홉 명의 아름다운 여신들의 어머니는 티탄족의 므네모시네(Mnemosyne)이다. 이 이름은 그리스어로 '기억' '곰곰이 생각하다'라는 뜻이다. 오늘날에는 mnemonic이라고 하면 흔히 '기억에 관련된 것'이나 '기억력을 돕는 것'을, mnemonics는 '기억술'이나 '기억 증진법'을 가리킨다.

영어로 뮤즈라고 하는 그녀들은 여러 예술 분야를 맡고 있다. 그녀들은 특히 시적 영감을 불어넣어주었기 때문에 옛 시인들은 영감을 얻기 위해서 뮤즈에게 기도한 다음 작품을 쓰곤 했다. 문자를 사용하기 전까지 시는 암기해서 낭송하는 것이었다. 그래서 시의 영감을 뜻하는 뮤즈가 기억의 여신 므네모시네의 딸이라고 생각한 것은 자연스러운 일이다. 또 고대의 시나 희곡 및 암송 작품들은 아름다운 선율이 흐르는 가운데 공연되었는데, 이 선율을 music이라고 했다.

뮤즈를 섬기기 위해 지은 신전에서는 학술과 연구 활동도 이루어졌다. 이 신전의 이름은 museum으로, 오늘날 예술이나 과학 분야의 귀중품을 소장하기 위해 지은 건물을 일컫는다.

아홉 명의 뮤즈들은 제각기 예술의 한 분야씩을 책임졌다. 뮤즈들의 우두머리 칼리오페(Calliope)의 이름은 '아름다운 목소리'를 뜻하는 그리스어

왼쪽부터 칼리오페, 탈리아, 테르프시코레, 에우테르페, 폴리힘니아, 클리오, 에라토, 우라니아, 멜포메네

에서 나왔다. 지금은 연주를 하면 기적 소리가 나는 악기를 말한다. 특히 서커스 행렬이나 회전목마에서 칼리오페로 연주하는 음악을 흔히 들을 수 있다. 하지만 그 소리는 발랄하고 명랑하기는 해도 '아름다운 목소리'라고 표현하기는 어렵다.

클리오(Clio; ~대해 말하다)는 역사의 뮤즈이다. 에라토(Erato)와 우라니아(Urania)는 에로스와 우라노스를 여성형으로 바꿔 부른 뮤즈들이다. 사랑을 뜻하는 에로스에서 연애시의 뮤즈 에라토가 나왔으며, 하늘을 뜻하는 우라노스에서 천문학의 뮤즈 우라니아가 나온 것이다. 에우테르페(Euterpe; 아주 기뻐하다)는 일반적인 음악의 뮤즈였다. 반면에 폴리힘니아(Polyhymnia)는 종교음악의 뮤즈였다. 이 뮤즈의 이름은 '여러 송가곡'을 의미한다. hymn은 지금도 '종교적 내용이 담긴 노래'라는 의미로 사용되고 있다.

탈리아(Thalia; 꽃이 피다)는 희극의 뮤즈이며 멜포메네(Melpomene; 노래하다)는 비극의 뮤즈이다. 마지막으로 테르프시코레(Terpsichore)는 무용의 뮤즈이다. 이 이름은 이유는 알 수 없지만 지금까지 전해져 내려오고 있으며, 익살스럽게 말할 때 무용을 terpsichorean art라고 한다.

뮤즈 이외에도 기분을 상쾌하게 하는 그라티아이(Gratiae; 그리스 신화의 카리테스에 해당)라고 알려진 세 자매가 있었다. 이들은 여성의 매력을 담당하고 있는 여신들이다. 이들을 영어로 표현하면 the three Graces이다. 여기에서 비롯된 단어로 graceful(우아한, 품위 있는)과 gracious(호의적인, 친절한)가 있다.

우리가 보통 요정이라고 부르는 님프(nymph)는 '신부'를 뜻하는 그리스어 numphe가 어원이다. 그리스인들은 강·산·들·숲 등 모든 자연에 님프들이 살고 있다고 여겼다. 이들은 젊고 아름다웠기 때문에 종종 신과 인간의 흠모 대상이 되기도 했다. 자연 속에서 신과 인간이 만나 사랑을 나누는 모습은 그리스 신화를 한층 더 에로틱하게 해주고 있다. 그래서 nymph는 '아름다운 소녀' 외에도 '방정치 못한 여자'라는 뜻이 있으며, 그런 성격 때문에 nymphomania(여성음란증), nymphomaniac(여성음란증환자), nymphae(소음순, 애벌레)처럼 주로 성(性)과 관련된 용어로 쓰이고 있다.

건강을 묻는 게 인사

히기에이아(Hygeia)는 '건강'이라는 뜻이다. 그녀는 아스클레피오스의 딸이자 '건강의 여신'이다. 지금도 hygiene(위생학)이라는 단어는 건강을 지키는 방법을 연구하는 학문을 말한다. 아스클레피오스의 또 다른 딸은 파나케이아(Panacea; 그리스어로 '만병통치약'이라는 뜻)인데, 오늘날 이 이름은 '어려운 문제를 쉽게 풀어내는 방책'을 뜻하는 말로도 사용된다.

로마인들이 히기에이아와 동일한 신으로 여기는 건강의 신은 살루스

(Salus)이다. 그래서 salutary란 단어는 '건강한' '이로운'이란 뜻을 갖게 되었다. 우리가 인사를 나눌 때 보통 그 사람의 건강이나 행복을 바라는 뜻에서 "안녕하세요?"라고 한다. 그래서 salutation(인사, 경례)이나 salute(인사하다, 인사, 경례)라는 말은 모두 '인사'라는 뜻을 갖게 되었다. 특히 salutatory는 내빈에게 하는 인사말을 가리킨다.

1월이 된 두 얼굴의 신 야누스

야누스(Janus)는 로마 신화에서 드물게 그리스에 기원을 두거나 서로 대응하는 신이 아니다. '문의 신'인 야누스는 시작(문을 통해 들어가는 입구)과 끝(문을 통해 나가는 출구)을 주재하며, 집이나 도시의 출입구 등을 지키는 수호신이기도 하다. 고대 로마인들은 야누스가 문의 안팎을 지키기 때문에 그 얼굴이 두 개라고 여겼지만, 어떤 그림에서는 네 개로 그려지기도 한다. 아마도 야누스가 문의 앞뒤뿐만 아니라 양옆도 지켜주기를 바랐기 때문일 것이다. 이처럼 야누스는 출입문의 앞뒤뿐만 아니라 동서남북 네 방향을 철통같이 지켜주는 문지기 신이었다.

그런데 야누스는 로마인에게 단순한 문지기가 아니었다. 야누스는 밤과 낮, 과거와 미래 등 시간의 문까지도 지켜주는 것으로 믿었다. 그들에게 문은 새로운 시간으로 들어가는 입구였다. 그뿐만 아니라 전쟁을 시작하는 것도 야누스 신의 소관이었다. 그래서 전쟁의 기미가 보일 때는 아예 신전 문을 열어놓았다. 언제든지 야누스가 뛰쳐나와 전쟁

두 얼굴의 야누스

의 서막을 열어주기를 바랐기 때문이다.

　로마의 제2대 왕 누마 폼필리우스(Numa Pompilius)는 이 야누스에게 바치는 신전을 지었다. 신전의 문은 로마 중앙으로 들어오는 중요한 관문으로, 누마는 이 문이 전시에는 열리고 평화시에는 닫힌다고 공표했다. 누마가 로마를 다스릴 때는 한 번도 열리지 않았던 문이 누마가 죽은 후에는 줄곧 열린 채로 있다가 옥타비아누스가 안토니우스와 클레오파트라의 연합군을 무찌른 기원전 31년에야 비로소 닫혔다고 한다.

　1년 중 1월은 지난해를 마감하고 새로운 한 해를 시작하는 시기이다. 과거를 추억하고 미래의 희망을 가져보는 달을 기념하기 위해 사람들은 이 달을 야누스(Janus)의 이름을 따서 January라고 불렀다.

　Janus-faced는 '대칭적인' '양면의' '표리부동한'이라는 뜻이기 때문에 a janus-faced foreign policy는 '양면외교'를 말한다. 또한 문의 이미지에 걸맞게 건물 입구에서 그 건물을 지키는 사람을 janitor(수위, 건물 관리인)라고 한다.

달력과 1년 12달의 유래

　초기 로마력은 로마를 건국한 로물루스와 레무스 형제가 제정했다. 고대 로마 초기에는 춘분일을 1년의 시작으로 삼아 1년이 10개월(298일)밖에 없었다. 라틴어로 Martius(1월), Aprilis(2월), Maius(3월), Junius(4월), Quintilis(5월), Sextilis(6월), Septembris(7월), Octobris(8월), Novembris(9월), Decembris(10월)가 그것이다.

　이후 2대 왕 누마 폼필리우스가 기원전 713년 그동안 없었던 겨울의 달 2개월을, 즉 Januarius와 Februarius를 추가해 1년을 12개월로 만들었다.

Januarius는 당시 Decembris로 끝나는 1 년의 다음 첫 달이어서 '문의 신' Janus에 서 이름을 따왔고, 마지막 달 Februarius 는 묵은 때를 씻고 새해를 맞는 '속죄 정 화의식' Februa에서 이름을 따왔다.

가이우스 율리우스 카이사르(Gaius Julius Caesar)는 이집트 원정 후 역법을 도 입하여 기원전 46년에 태양력의 시초인

누마 폼필리우스

율리우스력을 만들었다. 평년을 365일로, 4년에 한 번씩 윤년을 366일로 정한 것이다. 또한 1·3·5·7·9·11월은 31일로, 나머지 짝수 달은 30일로 하되 2월은 평년 29일, 윤년 30일로 정했다. 윤년(閏年)이란 역법을 실제 태 양년에 맞추기 위해 여분의 하루 또는 월(月)을 끼우는 해를 말한다.

그리고 계절과 달력을 일치시키기 위해 이미 기원전 153년에 Januarius 를 1월로, Februarius를 2월로 정했지만 Martius가 1월이라는 구습에 젖어 제대로 지켜지지 않았다. 그러자 카이사르는 다시 한 번 강력한 포고령을 내렸고, 결국 Martius는 1월에서 3월로 확실히 밀려나게 되었다.

또한 자기가 태어난 7월의 명칭을 원래 '다섯 번째 달'이라는 뜻의 Quintilis에서 자신의 이름을 딴 율리우스(Julius, July)로 개칭했으며, 2월에 서 하루를 빼앗아 와 31일로 정했다. 카이사르에 이어 황제가 된 조카 아우 구스투스(Augustus; 본명은 가이우스 옥타비아누스)도 자신의 생일과 대전투 에서 거둔 승리를 기념하기 위해 8월의 명칭을 원래 '6번째 달'이라는 뜻의 Sextilis에서 자신의 이름을 딴 아우구스투스(Augustus, August)로 바꾸었다. 그리고 율리우스의 달인 7월이 31일인 것과 균형을 맞추기 위해 2월에서 하루를 떼어와 8월도 31일로 정했다. 하지만 7·8·9월이 연속해서 31일이

되므로, 9월부터 12월까지는 짝수 달을 31일로 정했다.

이러한 율리우스력이 100년에 하루의 오차가 생기자 교황 그레고리우스 13세는 1582년 부활절 날짜를 맞추기 위해 그레고리력을 선포했다. 그레고리력은 윤년을 원칙적으로 4년에 한 번을 두되, 연수가 100의 배수인 때에는 평년으로, 다시 400으로 나누어 떨어지는 해는 윤년으로 했다. 그래서 2000년은 윤년이었던 것이다. 우리나라도 고종 31년(1894)부터 바로 이 그레고리력을 사용하고 있다. 그러면 각 달의 명칭은 어디서 유래했는지 한번 알아보도록 하자.

1월(January)

얼굴이 두 개인 야누스(Janus)는 과거(한쪽의 끝)와 미래(다른 한쪽의 시작), 즉 지난해와 새로운 해를 모두 볼 수 있는 '문의 신'이었다. 그래서 새해의 문을 여는 1월은 이 야누스에서 나온 라틴어 Janua(문)에서 이름을 따왔다.

2월(February)

고대 로마인들은 로마력에서 2월이 마지막 달이었기 때문에 이때 몸과 마음을 깨끗이 하는 의식을 가졌다. 이는 로마의 사비네(Sabine) 지방에서 매년 2월 15일(dies febratus)에 열렸던 '루페르칼리아(Lupercalia)'라는 축제에서 유래했다. 이것은 늑대로

페브루아를 휘두르는 청년들

부터 '양 떼를 보호해주는 신' 루페르쿠스(Lupercus)를 기리는 축제로 다산의 상징인 lupus(암늑대)에서 그 이름을 따왔다.

이때 Februa라는 의식을 치렀는데, 청년들이 제물로 바친 산양의 가죽으로 februa(정화하는 것, 맑게 하는 것)라는 가늘고 긴 채찍을 만들어 거리로 나가 사람들에게 휘두르고 다녔다. 특히 여자들이 이 채찍을 맞으면 부정이 달아나고 불임이 치유되어 다산을 할 수 있다고 믿었다. 이처럼 2월은 '정화, 깨끗함의 달'이라는 뜻의 라틴어 februarius에서 이름을 따왔다.

3월(March)

당시는 추운 겨울을 피해 주로 봄에 전쟁을 시작했기 때문에, 로마 신화에서 '전쟁의 신'인 Mars에서 이름을 따왔다.

4월(April)

싹이 움트고 꽃이 피는 4월은 '열리다'라는 뜻의 라틴어 aperire에서 유래하였다. 또한 그리스 신화의 '미의 여신' 아프로디테에서 유래했다는 설도 있다.

5월(May)

헤르메스(머큐리)의 어머니이자 '풍요의 여신'인 Maia에서 따왔다. 이 여신의 이름은 magnus(위대한, 큰)와도 어원이 같다. 이 magnus에서 나온 단어로는 magnum(1.5리터짜리 와인 병), magna carta(대헌장), magnify(확대하다), magnanimous(관대한), magnificent(장엄한) 등이 있다.

형용사 magnus의 비교급은 maior이고 최상급은 maximus이다. 비교급 maior에서 나온 단어로는 major(더 큰), majesty(위엄)가 있으며, 최상급

maximus에서 나온 단어로는 maximum(최대), maxim(금언)이 있다.

6월(June)

여성을 보호하는 로마의 여신 Juno에서 유래하였다. 그래서 서양에서는 6월에 결혼하는 여성들이 많다. 이 밖에 로마의 명문 집안의 하나인 Junius에서 나왔다는 설도 있다.

7월(July)

위대한 로마의 지도자 Julius Caesar의 이름에서 유래하였다. 그의 생일이 로마력으로 다섯 번째 달(Quintilis), 즉 7월 12일이었기 때문에 자신의 달로 삼았다. 카이사르가 인류 최초로 제왕절개수술로 태어났기 때문에 '제왕절개수술'을 Caesarian Operation이라고 부른다.

8월(August)

카이사르의 조카이자 로마 최초의 황제인 Augustus의 이름에서 유래하였다. 그도 여섯 번째 달(Sextilis)의 명칭을 자기 이름을 넣어 바꾸었다.

9월(September)

숫자 7을 뜻하는 라틴어 'septem'에서 유래하였다. 9월에서 12월까지는 라틴어 숫자가 그대로 사용되었는데, Martius가 1월에서 3월로 밀리는 바람에 9월, 10월, 11월, 12월은 모두 원래 숫자보다 2가 더 많다.

10월(October)

숫자 8을 뜻하는 라틴어 'oct'에서 유래하였다.

11월(November)

숫자 9를 뜻하는 라틴어 'novem'에서 유래하였다.

12월(December)

숫자 10을 의미하는 'decem'에서 유래하여 december가 되었다. 이 단어에서 나온 'deci'는 1/10을 의미하여 1리터의 10분의 1을 deciliter, 소수점을 decimal point라고 한다. 이 밖에 decimal(10진법의), decade(10년), decimate(학살하다; 고대 로마에서 죄수 10명 중 1명을 제비뽑기해서 죽이던 관행에서 유래됨) 등의 단어들도 여기서 나왔다.

태풍이 된 거대한 뱀 티폰

대지의 여신 가이아는 자신의 거인족 자식들이 죽어가자 가장 험악하고 우람한 거인족 티폰(Typhon)을 낳았다. 그는 키와 몸집이 수백 마일이나 되었고, 손과 다른 끝부분은 뱀으로 이루어져 있었다. 올림포스 신들은 공포에 휩싸였다. 한번은 아프로디테와 에로스가 강둑에서 티폰을 만난 적이 있었다. 그들은 공포에 질린 나머지 강물로 뛰어들어 물고기로 변신했는데 이 물고기가 열두 번째 궁도 '물고기자리(Pisces)'가 되었다.

결국 제우스가 티폰과 대결을 벌이게 되었다. 이것이 그가 거인족들과 벌인 마지막 전쟁이었다. 제우스는 죽을 고비를 몇 차례나 넘기며 진퇴를 거듭했으나 티폰에게 힘줄을 잘려 힘을 쓸 수가 없었다. 이때 헤르메스와 판이 그의 힘줄을 동굴에서 찾아와 돌려주자 기력을 되찾은 그는 결국 티폰에게 벼락을 내리꽂아 가까스로 승리를 거두었다. 그 후 티폰의 이야기

제우스와 티폰의 결투

는 중세 아랍인들을 통해 중국에까지 전해져 '태풍(颱風)'이라는 뜻의 typhoon으로 변형되어 쓰이고 있다. 이 밖에 열대성 저기압으로는 인도양의 사이클론(cyclon)과 카리브해의 토네이도(tornado)가 있다.

개죽음으로 끝난 오리온

올림포스 신들이 제우스에게 반란을 일으켰다가 실패로 끝난 적이 있었다. 그때 마침 거인족 삼형제 중 한 명이 제우스의 편을 들어주었다. 그는 바로 100개의 손과 50개의 머리를 가진 브리아레오스(Briareos)였다.

주로 사냥을 하면서 지내던 거인족 오리온도 아폴론을 공격한 적이 있다. 이에 아폴론은 전갈을 보내 그를 죽이려고 했으나 실패하자 아르테미스를 꾀어 그녀가 자신도 모르게 오리온을 살해하게 만들었다. 오리온을 사랑했던 그녀는 나중에 자기가 오리온을 죽였다는 사실을 알고 슬픔에 잠겼다. 그녀는 곧 명의인 아스클레피오스를 찾아가 그를 소생시켜달라고 간절히 애원했고, 아스클레피오스는 그 부탁을 들어주었다. 그 사실을 알고 지하의 신 하데스가 분통을 터뜨리며 제우스에게 부탁하자 제우스는 벼락으로 오리온과 아스클레피오스를 죽여버렸다.

오리온자리 근처에는 시리우스(Sirius)가 있다. 그리스인들은 시리우스를 오리온이 데리고 다니던 사냥개라고 생각했기 때문에 '큰개자리(Canis Major)'의 일부로 삼았다. 고대인들은 한여름 태양과 함께 뜬 시리우스를,

태양의 밝기에 이 별의 밝기가 더해져 한여름 무더위가 기승을 부리는 것으로 여겼다. 영어로도 삼복더위를 '개의 날(dog days)'이라고 한다.

프로키온(Procyon)이라는 또 하나의 별이 있는데, 그리스인들은 프로키온을 '작은개자리(Canis Minor)'의 별로 여겼다. 이렇게 오리온은 두 마리 개의 도움을 받으며 황소와 맞서고 있는 형상을 갖추게 되었다.

경멸과 두려움의 대상이었던 여자 괴물 고르곤

그리스인들은 반수반인(대개는 여성)의 괴물들을 정밀하게 묘사하곤 했다. 하르피아들(Harpyiai, 단수형은 Harpyia; '낚아채다'라는 그리스어. 영어 단수형은 Harpy, 복수형은 Harpies)은 새의 몸통에 여자의 머리를 가지고 있는 것으로 그려졌다. 처음에 그녀들은 죽어가는 인간의 영혼을 낚아채는 '바람의 요정'들이었다. 시간이 흐르면서 그녀들은 더러운 악취를 풍기는 '탐욕스러운 존재'로 그려졌다. 그들이 원하는 대상이 인간의 영혼 대신 음식물로 바뀐 것이다.

더욱 끔찍한 몰골을 한 존재는 고르고(Gorgo, 단수형은 Gorgon)이다. 사실 고르고 세 자매에 관한 이야기는 여러 가지가 있다. 세 자매의 이름에 대해서는 '스테노(힘)' '에우리알레(멀리 날다)' '메두사(여왕)'라는 것이 정설이지만 '에키드나'가 들어가는 경우도 많다. 이들은 날개와 새의 발톱을 가졌다는 점에서는 하르피아들과 같지만 머리칼이 꿈틀거리는 뱀의 모습이다. 지금도 혐오스러울 정도로 추한 여인을 빗대어 gorgon이라고 한다.

세 명의 고르고 가운데 가장 유명한 존재는 바로 메두사(Medusa)이다. 그녀는 세 자매 중 가장 나이가 어렸지만 가장 공포스러운 존재였다. 그녀

팔라스 아테나의 방패에 새겨진 메두사의 머리

의 이름은 동물학에서 쉽게 발견할 수 있다. 해파리는 먹이를 찾아 꿈틀거리는 많은 촉수를 가지고 있는데 그 모습이 마치 꿈틀거리는 뱀처럼 보인다. 그래서 해파리(jellyfish)를 medusa라고 부르기도 하며, 바닷속에서 흐느적거리기 때문에 '의지가 약한 사람'이나 '기개가 없는 사람'을 뜻하기도 한다. medusa locks는 '헝클어진 머리채'를 뜻한다. 해부학 용어로 혈액순환이 원활하지 못해 배꼽 주변의 정맥이 부풀어 오르는 증상도 메두사의 머리채와 비슷하다고 해서 caput medusa(라틴어로 '메두사의 머리')라고 한다.

고르고 자매로도 간주되는 에키드나(Echidna)는 상반신은 아름다운 여인이지만 하반신은 무서운 뱀 모양을 하고 있었다. 에키드나는 그리스 신화에 등장하는 많은 괴물들의 어미였으며 그들의 아비는 티폰이었다. 그런 에키드나의 자식 가운데 히드라(Hydra; 그리스어로 '물')라는 물의 괴물이 있다. 이 괴물은 머리가 아홉 개 달린 뱀의 몸을 가지고 있는데 머리가 하나 잘리면 곧바로 그 자리에서 머리 두 개가 생겨났다. 그래서 '해결하려고 노력하는데도 계속 악화되는 조건'을 hydra-headed(근절하기 어려운)라고 한다.

에키드나의 자식들 가운데 키마이라(Chimaera, 키메라)라는 괴물이 있다. 이 괴물은 반괴물이 아니라 3등분 괴물이었다. 즉 사자의 머리, 염소의 몸통(종종 등 뒤에서 염소 머리가 튀어나온다), 용 또는 뱀의 꼬리로 이루어졌으며 입에서는 불을 내뿜었다. 이 괴물은 보통 괴물들보다 훨씬 과격했다. 그래서 chimaera는 '상상의 동물'이라는 뜻뿐만 아니라 '공상' '터무니없는 생각'을 가리킬 때도 쓰인다.

키마이라와 같은 괴물에 비해 좀 더 단순한 모양의 괴물로 피톤(Python)이라는 뱀이 있다. 이 뱀은 가이아가 낳았고 티폰을 길러주기도 했다고 한다. 피톤의 형상은 뱀이지만 크기는 엄청나게 크다. 이 괴물은 아폴론이 쏜 화살에 맞아 죽었다. 그 때문에 아테나가 팔라스라는 거인족을 죽여 '팔라스 아테나'가 된 것처럼 아폴론도 때때로 '아폴론 피티오스(Apollon Pythios)'라고 불린다. 이 뱀을 무찔렀던 그 장소에 아폴론은 '델포이(델피) 신전'을 세웠다.

사실 피톤은 델포이 신전의 초기 명칭이었다. 아폴론과 피톤의 신화는 그리스 신 아폴론이 원주민 토착신을 몰아냈음을 상징한다. 그렇다고 토착신들의 자취가 완전히 사라진 것은 아니었다. 신탁을 계시했던 여사제들은 pythoness라고 불렸으며, 델포이 신전에서 4년마다 열리는 운동경기(올림피아 경기 다음으로 중요했다)를 '피티아 경기'라고 불렀다. 오늘날 동물학에서도 보아뱀이나 아나콘다처럼 실제로 존재하는 거대한 뱀을 python(비단뱀)이라고 한다.

스핑크스의 수수께끼

에키드나의 또 다른 자식은 스핑크스(Sphinx)이다. 이 괴물은 여자의 머리에 독수리 날개가 달린 사자의 몸통을 가지고 있었다. 스핑크스는 여행자들을 세워놓고 수수께끼를 풀지 못하는 사람들은 그 자리에서 죽였다. 그래서 이해하기 어려운 사람이나 수수께끼 같은 말을 하는 사람을 가리켜 sphinx

라고 한다. 또 말을 거의 하지 않는 사람도 역시 이해하기 힘들기 때문에 '과묵한 사람'을 가리킬 때에도 사용된다. 또 sphinx는 '꽉 졸라매다'라는 그리스어의 본래 뜻과도 아주 잘 맞아떨어진다. 한편 입을 오므릴 때 사용하는 근육처럼 구멍을 조이는 근육을 가리켜 sphincter(괄약근)라고 부른다.

스핑크스는 욕정 때문에 미소년을 범했던 그리스 테베의 왕 라이오스(Laius; 테베의 건설자 카드모스의 증손자이자 오이디푸스의 아버지)를 벌하기 위해 헤라가 이집트에서 보낸 괴물이라고 한다. 이 스핑크스는 테베 땅을 황폐하게 하고 주민을 공포로 몰아넣었다. 전설에 따르면, 이 스핑크스는 지나가는 길손들에게 "아침에는 네 발로 걷다가, 점심에는 두 발로 걷고, 저녁에는 세 발로 걷는 것은?"이라는 수수께끼를 내고 그 답이 틀리면 잡아먹었기 때문에 사람들은 공포에 떨어야만 했다. 마침내 오이디푸스가 "사람이다."라고 정답을 맞히자 스핑크스는 수치심을 견디지 못해 절벽에서 몸을 날려 자살했다고 한다.

이집트인들은 종종 사자의 몸 위에 자신들이 모시는 왕의 머리를 붙인 동상을 세웠는데, 그리스인들은 이를 스핑크스라고 불렀다. 특히 이집트 기자의 카프레왕 피라미드 근처에는 길이 172피트, 높이 66피트나 되는 '거대한 스핑크스'가 있다. 이 밖에 메소포타미아, 페르시아, 동남아시아 등지에도 스핑크스가 있다. 이 지역 유물들은 고유의 신이나 괴물을 묘사한 것이지만, 스핑크스 비슷한 것에 모두 스핑크스라는 이름을 붙여서 일반명사화한 것이다.

프랑스 화가 앵그르의 〈스핑크스〉(1808). 스핑크스는 그늘에 반쯤 가려진 여자 얼굴과 육감적인 젖가슴, 날개 달린 몸통과 사자의 발을 지닌 모습으로 묘사되어 있다. 오이디푸스가 수수께끼를 풀고 있다.

반인반마 켄타우로스족

반인반마로 묘사되는 켄타우로스족은 비교적 덜 무서운 존재였다. 아마도 말이 없던 족속들이 맨 처음 말을 탄 기마족들의 습격을 받았을 때 그들을 보고 만들어낸 말이었을 것이다. 말을 탄 사람들을 본 적이 없던 사람들은 말과 사람이 하나로 붙어 있는 줄로 착각하고 공포에 떨었을 것이다.

켄타우로스족은 대개 사납고 난폭한 존재로, 활과 화살을 가지고 싸우는 모습으로 많이 묘사된다. 단 케이론(Cheiron)은 예외였다. 그는 품위 있고 점잖았으며 지혜로웠다. 그래서 그리스 영웅들을 가르쳤고 아스클레피오스에게 의술을 가르쳐주기도 했다. 케이론은 죽은 뒤 아홉 번째 궁도인 '궁수자리(Sagittarius)'로 올라갔다. 이 별자리는 보통 활시위를 당기고 있는 켄타우로스의 모습으로 그려진다.

유혹의 상징 세이렌

그리스 신화의 괴물 중 일부는 무섭기는커녕 아주 매력적인 존재들로 묘사되었다. 세이렌들(Seirenes, 단수형은 Seiren)은 보통 아주 어여쁜 아가씨들로 그려졌다. 그녀들은 바다에서 노래를 불러 자신들 곁을 지나가는 선원들의 넋을 잃게 한 다음, 자기들 쪽으로 유인해 바위에 부딪혀 죽게 했다고 한다. 이처럼 그녀들의 노래는 저항할 수 없을 정도로 매혹적이어서 수많은 남성들이 그 노랫소리에 홀려 목숨을 잃고 말았다.

그러나 세이렌은 두 번이나 목적을 달성하는 데 실패하기도 했다. 오디세우스는 세이렌의 유혹을 이겨내려고 부하들에게 자신의 몸을 돛대에 묶고

'스타벅스' 로고 속의 세이렌과
새의 모습을 한 세이렌

절대로 풀어주지 말라고 당부했다. 세이렌의 매혹적인 노랫소리가 들려오자 오디세우스는 결박을 풀려고 몸부림쳤지만 귀마개를 쓴 부하들은 오히려 그를 더욱 단단히 묶어버렸다. 결국 노랫소리가 점점 약해지고 마침내 오디세우스는 세이렌의 유혹으로부터 벗어나 무사히 항해를 계속할 수 있었다. 그러자 세이렌들은 모욕감을 느낀 나머지 모두 자살했다고 한다.

뛰어난 음악가이자 시인인 오르페우스가 황금 양털을 찾기 위해 아르고호를 타고 가던 중 세이렌의 노래를 듣게 되었다. 그러자 그가 세이렌보다 더 아름다운 노래를 불러 대응하자 이에 모욕감을 느낀 세이렌들은 모두 바다에 뛰어들어 바위가 되었다고 한다. 세이렌들은 남자들이 자신의 유혹에 넘어오지 않으면 자살하는 것이 원칙이었기 때문이다.

하르피아들과 마찬가지로 세이렌들도 처음에는 죽은 사람들의 영혼을 데리고 가는 '바람의 요정'들이었다. 이런 공통점 때문에 종종 세이렌들이 하르피아들처럼 새의 몸통을 지닌 존재로 그려지기도 했다. 그러나 세이렌은 늘 바다와 관련이 있었기 때문에 나중에 허리 윗부분은 여인이며 아랫부분은 물고기인 존재로 많이 그려졌다. 즉 인어(mermaid)가 된 것이다.

지금은 남자들을 유혹해서 사랑에 빠지게 만든 다음 그가 비참해지는 꼴을 즐기는 요부를 영어로 siren이라고 한다. 또한 남자들을 그럴듯한 말로 속여서 어쩔 줄 모르게 만드는 것을 siren song이라고 한다. 하지만 세이렌은 아름다운 소리가 아니라 경찰차나 소방차에 부착된 경적(사이렌)을 뜻하기도 한다. 그리고 인어의 모습에서 따온 siren suit는 상하가 붙은 작업복·아동복·방공복을 말한다.

바다에는 해우(海牛, 해마는 sea horse, hippocampus)라 불리는 포유류가 있다. 이 동물은 어깨에서 머리까지 바다 위에 내놓은 채 어미가 자식을 포옹하듯이 새끼를 꼭 껴안고 있는 습성이 있다. 그래서 선원들이 멀리서 이 동물들을 보면 처음에는 새끼를 끌어안고 있는 사람처럼 여긴다. 그러다가 곧 물속으로 들어가는 모습을 보면 지느러미가 보이기 때문에 선원들은 인어를 본 듯한 착각에 빠진다. 이런 착각 때문에 해우와 그 과에 속하는 동물들을 Sirenia(Sirenian)라고 한다.

꿀벌 요정 멜리사

멜리사는 해독작용과 진정효과가 뛰어난 꿀풀과의 다년생 허브로, 잎에서 레몬 향이 나기 때문에 레몬 밤(lemon balm, balm gentle)이라고도 부른다. 향수의 방향물질로도 쓰이며, 샐러드·수프·소스에 넣는 향료로도 쓰인다. 멜리사(Melissa)는 그리스어로 '꿀벌(bee)'이라는 뜻으로, 그리스 신화에서 님프(또는 염소) 아말테이아는 염소의 젖으로, 여동생 멜리사는 벌꿀로 크레타섬의 이다산 동굴에서 어린 제우스를 양육했다고 한다.

이탈리아의 시인 루도비코 아리오스토(Ludovico Ariosto)도 자신의 유명한 낭만적 서사시 〈광란의 오를란도Orlando Furioso〉(1516)에서 메를린(Merlin) 동굴에 사는 착한 요정으로 멜리사를 등장시키고 있다.

보통 balm은 '진통제(anodyne, demulcent)' '향유(aroma)'라는 뜻으로 쓰이며, 마음을 진정시켜주는 효과가 있어서 '위안(consolation, solace)'이라는 뜻도 가지고 있다. 여기서 파생된 lip balm은 '입술용 크림'을 말한다.

4장 ➡ 신과 인간의 만남

인간의 오만과 신들의 복수

몇몇 신화에서는 자신이 율법 위에 있다고 생각하는 자만심을 버리라고 충고하고 있다. 그리스 신화에서는 자만심을 신의 권위에 대항하는 것으로 여겼으며, 이를 hubris(오만, 형용사는 hubristic)라고 했다. 그리고 신들은 '복수의 여신' 네메시스(Nemesis)에게 그 오만한 자들을 처벌하도록 했다. 그녀의 이름은 '분배하다'라는 그리스어에서 나왔으며, 모든 문제를 평정한다는 뜻을 지니고 있다. 어떤 사람이 지나치게 운이 좋으면 곧 자만하게 되고 방자하게 군다. 그때 네메시스는 행운이 찾아왔던 만큼의 액운을 되돌려줌으로써 상황을 평정하는 것이다. 그리스 신화는 대부분 행운보다는 오히려 불행에 의해서 문제가 해결된다. 그래서 nemesis는 '인과응보' '강한 상대' '징벌자'를 뜻하게 되었다.

지금도 자만은 일곱 가지 악덕 가운데서도 가장 심각한 죄목으로 여겨지고 있다. 성서에서도 천사였던 루시퍼(Lucifer)가 악마로 변한 까닭은 바로 이 자만심 때문이었다. 우리는 신들이 어떤 인간에게든 분에 넘치는 행운을 주지 않으려 한다는 의미로 'jealous gods(질투하는 신)'라는 표현을 쓰는데, 이 말에서 우리는 그리스인들의 자만심을 느낄 수 있다. 그래서 '자만은 나락에 이르는 길(Pride goes before a fall)'이라고 말하기도 한다.

파에톤(Phaethon)은 헬리오스의 아들이지만 신이 아니라 인간이었다. 그런데도 그는 태양신의 아들임을 자랑하면서 자기도 태양을 몰고 하늘을 가로질러 갈 수 있다고 오만을 부렸다. 그는 아버지를 속여서 마차를 몰아도 좋다는 허락을 받아냈다.

그러나 파에톤은 태양을 움직일 수는 있었지만 태양을 끌고 가는 말은 다룰 줄 몰랐다. 태양은 이내 그 궤도를 벗어나 지표면에 곤두박질쳤다. 그리스인들은 사하라 사막의 작열하는 모래톱을 곤두박질치기 직전의 태양 마차에 대지가 그을린 흔적이라고 여겼다. 또 아프리카인들의 피부가 검은 것도 이 때문이라고 생각했다. 지구를 구하기 위해서 제우스는 벼락으로 파에톤을 죽여야만 했다. 파에톤이라는 말은 오늘날 '난폭 운전자(a reckless driver)'를 말하며, '덮개나 문짝이 없는 마차나 자동차(무개차, open car, a convertible car)'를 가리키기도 한다.

인간 편에 섰던 프로메테우스

그리스 신화에는 인간이 어떻게 창조되었는지에 대한 설명이 별로 없다. 그나마 티탄족인 프로메테우스(Prometheus)에 관련된 부분에서 잠깐 나올 뿐이다. 그의 이름은 그리스어로 '미리 알다(forethought)'라는 뜻이며, 동생 에피메테우스(Epimetheus)는 '뒤늦게 알다'라는 뜻이다. 말하자면 프로메테우스는 어떤 일의 결과를 미리 내다볼 수 있을 정도로 지혜로웠지만, 에피메테우스는 아둔해서 일이 다 끝난 후에야 그 결과를 이해한 인물이었다.

두 명 모두 티탄족 이아페토스(Iapetos)의 아들이었기 때문에 아틀라스와는 형제지간인 셈이다. 하지만 아틀라스 등의 티탄족이 올림포스 신들과 전쟁을 치를 때 프로메테우스는 올림포스 신들이 승리할 줄 미리 알았기 때문에 동생 에피메테우스까지 설득해 티탄족 편을 들지 않았다. 그래서 이 두 형제는 대부분의 티탄족들에게 내려진 징벌을 면할 수 있었다. 티탄족과의 전쟁이 끝나자 제우스는 프로메테우스에게 인간을 창조하라는 명령을 내렸다.

프로메테우스는 인간들이 올림포스 신들에게 맞설 수 있도록 도와주기 위해 최선을 다했다. 제우스가 대홍수로 인류를 멸망시키려고 하자 프로메테우스는 데우칼리온(Deucalion; 몇몇 신화에서는 프로메테우스의 아들로 나온다)이라는 인간에게 이 사실을 미리 알려주었다. 그래서 데우칼리온은 배를 만들어 아내인 피라(Pyrrha; '빨간 머리'라는 뜻으로 보통 에피메테우스의 딸로 묘사된다)와 함께 탈출할 수 있었다.

인류는 대홍수를 피하려고 안간힘을 썼지만 올림포스 신들은 아무런 도움도 주지 않았다. 인간들은 고통스럽고 원시적인 삶에서 헤어나지 못했다. 인간을 창조한(또는 인간의 조상이었던) 프로메테우스는 인간들을 불쌍히 여겼다. 그래서 인간들이 좀 더 편안하게 살 수 있도록 여러 가지 기술과 과학 지식을 가르쳐주었으며, 특히 제우스 몰래 불을 훔쳐와 그 사용법을 가르쳐주었다(이 이야기는 프로메테우스가 그리스 원주민들에게 '불의 신'으로 숭배되고 있었으나, 그리스인들의 정복 전쟁 이후부터는 헤파이스토스가 그를 대신했음을 말해주고 있다).

더구나 그는 제우스의 장래에 관한 비밀을 제우스에게 밝혀주지 않았다. 이에 화가 치민 제우스는 그를 캅카스(코카서스)의 바위에 쇠사슬로 묶어놓고, 낮에는 독수리에게 간을 쪼이고 밤이 되면 간은 다시 회복되어 영원한 고통을 겪도록 만들었다. 그러다가 마침내 영웅 헤라클레스에 의해 독수리가 사살되고, 자기 자식 헤라클레스의 위업을 기뻐한 제우스에 의해 고통에서 해방되었다고 한다.

이처럼 프로메테우스가 행한 모

독수리에게 간을 쪼이는 프로메테우스

든 일들은 제우스의 권위에 대항하는 것이었다. 그래서 그의 이름에서 유래한 promethean은 '독창적인' '과감하게 어떤 권위에 도전하는 행위' '독창적인 행위나 정신'을 뜻하며, promethean agonies는 인간에게 불을 건네준 죄로 제우스가 내린 형벌, 즉 프로메테우스가 독수리에게 간을 쪼이는 '형벌의 고통'을 뜻한다. 특히 pro(앞선)는 prologue(머리말, '맺는말'은 epilogue), progress(진보, 추이), professional(전문가) 등의 접두사로 쓰이고 있다.

제우스의 복수와 '판도라'라는 선물

제우스는 자기의 허락도 받지 않고 인간에게 불을 전해준 프로메테우스에게 앙갚음하기 위해 대장간의 신 헤파이스토스에게 아름다운 여인을 만들라고 명했다. 그리스 신화에 나오는 최초의 여성 인간인 그녀는, 올림포스의 신들로부터 아름다움과 우아함과 재기발랄함과 어여쁜 목소리 등 모든 재능을 부여받았다. 그녀가 바로 판도라(Pandora)인데, 그리스어로 pan은 '모든(all)', dora는 '선물(gift)'이기 때문에 '팔방미인'을 뜻한다.

제우스는 그녀를 곧 프로메테우스의 동생인 에피메테우스에게 보냈다. 프로메테우스는 캅카스로 끌려가 독수리에게 간을 쪼아 먹히는 형벌을 받으러 가기 전에 제우스의 선물은 아무것도 받지 말라고 당부했었다. 하지만 약간 모자란 그는 판도라의 아름다움에 반해 아내로 삼고 말았다. Prometheus는 그리스어로 '미리 깨달은 자, 선각자'라는 뜻이며, Epimetheus는 '나중에 깨달은 자, 후각자'라는 뜻이기 때문에 신화에서 프로메테우스는 똑똑하고 영리한 사람으로 묘사되는 데 반해, 에피메테우스는 어리석고 뒤늦게 후회하는 사람으로 묘사된다.

상자를 열어보는 판도라

어느 날 판도라와 에피메테우스는
신들에게서 상자 하나를 선물로 받았
다. 프로메테우스는 판도라에게 무슨
일이 있어도 상자를 열어보지 말라고
했다. 그러나 호기심이 발동한 그녀
는 그만 뚜껑을 열고야 말았다. 상자
의 뚜껑이 열리자 늙음, 죽음, 배고픔,
병치레, 슬픔 등 인간이라면 누구나
겪어야만 하는 고통의 악귀들이 모두
밖으로 뛰쳐나왔다. 상자 밑바닥에 남은 것은 오로지 '희망(hope)'밖에 없었
다. 무거운 고통을 짊어져야 할 때에도 인간이 계속해서 살아갈 수 있는 것
은 바로 이 희망이 남아 있었기 때문이다. 하지만 비관적인 관점에서는 '불
행 속에서 이루어지지 않는 것을 바라는 헛된 희망'이란 의미로 쓰이기도
한다.

이 때문에 별일이 없을 때에는 번거롭지 않지만 사태가 심각해지면 수
많은 골칫거리를 낳는 것을 '판도라의 상자(Pandora's box)'라고 부른다. 이
'판도라의 상자'는 인류의 불행과 희망의 시작을 나타내는 상징으로도 유
명하다.

판도라의 이야기는 일종의 교훈이다. 에피메테우스의 경우에서는 앞으
로 벌어질 일의 결과를 잘 생각해서 행동하라는 경고를, 판도라의 경우에
서는 쓸데없는 호기심을 갖지 말라는 주의를 준 것이다.

거미가 된 처녀 아라크네

위의 이야기와 비슷한 교훈을 주는 신화 가운데 하나가 아라크네 (Arachne)에 대한 이야기다. 그녀는 소아시아 서부 지역의 리디아(Lydia) 왕 국에 살던 처녀로 수예에 능했다. 그녀는 너무 교만해진 나머지 자기의 기 술이 '공예의 여신' 아테나보다 못할 게 없다며 아테나에게 도전장을 냈다. 아테나는 그 도전을 받아들이고 시합을 벌였다. 아테나는 신들을 찬미하 는 온갖 이야기들을 수놓았지만, 아라크네는 신들을 모독하는 이야기로 가득 채웠다. 아라크네의 작품은 훌륭했으나 아테나의 작품은 완벽했다. 아테나는 아라크네의 작품 주제를 눈치채고 분노에 찬 나머지 그녀의 작 품을 갈기갈기 찢어버렸다. 공포에 휩싸인 아라크네가 밧줄에 목을 매달 아 자살하려던 찰나 아테나는 아라크네를 거미로 둔갑시켜 실을 잣는 벌 을 주었다.

Arachne는 그리스어로 '거미'라는 뜻이다. 이 신화는 틀림없이 거미가 집 을 짓는 모습을 보고 지어낸 이야기일 것이다. 그래도 한 가지 교훈은 확실 히 전해주고 있다. "자만을 버려라." 이 아가씨의 이름은 동물학에서 거미 (spider), 진드기(tick), 전갈(scorpion) 등과 같은 거미류를 총칭하는 아라크니 드(Arachnid)라는 학명으로 남아 있다. 또 거미집처럼 가늘고 섬세한 물체를 말할 때에도 arachnoid(거미망막)라는 표현을 쓴다.

영원히 목이 마른 탄탈로스

이 이야기는 제우스가 낳은 리디아인 아들 탄탈로스(Tantalos)에서 출발

한다. 제우스를 비롯한 모든 신들은 그를 총애했다. 그 총애가 대단해 탄탈로스는 신들의 연회에 합석해서 신들의 음식인 암브로시아(ambrosia)와 넥타르(nectar)를 먹을 수 있었다. ambrosia는 그리스어로 '죽지 않다'라는 뜻이며 nectar는 '죽음을

굶주림과 목마름에 시달린 탄탈로스

물리치다'라는 뜻이다. 이 음식 때문에 신들에게는 피가 아닌 이코르(ichor)라는 물질이 흘러 영원히 죽지 않았던 것이다.

오늘날 nectar와 ambrosia는 맛있는 음식을 뜻하는 단어가 되었다. 특히 넥타르는 감미로운 액체를 말한다. 벌이 꿀을 만들 때 사용하는 꽃 속의 달콤한 액체를 넥타(nectar)라고 하며, 부드러운 껍질에 싸인 복숭아의 한 종류도 달콤한 맛 때문에 nectarine(천도복숭아)이라고 부른다.

탄탈로스는 신들과의 친분을 너무 과신한 나머지 이 음식과 음료수가 마치 자기 것인 양 마음대로 지상으로 가져가 친구들에게 나눠주며 자랑하고 다녔다. 곧 네메시스가 뒤따라와 그를 타르타로스(지옥)에 가두고 음식과 관련된 특이한 고문을 가했다. 목까지 차오르는 물 한가운데에 서 있는 고문이었는데, 그가 물을 마시려고 몸을 굽히면 물은 저 아래로 내려갔다가 이내 소용돌이치며 사라져버렸다. 다시 일어나면 물은 다시 목까지 차올라 영원히 굶주림과 목마름에 시달리게 했던 것이다.

이 때문에 tantalize라는 말은 곧 이루어질 것처럼 기대를 품게 하지만 막상 아무것도 실현되지 않는 행위, 감질나게 하는 행위를 표현할 때 쓰인다. 또 포도주 병이 진열되어 잠긴 진열장도 '탄탈로스'라고 부른다. 눈앞에 술

이 있어도 열쇠가 없으면 손댈 수 없기 때문이다.

똑같은 운명을 타고난 탄탈로스의 딸

니오베(Niobe)는 탄탈로스의 딸이지만 아버지의 비참한 운명을 알지 못했다. 그녀는 일곱 명의 아들과 일곱 명의 딸을 두었다. 자식들은 모두 용모가 준수하고 재주도 뛰어났기 때문에 니오베는 자식들 칭찬에 시간 가는 줄 몰랐다. 더구나 레토가 아무리 대단해도 그녀에게는 아들딸 한 명씩밖에 없지 않느냐고 비아냥거리기까지 했다.

레토의 자녀는 아폴론과 아르테미스였다. 이들은 어머니가 조롱당하자 니오베에게 앙갚음을 했다. 아폴론은 그녀의 일곱 아들을 모두 활로 쏘아 죽였고 아르테미스도 일곱 명의 딸을 모두 죽여버렸다. 니오베는 마지막으로 죽은 막내딸을 끌어안고 하염없이 눈물을 흘렸다. 그러자 신들은 그녀를 가엾게 여겨 샘물이 계속해서 흘러나오는 비석으로 만들어주었다.

헛수고의 상징 시시포스

시시포스(Sisyphus, 시지프)는 고대 그리스 코린토스(코린트)의 왕으로 꾀가 많은 인간이다. 그는 신을 속이려고 한 죄 때문에 나락으로 떨어진다. 하루는 제우스가 독수리로 둔갑한 후 아에기나(Aegina)라는 요정을 유괴하여 사랑을 나누고 있을 때, 시시포스가 이것을 엿보았다. 그는 딸 걱정을 하고 있던 '강의 신' 아소포스(Asopos)를 찾아가 자신의 도시에 샘을 하나 만들어주면 딸의 행방을 알려주겠다고 했다. 비교적 높은 지역에 위치한 코린토스는 물을 얻기 어려웠는데, 애가 탄 아소포스는 코린토스의 산에 샘을 하나 만들어주었다. 그 대가로 딸의 행방을 알아낸 아소포스는 곧장 제우스와 딸이 도망친 섬으로 달려가 사랑을 나누고 있던 방을 급습했다. 이에 화가 난 제우스가 벼락을 던져 아소포스는 불에 타 죽고 말았다. 이때부터 아소포스강의 바닥에서는 새까만 석탄이 나온다고 한다. 그리고 시시포스는 지하의 신 하데스에게 보내 다시는 신들의 비밀을 누설하지 못하도록 했다.

그에게 죽음의 사자 타나토스가 찾아왔을 때도 시시포스는 교활하게 타나토스를 속여 그를 감금했다. 그래서 전쟁의 신 아레스가 직접 내려와 타나토스를 구하고 시시포스를 지옥으로 데려간다. 하지만 영악한 시시포스는 지옥에서도 지하의 신 하데스에게 거짓말을 하고 지상으로 다시 올라가 오래 잘 살았다고 한다.

제우스의 비밀을 폭로하고, 두 번이나 죽음을 피한 것을 못마땅하게 여긴 신들은 결국 인간으로서 수명을 다한 그를 지옥으로 떨어뜨리고 벌을 주었다. 산기슭에 있는 큰 바위를 밀어올려 바위가 언제나 산꼭대기에 있게 하라고 명령한 것이다. 하지만 바위가 산꼭대기에 오르는 순간 다시 아래로 굴러떨어지기 때문에 시시포스는 지금까지도 바위를 다시 밀어올리는 일을 반복하고 있다. 그래서 Sisyphean labor는 '헛수고'라는 뜻이다.

이 이야기는 주어진 임무에 충실해야 하는 삶의 현실을 말해주는 단골 소재가 되었다. 특히 프랑스의 작가 알베르 카뮈(Albert Camus)는 시시포스에게서 인생의 부조리에 대한 상징을 발견하고 《시시포스의 신화*Le Mythe de Sisyphe*》(1942)라는 작품을 썼다. 카뮈는 이 작품에서 인간은 부조리한 삶 속에서 절망하지 않고 항상 새로이 자신의 '바위'를 산 위까지 밀어올림으로써 스스로 삶의 의미를 찾아야 한다고 주장했다.

고르디우스의 매듭과 미다스의 손

그리스인들이 신화를 통해 전하고자 했던 "자만을 버리라."는 교훈과는 완전히 다른 교훈도 있었다. 고르디우스(Gordius, 고르디아스*Gordias*)는 소달구지를 타고 소아시아 프리기아(Phrygia)의 수도로 들어와 신탁에 따라 왕으로 추대되었다. 고르디우스는 복잡한 매듭의 고삐로 소달구지의 멍에를 묶고 이 매듭을 푸는 사람이 앞으로 동방 전체를 지배할 것이라고 공언했다. 그후 수많은 사람들이 이 매듭을 풀려고 시도해보았지만 아무도 성공하지 못했다. 그때부터 Gordian knot(고르디우스의 매듭)는 복잡하게 얽혀 있어서 도무지 해결의 기미가 보이지 않는 막막한 문제를 말할 때 사용되었다.

그 매듭은 실제로 존재했다. 기원전 333년 알렉산드로스(알렉산더) 대왕이 프리기아를 지날 때 사람들이 그에게 '고르디우스의 매듭'을 보여주었다. 알렉산드로스 대왕은 그것을 끙끙거리며 푸는 대신 칼을 들고 단번에 매듭을 두 동강 내버렸다. 그래서인지는 모르겠지만 아시아의 전 지역을 한 번도 패하지 않고 정복해나갈 수 있었다. 이때부터 to cut the Gordian knot라는 말은 '단도직입적이고 기발한 방법으로 복잡한 문제를 해결하다'라는 뜻이 되었다.

한편 고르디우스의 아들 미다스(Midas)는 꽤 부자였음에도 더 큰 부자가 되고 싶어했다. 그러던 어느 날 길을 헤매던 디오니소스의 스승 실레노스(Silenos)를 환대하고 디오니소스에게 안내해준 적이 있었다. 그러자 디오니소스는 그에 대한 보답으로 소원을 들어줄 테니 바라는 것을 말해보라고 했다. 미다스는 그가 손대는 것은 무엇이든지 금으로 변하게 해달라고 부탁했다. 하지만 진수성찬과 포도주조차 모두 금으로 변하는 바람에 굶어 죽을 지경에 이르렀다. 자신의 욕심을 후회한 그는 디오니소스에게 본

래대로 돌려달라고 애원하
고서야 겨우 마법이 풀렸다.
그 후 미다스왕은 부귀영화
를 버리고 시골에 은둔하면
서 판(Pan)을 숭배하며 여생
을 보냈다고 한다.

고르디우스의 매듭을 단칼에 자르는 알렉산드로스 대왕

　이 이야기에서 Midas touch(미다스의 손) 또는 golden touch(황금 손길)라
는 말이 나왔다. '닿는 것은 무엇이든지 금으로 변하게 하는 손'이라는 뜻
의 이 말은 현재 '사업상 눈에 띄게 성공한 사람'이나 '돈 버는 재주'를 가
리키는 말로 쓰이고 있다. 대부분의 사람들은 이 능력을 찬양하고 부러워
하지만, 정작 그리스인들이 말하고자 한 것은 "돈이 전부가 아니다."라는
교훈이었다.

다이달로스의 미궁

　'대장간의 신' 헤파이스토스의 자손인 다이달로스(Daedalos)는 '명장(名匠)'
이라는 뜻을 가지고 있는데, 말 그대로 그는 수많은 연장을 발명했다. 조
카인 탈로스를 제자로 삼았으나 그의 뛰어난 솜씨를 시기하여 죽이고 크
레타섬으로 도망쳤다. 크레타의 왕 미노스에게서도 기술을 인정받은 그
는 흰 소를 사랑한 왕의 아내 파시파에가 괴물 미노타우로스를 낳자 이 괴
물을 가두기 위한 미궁(迷宮) 라비린토스(labyrinthos)를 지어주었다. 그래
서 labyrinthine은 '복잡하게 얽힌' '착잡한'이라는 뜻이며, daedal은 '교묘한
(elaborate)' '복잡한(intricate)' '다양한(varied)', daedalian은 '재주가 좋은' '창조적

다이달로스가 미노스왕을 위해 지은 미궁 유적

인'이라는 뜻이다.

그러나 미노스왕과 말다툼을 한 그는 아들 이카로스(Icaros)와 함께 자신이 만든 미궁에 갇히고 말았다. 밀랍에 깃털을 달아 만든 양 날개를 이용해 가까스로 미궁을 탈출하는 데 성공한 그는 아들에게 태양 가까이 다가가지 말라고 주의를 주었다. 하지만 흥분한 이카로스는 충고를 무시하고 태양에 너무 가까이 다가가는 바람에 그만 밀랍이 녹아내려 바다에 추락하고 말았다. 사람들은 이카로스가 추락한 곳을 '이카로스해(Icarian Sea)'라고 불렀으며, icarian은 '무모한(reckless)' '저돌적인(rash)'이라는 뜻으로 쓰이고 있다.

메두사의 머리를 벤 페르세우스

페르세우스(Perseus)처럼 신과 인간 사이에서 태어난 자들은 용맹스런 영웅들이었으므로 이들의 시대를 '영웅시대(Heroic Age)'라고 부른다. 아르고스의 왕 아크리시오스(Acrisios)는 장차 외손자의 손에 죽을 것이라는 신탁(神託)을 두려워한 나머지, 딸인 다나에(Danae)와 아버지가 제우스인 외손자 페르세우스를 상자에 넣어 바다에 떠내려 보냈다. 세리포스섬에 닿은 모자는 폴리데크테스(Polydectes)왕의 궁전에 머물게 되었다. 그 왕이 어머니와 강제로 결혼하려 하자 페르세우스는 어머니를 구하기 위해 어머니 몸값으로 메두사의 목을 가져오겠다고 제안했다.

신들의 총애를 받았던 그는 여러 신들의 도움으로 천신만고 끝에 메두사의 목을 잘라 자루에 넣고 귀환했다. 도중에 그는 아틀라스를 만나 메두사의 머리를 보여줌으로써 아틀라스를 거대한 돌산으로 만들어 지루한 형벌에 마침표를 찍어주었다. 이것이 바로 아프리카 북서부의 아틀라스산맥(Atlas Mountains)이다.

에티오피아의 왕 케페우스(Cepheus)는 그리스어로 '정원을 가꾸는 사람'이라는 뜻인데, 카시오페이아와 결혼하여 안드로메다(Andromeda)를 낳았다. 허영심 많은 카시오페이아는 자기 딸이 바다의 님프 네레이스보다 더 아름답다고 으스대다가 바다의 신 포세이돈의 노여움을 샀다. 포세이돈은 안드로메다를 제물로 바치지 않으면 바다괴물을 보내 에티오피아를 혼란에 빠뜨리겠다고 협박했다. 그래서 왕은 안드로메다를 제물로 바닷가 바위에 묶어두었다.

때마침 메두사를 처치한 뒤 페가수스를 타고 하늘을 날아가던 페르세우스가 안드로메다를 발견했다. 페르세우스는 케페우스에게 안드로메다와의 결혼을 허락하면 그녀를 구해주겠다고 제안했고, 왕은 목숨이 위태로운 딸을 살리기 위해 이를 허락했다. 페르세우스는 다가오는 괴물에게 메두사의 머리를 보여주어 돌로 변하게 만든 뒤 그녀와 결혼해 어머니에게 데려갔다.

메두사의 머리를 벤 페르세우스

아테나에게 바친 이 메두

사의 머리는 '아테나의 방패'에 붙여져 완벽한 방어능력을 갖추게 되었다. 이 방패는 제우스가 딸에게 선물한 것으로 아이기스(aegis, 이지스)라 불렀다. aegis는 '보호' '후원' '지도'라는 뜻을 가지고 있으며, under the aegis of는 '……의 보호(후원) 아래'라는 뜻이다. 레이더에 걸리지 않는 군함도 '이지스 함'이라고 한다.

아리아드네의 실꾸리

아테네인들은 해마다 크레타섬의 미노스왕에게 각각 일곱 명의 젊은 남녀를 공물로 바쳤다. 이들은 라비린토스에서 키운 미노타우로스, 즉 '미노스의 황소' 먹이가 되었다. 하지만 아테네인들 가운데 누구든 미노타우로스를 죽이고 미궁을 빠져나오면 더 이상 공물을 안 바쳐도 된다고 미노스왕이 선언했다.

어느 해 공물을 바칠 때가 오자, 아테네의 왕 아이게우스(Aegeus)의 아들 테세우스(Theseus)가 미노스왕에게 공물로 보내는 젊은 남녀 각 일곱 명 가운데 살짝 끼어 크레타섬으로 건너갔다. 이때 미노스왕의 딸 아리아드네(Ariadne)가 테세우스를 사랑하여 그에게 검과 실꾸리(clue)를 건네주었다. 이 실의 끝을 미궁의 입구에 매어놓아 그는 길을 잃지 않고 괴물 미노타우로스를 퇴치하고 아테네인들과 함께 아리아드네를 데리고 무사히 섬을 빠져나왔다.

Clue는 원래 '작은 뭉치'라는 뜻으로 지금은 '단서' '길'이라는 뜻으로 많이 쓰이며, '정보' '사견'이라는 뜻도 갖게 되었다. 여기서 cloud(구름), clod(흙 한 덩어리, 시골뜨기), clot(엉긴 덩어리, 바보), clew(실꾸리, 단서) 등의 단어들이 파생되었다.

테세우스는 미노타우로스를 물리치고 돌아오는 도중 아리아드네를 낙소스섬에 홀로 두고 아테네로 향했다. 그러나 아테네 항구 가까이 배가 이르렀을 때 무사함의 표시로 흰 돛을 달기로 한 약속을 그만 깜박 잊어버리고 말았다.

검은 돛을 단 테세우스의 배를 본 아버지 아이게우스는 비탄에 빠져 바다에 몸을 던져 죽었다. 이전까지 미노스왕에게 바칠 공물을 실어 나르는 배는 슬픔의 표시로 검은 돛을 다는 것이 관습이었다. 지금도 그리스와 터키 사이의 바다를 에게해(Aegean Sea; '아이게우스의 바다'라는 뜻)라고 부른다.

프로크루스테스의 침대

'늘이는 자' 또는 '두드려서 펴는 자'를 뜻하는 프로크루스테스(Procrustes)라는 도둑은 아테네 교외에 살면서 지나가는 나그네를 집에 초대한다고 데려와 쇠 침대에 눕히고는 침대 길이보다 다리가 짧으면 다리를 잡아 늘이고 다리가 길면 잘라버렸다. 그는 결국 자신이 저질렀던 만행과 똑같은 수법으로 테세우스에게 죽임을 당했다.

이 이야기에서 '프로크루스테스의 침대(Procrustean bed)'나 '프로크루스테스 체계(Procrustean method)'라는 말이 생겨났다. 자신이 정한 일방적인 기준에 다른 사람들의 견해를 억지로 꿰맞추려는 아집과 편견(distortion, sophistry) 또는 융통성 없음을 비유한 말이다. procrustean은 '견강부회의'라는 형용사이다.

오이디푸스 콤플렉스

고대 그리스의 시인 소포클레스(Sophocles)가 지은 비극 〈오이디푸스왕〉
의 줄거리는 다음과 같다. 오이디푸스는 테베를 건설한 카드모스의 증손
자 라이오스(Laios)와 이오카스테 사이에서 태어난 아들로, 아들이 아비를
죽이고 어미를 범한다는 신탁을 받자 태어나자마자 양치기에 의해 코린토
스산에 버려졌다. 양치기는 차마 죽일 수 없어 갓난아이를 나무에 매달아
놓았고, 지나가던 농부가 발견하여 코린토스의 왕에게 데려다주었다. 왕
은 아이를 양자로 삼아 오이디푸스(Oedipus)라고 불렀다. 이는 '부어오른 발'
이라는 뜻으로, 아이가 버려질 당시 복사뼈에 쇠못이 꽂혀 부어 있었기 때
문에 붙여진 이름이다.

청년이 된 오이디푸스는 자신의 뿌리를 알고자 델포이에서 신탁을 받았
는데, 그것은 바로 앞의 내용과 같았다. 그는 신탁을 피하려고 방랑하다가
테베로 가는 좁은 길에서 한 노인을 만나 사소한 시비 끝에 그를 죽이고 말
았다. 그 노인이 바로 자기의 아버지인 줄도 모르고 죽인 것이다. 당시 테
베에는 스핑크스라는 괴물이 나타나 수수께끼를 내어 풀지 못하는 사람
을 잡아먹고 있었다. 이때 그 유명한 수수께끼를 푼 사람이 바로 오이디푸
스였다. "아침에는 네 발, 낮에는 두 발, 밤에는 세 발인 것은 무엇이냐?"는
질문에 "사람이다."라고 대답한 것이다. 이에 스핑크스는 굴욕감을 이기지
못해 스스로 목숨을 끊고 말았다.

이 괴물을 죽이는 자에게 왕위는 물론 자기 자신까지도 바치겠다고 한
왕비의 약속에 따라 오이디푸스는 마침내 테베의 왕이 되었다. 그러던 중
테베에 돌림병과 기근이 만연하자 신탁으로 알아보니 왕이 어머니와 결
혼했기 때문이라는 것이었다. 이 사실을 전해들은 어머니는 자살하고, 오

이디푸스는 자신의 눈을 찌르고 누이이자 딸인 안티고네(Antigone)의 부축을 받으며 방랑하다 불행한 삶을 마감했다. 이때 아테네의 영웅 테세우스가 후한 장례식을 치러주어 그의 영혼을 조금이나마 달래주었다.

안티고네의 부축을 받고 있는 오이디푸스

심리학자 프로이트는 유아에게도 성징이 존재하며, 3~4세에는 이미 정신적·성적 발달이 이루어져 '남근기(phallic stage)'에 도달해 6~7세까지 계속된다고 주장했다. 이 시기에는 성의 구별 능력이 생겨 성적 관심을 품으며, 특히 사내아이는 어머니에게 애정을 느껴 아버지를 연적으로 여기고 질투를 느낀다.

하지만 아버지도 사랑하기 때문에 스스로의 적개심에 고통을 느끼고, 또 그 때문에 아버지에게 벌을 받지 않을까 하는 '거세 불안(castration anxiety)'을 느끼기도 한다. 이처럼 어머니에 대한 애착, 아버지에 대한 적의, 그에 따른 체벌에 대한 불안 등 이 세 가지를 중심으로 발현하는 관념복합체를 프로이트는 '오이디푸스 콤플렉스(Oedipus Complex)'라고 불렀다.

콜키스의 황금 양털

보이오티아 지방 오르코메노스의 왕 아타마스(Athamas)와 님프 네펠레(Nephele) 사이에서 프릭소스(Phrixos)와 헬레(Helle) 남매가 태어났다. 하지만 아타마스는 네펠레와 헤어진 뒤 '물거품의 흰 여신'이라는 뜻의 이노(Ino)를 새 아내로 맞이했다. 전처의 자식들을 눈엣가시로 여긴 이노는 삶은 씨앗을 심어 곡식이 자라지 않게 한 다음, 프릭소스를 제물로 바쳐야만 곡식이 자랄 수 있다는 신탁(神託)을 꾸며냈다.

아타마스가 거짓 신탁에 따라 프릭소스의 목을 베려고 하자, 네펠레가 보낸 황금 양이 남매를 태우고 날아서 도망쳤다. 안타깝게도 헬레는 바다를 건너 날아갈 때 황금 양의 등에서 떨어져 죽었고, 사람들은 그곳을 '헬레의 바다'라는 뜻의 헬레스폰투스 또는 헬레스폰트(Hellespont; 지금의 다르다넬스 해협)라 부르게 되었다. 그루지야(Gruziya; 지금의 조지아) 지방인 콜키스(Colchis)의 황금 양털(Golden Fleece)은 바로 이 양의 가죽이다.

여동생의 죽음을 슬퍼하던 프릭소스는 콜키스의 왕 아이에테스에게 모든 사실을 말하고 왕의 사위가 되었다. 프릭소스는 황금빛 양은 제우스에게, 황금 양털은 아이에테스왕에게 바쳤다. 아이에테스왕은 황금 양털을 나무에 걸어두고 라돈(Ladon)이라는 용에게 그것을 지키게 한다. 그 후로 콜키스에 풍년이 계속되자 많은 사람들이 이 황금 양털을 차지하려고 했지만 모두 용에게 죽임을 당한다.

이아손(Iason)도 이 황금 양털을 차지하기 위해 아르고호를 타고 모험을 시작했다. 테살리아의 대도시 이올코스의 왕이었던 아버지 아이손(Aison)은 그가 아직 어렸을 때 이부형제(異父兄弟)인 펠리아스(Pelias)에 의해 왕위에서 쫓겨났다. 그래서 이아손의 어머니는 켄타우로스족의 현자(賢者) 케이론(Cheiron)에게 어린 이아손을 보내 양육을 부탁했다.

어른이 된 이아손은 왕위를 되찾기 위해 펠리아스에게 가던 중 노파로 변장한 여신 헤라를 만났다. 부탁을 받은 이아손은 그녀를 업어 강을 건너다가 신발 한쪽을 잃었다. 이아손은 한쪽 신발만 신은 채 그대로 펠리아스

앞에 나타나 자기가 아이손의 아들로 정당한 왕위계승자라고 주장했다. 이전에 한쪽 신발만 신은 남자가 나타나 자기를 파멸시킬 것이라는 신탁(神託)을 받았던 펠리아스는 이아손을 없애기 위해 계략을 꾸몄다. 그에게 콜키스로 가서 황금 양털을 가져오면 왕위를 물려주겠다는 어려운 조건을 내세운 것이다. 그래서 이아손은 아르고호라는 커다란 배를 만들어 그리스의 영웅들을 이끌고 천신만고 끝에 콜키스에 도착한다.

콜키스의 왕 아이에테스의 딸 메데이아(Medeia)는 순수한 영혼과 총명함, 마법을 사용하는 능력까지 지녔다. 그녀는 아버지의 소유물인 황금 양털을 훔치러 온 이아손에게 첫눈에 반했다. 그때부터 메데이아는 오직 이아손만을 위해 헌신하지만 비극이 시작되었다. 이아손은 금전과 권력에 눈이 먼 파렴치한 자였다. 아이에테스가 이런저런 핑계를 대고 황금 양털을 주지 않자 그는 메데이아를 이용했다. 황금 양털을 훔쳐온 메데이아가 이아손과 함께 도망치자 이를 알고 동생 압시르토스가 추격해왔다. 그러나 그녀는 동생을 처참하게 죽여 바다에 빠뜨리고, 충격으로 넋이 나간 가족들이 장례를 치르는 틈을 타 무사히 콜키스를 탈출했다. 그녀는 사랑에 눈이 멀어 가족을 살해하고 조국을 배신한 여자가 되고 만 것이다.

황금 양털을 가지고 돌아온 이아손은 펠리아스가 약속을 지키지 않자 메데이아의 마법의 힘을 빌려 복수할 것을 결심한다. 펠리아스의 딸들에게 아버지를 젊어지게 할 수 있다면서, 딸들이 보는 앞에서 양(羊)을 가마솥에 넣은 다음 다시 새끼 양으로 만들

허버트 제임스 드레이퍼의 〈황금 양털〉(1864)

어 보였다. 이에 속은 딸들이 펠리아스를 가마솥에 넣어 아버지를 죽게 만들었다.

그 후 이아손은 그녀와 함께 코린트로 건너가 두 아들을 낳으며 겉으로는 행복하게 살았다. 그러나 테베의 왕 크레온으로부터 사위가 되어달라는 제안을 받은 이아손은 조강지처를 헌신짝처럼 버렸다.

헌신과 사랑에 대한 대가가 배신이란 것을 깨달은 메데이아는 질투와 분노의 화신이 되어 복수를 감행했다. 남편의 신부가 될 글라우케의 몸에 독을 주입해 고통으로 몸부림치다가 처참하게 죽게 했다. 더구나 이아손에게 끔찍한 고통을 주는 것만이 철저하게 복수하는 길이라는 생각에, 자기가 낳은 자식들마저도 죽여 대를 잇지 못하게 함으로써 그가 죽음보다 더한 고통을 겪게 했던 것이다.

헤라클레스의 12가지 과업

"헤라클레스 없이는 되는 일도 없다."라는 속담이 있듯이, 그는 초인적인 힘을 지닌 가장 위대한 그리스의 영웅이다. 그는 제우스와 알크메네(Alcmene) 사이에서 태어났다. 알크메네는 암피트리온과 부부로 지내면서 쌍둥이 형제를 낳았는데, 하나는 제우스의 아들인 헤라클레스였고 또 하나는 암피트리온의 아들인 이피클레스였다. 제우스의 아내 헤라의 지시를 받은 분만의 여신 에일레이투이아가 주술로 헤라클레스의 출산을 방해했으나, 알크메네의 여종인 갈린티아스가 이미 아들을 낳았다고 거짓말을 하여 에일레이투이아가 방심한 틈을 타 무사히 헤라클레스를 낳았다고 한다.

그의 이름에서 나온 herculean은 '(헤라클레스 같은) 큰 힘이 필요한, 매우

아우게이아스의 외양간을 치우는 헤라클레스

어려운, 괴력의'라는 뜻으로 쓰이며, a herculean task는 '아주 어려운 일'을 가리킨다. 'the Choice of Heracles(헤라클레스의 선택)'는 '쾌락이나 안락함 대신에 고난의 길을 택하는 것'을 의미한다.

하지만 그는 헤라가 내린 광기로 자신의 아이들을 죽이는 바람에 죗값을 치르기 위해 그의 적인 에우리스테우스(Eurysteus) 밑에서 '12가지의 과업'을 수행해야 하는 업보를 졌다. 그는 첫 번째 과업인 '네메아의 사자 죽이기'에 성공해 그 가죽을 벗겨 옷을 해 입었다. 이 사자 가죽 덕분에 그는 어떤 무기라도 방어할 수 있었다. 두 번째는 레르나의 히드라를 퇴치할 것, 세 번째는 케리네이아의 암사슴을 생포할 것, 네 번째는 에리만토스의 멧돼지를 생포할 것, 다섯 번째 과업은 30년 동안 한 번도 치우지 않은 아우게이아스(Augeas)의 외양간을 하루 만에 치우는 것이었다. 그래서 '아주 더럽거나 썩은 것'을 Augean stables(아우게이아스의 외양간)라고 하며, 그가 두 개의 강줄기를 끌어들여 가볍게 일을 마쳤기 때문에 '신속 강력한 조치로 범죄나 부패를 일소하는 것'을 cleanse the Augean stables(쌓인 악폐를 일소하다)라고 한다.

여섯 번째는 스팀팔로스의 새를 퇴치할 것, 일곱 번째는 크레타의 황소를 생포할 것, 여덟 번째는 디오메데스(트로이 전쟁에 나오는 인물과 동명이인이다)의 야생마를 생포할 것, 아홉 번째는 히폴리테의 허리띠를 훔칠 것, 열 번째는 게리온의 황소 떼를 데려올 것, 열한 번째는 헤스페리데스의 사과를 따올 것, 마지막 열두 번째는 하데스의 케르베로스를 생포할 것 등이었다.

아마조네스

아마조네스(Amazones)는 그리스 신화에 나오는 '여성 무사족'인 아마존(Amazon)의 복수형이다. 이들은 전쟁의 신 아레스의 자손으로 캅카스와 소아시아 지방에 살았는데, 무술이 뛰어났으며 말타기에도 능했다.

또 이들은 여성들만으로 종족을 유지하기 위해 해마다 축제 기간에는 다른 나라에서 남자들을 데려와 함께 잠자리를 한 뒤 거세를 해서 노예로 부렸다. 태어난 아이가 사내아이면 이웃나라로 보내거나 죽였고 여자아이만 키웠다고 한다. 아이들이 어릴 때 활을 쏘는 데 방해가 된다고 하여 오른쪽 젖가슴을 도려냈는데, 아마존이라는 말도 원래 그리스어로 '젖가슴이

전쟁에서 포로로 잡은 남자들을 잔혹하게 죽이는 아마조네스(1557)

없다'라는 뜻이다.

'헤라클레스의 12가지 과업'에도 그녀들이 등장한다. 이 중 아홉 번째 과업이 아마존족의 여왕 히폴리테(Hipolyte; '벌거벗은 미혼의 암말'이라는 뜻)의 허리띠를 훔쳐오는 것이었다. 이 허리띠는 아레스가 히폴리테에게 선물로 준 것이었다. 헤라클레스가 아마존을 방문하자 남자에게 저항적이던 그녀들은 저항하지 않았으며, 오히려 히폴리테는 헤라클레스를 환영하고 그와 동침한 뒤 허리띠를 선물로 주었다. 헤라클레스가 허리띠와 히폴리테를 데려가자 아마존족이 헤라클레스를 추격했는데, 자신을 배신한 것으로 잘못 안 헤라클레스는 히폴리테를 죽여버렸다.

1500년 1월 26일 핀손(Vicente Yanez Pinzon)이 이끄는 스페인의 남미 탐험대가 폭풍우를 만나 정박한 곳 근처에서 강어귀를 발견했다. 그는 이 강에 'Rio Santa Maria de la Mar Dulce(달콤한 바다의 산타 마리아강)'라는 이름을 붙였다. 이후 잉카제국을 멸망시킨 스페인의 정복자 프란시스코 피사로의 휘하 장교인 프란시스코 드 오렐라냐(Francisco de Orellana)가 1542년 이 강을 본격적으로 탐험했다. 그는 피사로의 명령에 따라 군대를 이끌고 강을 거슬러 올라가던 중 원주민들의 습격을 받았다. 많은 병사들을 잃고 간신히 살아 돌아온 그는 이 원주민들이 여인 무사들이었다고 보고했다. 물론 원주민 무사들은 여자가 아니었다. 지칠대로 지친 오렐라냐가 풀잎으로 만든 모자를 썼던 원주민들을 여자로 잘못 보았던 것이다.

이 이야기는 스페인의 왕 카를 5세의 귀에도 들어갔다. 그리스 신화 속에 나오는 아마존 여전사 이야기에 부합된다고 생각한 왕은 그 강을 '아마존'으로 부르라고 명령했다. 이후 탐험가들은 세계에서 가장 긴 이 강을 '아마존강'으로 불렀으며, 이 원주민 전사들을 '아마조네스'로, 이들이 사는 지역을 '아마조니아(Amazonia)'로 부르게 되었다.

부의 상징 크로이소스왕

리디아의 마지막 왕 크로이소스(Croesus)는 막대한 부를 자랑했다. 그래서 영어로 '크로이소스만큼이나 부유한(rich as Croesus)' '크로이소스보다 더 부자인(richer than Croesus)'이라는 관용구가 생겨날 정도였다.

그는 언젠가 그리스의 현자 솔론을 초대해 부를 자랑하며 자신이 가장 행복한 사람임을 인정받고 싶어했다. 하지만 솔론은 아테네의 텔로스, 클레오비스와 비톤 형제를 언급하며 크로이소스가 원하는 대답을 해주지 않았다. 그래서 크로이소스는 솔론을 경멸했다. (이는 헤로도토스가 지어낸 이야기라고 한다.)

하지만 크로이소스왕이 페르시아의 키루스 2세에게 패전하여 수도를 빼앗기게 되었을 때에는 사정이 달라졌다.

그는 기원전 547년 페르시아 제국의 키루스 2세와 전쟁을 벌였다. 크로이소스는 전쟁을 앞두고 델포이 신전에서 계시를 받으려 했으나 델포이의 신탁은 모호하게 답해주었다. 사실 델포이(Delpoe)라는 말 자체가 '모호한(delphic)'이라는 뜻이며, '델포이 기법(delphi method, Delphi technique)'이라는 용어도 여기서 나온 것이다. 이 기법은 미래를 예측하는 질적 예측 방법의 하나로 여러 전문가의 의견을 되풀이해 모으고, 교환하고, 발전시켜 미래를 예측하는 방법이다. 1948년 미국 랜드연구소(RAND Corporation)가 처음 개발한 뒤 군사·교육·연구개발·정보처리 등 여러 분야에서 사용되고 있다.

솔론에게 재물을 자랑하는 크로이소스

신탁은 여기서 만약 페르시아와 싸우면 '제국'이 멸망할 것이라고 말했고, 크로이소스는 '제국'을 페르시아라고 해석하고 기뻐했다. 크로이소스는 델포이에 엄청난 양의 비싼 제물을 바쳤고, 어디를 아군으로 하면 좋을지를 물어보았다. 대답은 '그리스의 가장 강한 나라'였다. 그 신탁은 아테네가 그리스 최강국임을 보여주려고 했으나 크로이소스는 스파르타와 동맹을 맺었다. 크로이소스는 봉물을 더 바치고 자신의 왕권을 지속할 수 있는지 세 번째 신탁을 청했다. 그러자 '노새가 메디아의 왕이 되고자 하면 약하기 때문에 쫓겨날 것'이라는 대답을 받았다.

그리하여 기원전 547년 리디아·스파르타 연합군은 페르시아와 전쟁을 벌였으나 리디아의 수도 사르디스가 함락되고 크로이소스는 포로가 되었다. 크로이소스는 솔론의 말을 상기하며 뉘우치고, 크로이소스에게 솔론에 대해 자초지종을 들은 키루스도 자신을 돌이켜보며 크로이소스를 풀어주었다고 한다.

5장 ➡ 트로이 전쟁

일리아스와 오디세이아

기원전 850년경 전설적인 장님 시인 호메로스(Homeros, 영어로는 호머 Homer)는 서양에서 가장 위대한 장편 서사시 《일리아스*Ilias*》(영어로는 일리 아드*Iliad*)와 《오디세이아*Odysseia*》(영어로는 오디세이*Odyssey*)를 지었다. 호메 로스에 대한 영어 속담으로 Even Homer sometimes nods라는 말이 있는데, 직역하면 "호머도 때로는 졸았다."이다. 아무리 현명하고 재능 있는 호메 로스와 같은 위대한 시인도 실수할 때가 있다는 뜻으로, 우리의 속담 "원숭 이도 나무에서 떨어질 때가 있다."와 같은 뜻이다. 이는 로마의 시인 호라 티우스(Horatius)가 《시론*Ars Poetica*》이라는 책에서 "호메로스도 가끔 졸더 라."는 말을 한 데서 비롯되었다.

이 작품들은 서양 문학 최초이자 최고의 걸작으로 기원전 8세기경에 구 전으로 성립되고, 기원전 6세기경에 문자로 기록되었다고 추정된다. 지금 으로부터 무려 수천 년 전의 작품이 그토록 짜임새 있는 구조와 풍부한 내 용을 담고 있다는 사실은 우리의 경탄을 자아내고 있다.

이 두 서사시는 트로이(Troy)라는 도시를 무대 로 펼쳐진 전쟁의 발발에서부터 전쟁이 끝나고 그리스로 귀환하는 과정까지 영웅들이 펼치는 드라마틱한 이야기다. 원래 이 도시는 건설자 트 로스(Tros)의 이름을 따서 '트로스의 도시'라는 뜻 의 트로이아(Troia)라 불렸으며, 아들 일리오스 (Ilios)의 이름을 따 '일리오스의 도시'라는 뜻의 '일리온(Ilion, 라틴어로는 Ilium)'이라고도 불렸다. 그래서 일리아스는 '일리온에 대한 이야기'라는

눈먼 호메로스

뜻이며, 오디세이아는 '오디세우스의 여정, 귀환'이라는 뜻이다.

《일리아스》는 10여 년에 달하는 트로이 전쟁 기간 중 단 며칠 동안의 이야기에 집중된다. 이 서사시의 가장 뛰어난 주인공은 그리스의 영웅 아킬레우스이다. 처음에는 아킬레우스가 그리스군의 총사령관 아가멤논과 싸우고 나서 더 이상 전투에 참여하지 않겠다고 선언한다. 그래서 그리스군은 트로이의 왕 프리아모스의 장남 헥토르(Hector)가 이끄는 트로이군에게 무참히 짓밟힌다. 하지만 자신의 투구를 쓰고 헥토르와 겨루다 죽은 친구 때문에 전투에 복귀한 아킬레우스는 결국 헥토르를 죽여 원수를 갚는다. 그 와중에 아가멤논, 오디세우스, 아이아스, 디오메네스, 헥토르, 파리스, 아에네아스, 프리아모스 등 양쪽 진영의 주요 영웅들의 용맹과 지략에 관한 이야기와, 그 전투를 지켜보며 가끔씩 참견하는 신들의 이야기가 전개된다.

트로이 전쟁이 끝나고 귀향길에 오른 오디세우스는 10년 동안이나 더 바다를 떠도는 신세가 된다. 《오디세이아》도 《일리아스》처럼 중간에서 시작되어 과거를 회상하는 형식으로 이야기가 펼쳐진다. 바다 요정 칼립소의 섬을 떠나 알키노스왕의 궁전에 도착한 오디세우스는 자신의 모험을 회고하는 긴 이야기를 끝내고, 마침내 고향으로 돌아가 오랜 세월 동안 자기의 가족을 괴롭힌 자들에게 복수하고 아내와 재회함으로써 막을 내린다.

《오디세이아》는 《일리아스》보다 박진감이 떨어지지만, 감미로운 노래로 선원들을 유혹하는 세이렌, 오디세우스 일행을 가둬두고 한 명씩 잡아먹는 키클롭스, 오디세우스를 구출해준 나우시카 공주, 돌아오지 않는 남편을 기다리며 구혼자들을 속이기 위해 매일 베를 짜고 또 풀기를 되풀이했던 페넬로페, 아들 텔레마코스(Telemachos)에게 부친을 찾아갈 방법을 조언하는 멘토르 등 오랜 방랑 생활 동안 주인공이 마주친 온갖 기이한 사건과 사물들 때문에 수많은 작가들의 상상력을 자극했고, 또 수많은 비유를 낳아 영어 단어로 자리잡기도 했다.

독일의 사업가이자 고고학자인 하인리히 슐리만(Heinrich Schliemann)은 어렸을 때 아버지로부터 크리스마스 선물로 받은 역사책을 읽고 호메로스의 서사시가 사실이라고 믿었다. 그는 인디고 물감 장사로 큰돈을 벌자 트로이 유적을 발굴하기로 마음먹었다. 결국 그는 그리스 출신 부인 소피아 엥가스트로노메스(Sophia Engastronomes)와 함께 1870년부터 1873년까지 터키의 북서쪽 해안가에 있는 히사를리크(hissarlik; 터키어로 '요새' '궁전'이라는 뜻) 언덕을 집중 조사해 마침내 유적을 발견함으로써 트로이 전쟁이 역사적 사실임을 밝혀냈다.

파리스의 심판

이야기는 바다의 여신 테티스(Thetis)에서부터 시작된다. 그녀는 너무 아름다워 신들이 앞다퉈 결혼하려고 했으나 그녀가 신과 결혼해서 낳은 아들이 제우스를 죽일 것이라는 예언이 있었다. 그래서 제우스는 그녀를 인간인 펠레우스(Peleus)와 결혼시켰다. 성대한 결혼식 후 모든 신이 모인 피로연이 열렸지만 우연한 실수로 '불화의 여신' 에리스(Eris; 아레스의 누이 또는 딸)를 초청하지 않았다.

화가 난 에리스는 피로연장에 나타나 '최고의 미인에게'라는 금박이 새겨진 사과를 바닥에 던졌다. 헤라, 아테나, 아프로디테는 서로 자기 것이라고 우겼지만 누가 최고의 미인이라고 결론내릴 수 있는 신들은 아무도 없었다. 그래서 선택결정권은 파리스(Paris)라는 목동에게 넘어갔다.

파리스는 당시 트로이 왕 프리아모스(Priamos, 영어로는 프리암*Priam*)와 헤카베(Hekabe, 라틴어로는 헤쿠바*Hecuba*) 사이에서 낳은 둘째아들로 헥토르(Hector)의 동생이다. 헤카베는 파리스를 낳기 전에 태어날 아이가 장작불로 변하는 꿈을 꾸었는데, 신탁을 들어보니 트로이 멸망의 원인이 될 것이라고 했다. 그래서 아이를 낳자마자 하인에게 맡겨 죽여 없애라고 명령했다. 하지만 하인은 아기를 불쌍히 여겨 산속에 버리고 돌아왔고, 파리스는 기적적으로 양치기에게 발견되어 그의 손에서 자랐다. 그가 바로 '불화의 사과(apple of discord)'의 주인을 선택해야만 했던 것이다.

헤라는 부를, 아테나는 전사의 영예를, 아프로디테는 인간 중 최고의 미인을 주겠다고 파리스에게 제안했다. 청년 파리스는 아프로디테를 선택했다. 이것이 바로 그 유명한 '파리스의 심판(judgement of Paris)'이다. 사실 제대로 된 판단이었으나 헤라와 아테나는 심한 모욕감을 느낀 나머지 파리스와 트로이를 증오하게 되었다. 그 후 파리스는 간직하고 있던 증표를 아버지 프리아모스에게 보여주고 트로이의 왕궁으로 복귀했다.

프리아모스왕에게는 카산드라(Cassandra)라는 딸이 있었다. 그녀는 아폴

쿠피도와 함께 있는 아프로디테를 묘사한 〈파리스의 심판〉

론이 구애하자 사랑을 받아들이는 대신 예언 능력을 달라고 요구하여 미래를 알 수 있는 힘을 갖게 되었다. 하지만 그녀가 예언 능력만 받고서 약속을 지키지 않자 성난 아폴론은 아무도 그녀의 예언을 믿지 않게 만들어버렸다. 그래서 파리스가 돌아오면 트로이를 멸망으로 이끌 것이라고 예언했지만 아무도 그녀의 말을 믿지 않았다.

아프로디테는 파리스와의 약속을 지켰다. 파리스는 최고의 미녀 헬레네(Helene)를 트로이로 데리고 왔으나 그녀는 이미 아가멤논(Agamemnon)의 동생인 스파르타의 왕 메넬라오스(Menelaos)의 아내였다. 그리스인들은 헬레네를 되찾기 위해 트로이 원정을 감행함으로써 이른바 '트로이 전쟁'이 시작되었다. 절세 미녀 헬레네는 오늘날에도 Helena, Ella, Ellen, Ellena, Ellain, Eleanor, Elenora 등의 이름으로 변형되어 여전히 사랑받고 있다.

트로이 전쟁의 최고 영웅 아킬레우스

아킬레우스(Achilleus, 영어로는 아킬레스)는 펠레우스와 테티스 사이에서 태어난 아들이다. 그런데 이상한 것이 하나 있다. 펠레우스와 테티스의 결혼식이 끝나고 얼마 되지 않아 트로이 전쟁이 일어났는데 어느새 아킬레우스가 커서 참전까지 했는지, 더구나 10년 정도 걸린 전쟁이 끝나기도 전에 그의 아들 네오프톨레모스(Neoptolemos)까지 참전했는지 시간상 도무지 이해가 안 간다. 신들은 시간을 초월한 존재이기 때문일까.

아무튼 아킬레우스는 그리스 신화에서 헤라클레스 다음으로 유명한 영웅이지만, 헤라클레스와는 달리 문무를 겸비한 영웅이었다. 그가 태어나자 테티스는 그를 불사의 존재로 만들려고 스틱스 강물에 담갔다. 아쉽게도 그녀가 잡고 있던 발뒤꿈치 부분을 물에 적시지 못했고, 결국 트로이 전쟁 도중 파리스가 쏜 화살이 발뒤꿈치에 맞아 목숨을 잃고 말았다.

이 때문에 '치명적인 약점' '급소'를 Achilles heel(아킬레스의 뒤꿈치)이라 하며, 장딴지근과 가자미근의 힘줄이 합쳐져서 발꿈치뼈에 붙는 튼튼한 힘줄을 Achilles tendon(아킬레스건)이라고 한다. 아킬레스를 처음 의학용어에 도입한 사람은 플랑드르 출신의 해부학자 페르헤이언(Philip. Verheyen)이다. 그는 자기 발을 직접 잘라 해부하면서 라틴어로 아킬레스건(chorda Achillis)이라 이름 붙였다. 이 용어를 오늘날 사용하는 Tendo Achillis로 바꾼 사람은 독일의 해부학자 하이스터(Lorenz Heister)이며, 이것이 영어로 Achilles tendon이 되었다.

개미군단 뮈르미돈 부대

아킬레우스가 이끈 부대를 '뮈르미돈(Myrmidon)'이라고 불렀는데, 이것은 '개미'라는 뜻의 그리스어 뮈르메크스(mymex)에서 나온 명칭이다.

어느 날 아킬레우스의 할아버지 아이아코스가 제우스에게 탄원을 하고 있을 때, 마침 앞에 서 있는 참나무로 수많은 개미들이 줄을 지어 올라가고 있었다. 이때 아이아코스가 "나의 백성들도 저 개미들처럼 많았으면 좋으련만……." 하고 중얼거리자, 다음 날 개미들이 모두 사람으로 변해 온 나라에 가득 찼다고 한다. 이런 연유로 이 사람들은 '개미가 변한 인간'이라는 뜻의 뮈르미돈이라고 불렸으며, 이들로 이루어진 군대는 '뮈르미돈 부대'로 불렸다.

그의 아들 펠레우스에서 손자 아킬레우스까지 이어진 뮈르미돈 부대는 아킬레우스와 함께 트로이 전쟁에 참전하여 용맹을 떨쳤다. 그래서 영어에서는 '충복(忠僕, faithful servant, old retainer)'이나 '튼실한 종자(solid seed)'라는 뜻으로 쓰인다.

디오메데스의 교환

호메로스의 《일리아스》에 자주 등장하는 아르고스의 왕 디오메데스(Diomedes)는 트로이 전쟁에서 아이아스·아킬레우스와 함께 그리스 연합군 최강의 용사로, 특히 《일리아스》 제5권은 대부분 그의 혁혁한 무공을 다루고 있다고 해도 지나치지 않다. 디오메데스는 아테나의 여신상인 팔라디온(palladion, 팔라디움palladium)을 소유하는 쪽이 승리할 것이라는 헬레노스의 예언에 따라, 신상을 트로이로부터 훔치기 위해 오디세우스와 동행하기도 했다. 그리하여 아테나 여신의 도움을 받은 그는 트로이 전쟁 후 무사히 귀환한 흔치 않은 인물이었다. 사람을 잡아먹는 네 마리의 암말들을 기르던 트라키아의 왕 디오메데스와는 동명이인이다.

《일리아스》 제6권에서 디오메데스는 전투가 소강상태로 접어들자 트로이의 장수 글라우코스(Glaucos)와 만나 서로 인사를 나누게 된다. 글라우코스는 '빛나는'이라는 뜻인데, 벨레로폰의 손자이자 히폴로쿠스의 아들로 리키아군의 장군이었다. 영어 glitter(반짝

서로의 갑옷을 교환하는 디오메데스와 글라우코스

거리다, 빛나다), glitterati(유명인, 부호) 등도 어원이 같다. 이들이 조상 때부터 친했다는 것을 알고 디오메데스는 청동갑옷을, 글라우코스는 황금갑옷을 서로 주고받은 뒤 헤어졌다(당시 시가로는 소 9마리를 주고 100마리를 받은 것이나 다름없었다). 바로 여기서 '어느 한쪽이 손해를 보는 거래'를 뜻하는 '디오메데스의 교환(Diomedian swap)'이라는 말이 생겨났다.

그는 트로이 전쟁에서 적장 아이네이아스를 죽일 수 있었으나 아프로디테의 방해로 뜻을 이루지 못했다. 화가 난 그는 부상당한 아이네이아스를 업고 가던 아프로디테를 창으로 찔렀다. 깜짝 놀란 아프로디테는 애인 아레스에게 뒷일을 부탁하며 황급히 마차를 타고 올림포스산으로 피신했다. 기세등등해진 그는 아테나 여신의 도움을 받아 아레스에게도 공격을 가했다. 이처럼 그는 아프로디테와 아레스에게 상처를 입혔지만 제우스의 벌을 받지 않은 유일한 인간으로 자주 거론된다.

하지만 트로이 전쟁이 끝나고 귀국하자 아프로디테의 농간으로 아내 아에기알레(Aegiale, Aegialeia)가 집사인 코메테스(Cometes)와 부정(不貞)을 저질렀다. 이탈리아로 건너간 그는 다우니아인들(the Daunians)을 다스리던 다우누스왕을 내쫓고 왕이 되어, 남부에 많은 도시들을 건설했다고 한다. 디오메데스가 죽자 그의 자손들은 아레스의 보복을 당했으며, 그를 영웅으로 떠받들었던 도시 아르고스도 그 후 적군의 끊임없는 침략을 받아 쇠퇴하고 말았다.

아킬레우스와 헥토르의 대결

그리스 동맹군은 트로이를 치기 위해 아울리스(Aulis) 항구로 집결했으나 바람이 불지 않아 출항을 못하고 있었다. 이때 예언가들이 아가멤논(Agamemnon)의 딸을 아르테미스 신전에 바쳐야 한다고 말했다. 미케네의 왕 아가멤논은 딸 이피게네이아(Iphigeneia)를 아킬레우스에게 시집보내려 하니 당장 아울리스로 보내라고 아내 클리타임네스트라(Clytemnestra)에게 거짓말로 둘러댔다. 딸을 희생물로 바치자 바람이 불기 시작해 아가멤논은 트로이로 향할 수 있었다.

트로이 전쟁은 지리멸렬했다. 그러다 아가멤논이 아킬레우스와 다투면서부터 활기를 띠기 시작했다. 이들은 일부 전리품의 분배방식을 놓고 언쟁을 벌였고, 화가 난 아킬레우스는 파트로클로스(Patroklos)와 부하들을 이끌고 후방으로 철수해버렸다. 그 틈을 타 트로이군이 성 밖으로 나와 그리스군을 격퇴하기 시작했다. 하지만 아킬레우스는 강 건너 불구경하듯 방관만 하고 있었다.

아킬레우스가 꿈쩍 않자 그리스 동맹군은 패배 일보 직전까지 갔다. 이를 보다 못해 파트로클로스가 아킬레우스를 대신해 그의 갑옷을 빌려 입고 전투에 나섰다. 승승장구하던 파트로클로스는 아킬레우스의 당부도 잊은 채 무모하게 헥토르와 대결하다가 패배해 죽고 말았다.

친구의 죽음에 분노한 아킬레우스는 당장 뛰쳐나가 트로이군을 격파하고 헥토르와 맞대결을 벌였다. 이들은 물러설 수 없는 한판 승부를 벌였고, 이 팽팽한 대결의 승리는 아킬레우스에게 돌아갔다. 그는 헥토르의 시체를 전차에 매달고 막사로 돌아왔다.

헥토르를 죽이는 아킬레우스

그날 밤 트로이의 왕 프리아모스가 아킬레우스의 막사로 몰래 찾아와 아들의 시체를 건네줄 것을 간청하자 헥토르 몸무게만큼의 황금을 받고 되돌려주었다. 하지만 그도 또 다른 전투에서 뒤꿈치에 파리스의 화살을 맞아 전사하고 말았다.

카산드라의 예언

카산드라(Cassandra) 공주는 트로이의 마지막 왕 프리아모스의 딸이다. 카산드라는 그리스 신화에 나오는 최고 미녀들 중 하나다. 트로이 전쟁에서 트로이 쪽에 서서 싸운 아폴론은 태양의 신이자 예언의 신이다. 그는 카산드라의 미모에 끌려 자신의 구애를 받아들인다면 대신 예언력을 주겠다고

불타는 트로이를 배경으로 한
이블린 드 모르간의 〈카산드라〉

제의했다. 카산드라는 이를 받아들였고, 사랑에 눈이 먼 아폴론은 약속대로 그녀에게 뛰어난 예언력을 부여해주었다. 그러나 카산드라는 이렇게 큰 선물을 받고도 약속을 지키지 않았다. 화가 머리끝까지 치밀어 오른 아폴론은 그녀에게 저주를 내렸다. 그녀가 미래를 예견할 수는 있지만 아무도 그녀의 말을 믿지 않도록 만들어버린 것이다. 결국 아무도 카산드라의 예언을 믿지 않아 그녀의 예언력(the power of foresight)은 쓸모가 없어졌다. 이것이 '카산드라의 예언(Cassandra's Prophesies)'이자 비극이다.

이후 사람들은 모두 카산드라의 말을 무시

해버렸고, 그녀를 헛소리나 하는 미치광이라고 여겼다. 시간이 흐르면서 사태는 한층 더 악화되었다. 그 후 트로이 전쟁이 일어나고 그리스군은 그 유명한 '트로이의 목마'를 가져왔다. 이때 카산드라는 목마를 성안에 들여놓으면 트로이가 멸망할 것이라고 경고했지만 설득력을 잃어버린 그녀의 말을 아무도 믿지 않았고, 결국 트로이는 멸망했다.

그녀는 승리를 거둔 그리스군의 영웅 아이아스에게 강간을 당했으며, 총사령관인 아가멤논은 그녀를 미케네로 끌고 갔다. 거기서도 카산드라는 남편인 아가멤논을 살해하려는 클리타임네스트라의 음모에 대해 떠들어대기 시작했다. 하지만 그녀의 예언은 무시당했고 급기야 그녀는 클리타임네스트라에게, 아가멤논은 왕비의 정부 아이기스토스(Aegisthos)에게 살해당하고 말았다.

그래서 오늘날 그녀의 이름은 '재앙의 예언자(The prophets of disaster)'나 '흥을 깨는 사람(a wet blanket, wowser)'이라는 의미로 쓰이고 있다. 자신의 진실을 알아주는 사람이 없다는 것은 크나큰 고통이 아닐 수 없다. 카산드라의 예언은 아무리 탁월한 아이디어를 가지고 있더라도 상대방을 설득할 능력이 없다면 아무 소용이 없다는 교훈을 우리에게 남겼다.

트로이의 목마

트로이 전쟁의 승리는 오디세우스의 전략 덕분이었다. 그는 거대한 목마를 만들어 그 안에 병사들을 가득 채우고 성문 밖에 세워두었다. 나머지 병사들은 성 위쪽으로 매복하기 위해 승선하고 있었다. 트로이 병사들은 이를 보고 그리스 동맹군이 철수하는 것으로 착각해, 목마를 아테나 여신

뱀에게 물려 죽는 라오콘

에게 바치는 전리품으로 여겨 성안으로 들여놓았다.

아폴론을 모시고 있던 사제 라오콘(Laocoon)은 이런 경솔한 행동에 경고했다. "저는 그리스인들이 선물을 가져오더라도 두렵기만 합니다." 이 말에는 오랫동안 적대시하던 사람이 갑자기 친절하다고 해서 그를 믿어서는 안 된다는 경고가 담겨 있다. 그러자 그리스 편을 들고 있는 포세이돈이 바다뱀을 보내 그와 아들을 목 졸라 죽여버렸다.

트로이 병사들이 승리에 도취해 잔치를 벌인 뒤 잠이 들자 목마에 숨어 있던 그리스 병사들이 뛰쳐나와 성문을 열어주었고, 성 밖에서 매복해 있던 병사들이 물밀듯이 들이닥쳤다. 트로이는 순식간에 아수라장이 되었다. 프리아모스와 나머지 아들들도 몰살을 당했고 헬레네도 붙잡혔으나 메넬라오스는 너무도 아름다운 그녀를 차마 죽이지 못하고 다시 스파르타로 데려갔다. 이렇게 해서 10여 년에 걸친 트로이 전쟁은 대단원의 막을 내렸다. 로마의 전설에 따르면, 트로이 왕족 가운데 아이네이아스(Aeneas)가 탈출에 성공했고 그 후손들이 나중에 로마를 건설했다고 한다.

지금도 적의 심장부에 잠입해 공격 기회를 노리는 집단을 Trojan horse(트로이의 목마)라고 부른다.

영어에 이름을 남긴 트로이 전쟁의 조연들

필로스(Pilos)의 왕 네스토르(Nestor)는 환갑의 나이였지만 트로이 전쟁에 그리스 동맹군으로 참전해 끝까지 살아남았다. 그는 경륜이 풍부하고 지혜로운 인물이라 그의 이름은 영어에서도 '지혜로운 자'라는 뜻으로 쓰인다.

전령사 스텐토르(Stentor)는 큰 목소리 덕분에 병사들을 집합시킬 때 아주 쓸모가 있어서 stentorian(소리가 큰), stentorphone(고성능 확성기) 등에 이름을 남겼다. 《일리아스》에 나오는 못생기고 겁 많은 선동가 테르시테스(Thersites)는 thersitical(소란스러운, 입버릇이 나쁜)이라는 형용사를 낳았다.

아이아스(Aias, 라틴어로 Ajax)는 살라미스의 왕 텔라몬의 아들로 '위대한 아이아스(Ajax the greater)'로 불린다. 트로이 전쟁에서 아킬레우스 다음가는 용사로 인정을 받았으나, 아킬레우스가 죽은 후 그의 유품인 갑옷을 놓고 오디세우스와 겨루었다가 패하자 분한 나머지 자살하고 말았다. 그는 네덜란드 축구 명문구단 'AFC 아약스'(1900년 창단, 암스테르담)의 명칭으로 남기도 했다.

트로이 전쟁의 영웅과 조연들

엘렉트라 콤플렉스

아가멤논이 트로이 전쟁에 나간 틈을 타 아가멤논의 아내 클리타임네스트라는 예쁜 딸 이피게네이아를 제물로 빼앗긴 것에 대한 복수로 아이기스토스와 통정을 하고 만다. 전쟁이 끝나 남편이 귀환하자 그녀는 아이기스토스와 짜고 개선 축하연에서 아가멤논을 독살하고는, 보복이 두려워 어린 아들 오레스테스(Orestes)까지 없애려고 했다. 이때 아가멤논의 장녀 엘렉트라(Electra; '현명한 사람'이라는 뜻)는 오레스테스를 몰래 아가멤논의 처남인 포키스의 왕 스트로피오스(Strophios)에게 보내 훗날을 기약했다.

복수의 기회를 엿보던 엘렉트라는 마침내 동생이 장성하자 미케네로 불러들여 어머니와 정부를 죽이고 아버지의 원수를 갚았다. 이 엄청난 사건은 재판에 부쳐졌다. 모권제(母權制)의 수호자인 퓨리스 세 자매(Furies)는 모권제 사회에서 모친 살해라는 중죄를 진 오레스테스를 고소했지만 새로운 제도인 부권제(父權制)의 수호자 아폴론과 아테나는 오레스테스를 옹호했다. 결국 심판장인 아테나가 오레스테스의 손을 들어주었다. 이는 젊은 세

어머니를 살해하는 오레스테스

대의 신들이 구시대 신들을 이겼다는 의미이자 모권제에 대한 부권제의 승리를 의미한다.

엘렉트라 이야기는 우발적인 오이디푸스 이야기와는 사뭇 다르다. 엘렉트라는 처음부터 계획적이고 치밀하게 복수를 실행에 옮겼던 것이다. 여자가 한을 품으면 오뉴월에도 서리가 내린다는 말이 맞긴 맞는 모양이다.

여자아이가 무의식적으로 어머니에게 적의를 품고 아버지에 애정을 품는 심리상태를 '엘렉트라 콤플렉스(Electra Complex)'라고 한다. 이 용어를 처음 사용한 사람은 스위스의 심리학자 카를 융(Carl Jung)이다.

엘렉트라는 섬뜩할 정도로 찌릿찌릿한 성격에 걸맞은 단어들을 몇 개 만들어냈다. 엘렉트라는 그리스어로 '호박(琥珀, amber)'이라는 뜻도 있는데, 그녀의 눈이 호박색이었기 때문이다. 이것을 명주 천에 문지르면 정전기가 발생한다고 해서 생겨난 단어 electricity(전기)를 비롯하여 electric current(전류), electron(전자) 등의 단어들이 엘렉트라에서 유래했다.

오디세우스의 파란만장한 귀향

오디세우스(Odysseus)는 '오디움(odium; 그리스어로 '미움'이라는 뜻)을 받은 자'라는 뜻을 가지고 있다. 그의 외할아버지이자 소문난 도둑인 아우톨리코스는 오디세우스가 출생한 직후에 이타카섬을 찾았는데, 이때 유모가 아이의 이름을 지어달라고 부탁했다. 이 대도는 잔인하게도 자신이 이곳에 오기 전에 많은 사람들로부터 미움을 받았으므로 오디세우스란 이름을 지어주었다. 이런 불길한 이름 때문에 그의 모험은 트로이 전쟁에서 끝나지 않고 더 많은 모험을 겪게 된다.

스파르타의 왕 메넬라오스는 트로이의 프리아모스왕에게 아내 헬레네를 돌려달라고 요구했으나 거절당하자 그리스의 모든 지역에 전령을 보내 트로이 공격에 동참할 것을 호소했다. 그러나 이타카섬의 왕 오디세우스(Odysseus, 영어로는 율리시즈*Ulysses*)는 헬레네의 사촌 페넬로페(Penelope, 페넬로페이아*Penelopeia*)와의 사이에 텔레마코스라는 아들을 두고 있었기 때문에 참전을 꺼렸다. 하지만 그리스 동맹국 간의 약속을 지켜야 했고, 그가 나서지 않으면 그리스가 패한다는 예언 때문에 결국 참전하게 되었다.

그는 아킬레우스가 죽고 그가 쓰던 갑옷을 가장 용감한 사람에게 물려주게 되었을 때, 아이아스(Ajas)와 겨루어 이기고 그것을 차지했으며, 전쟁 끝 무렵에는 목마 속에 병사를 숨기는 전술로 트로이를 함락시켜 헬레네를 구출하기도 했다.

이타카섬 출신의 유일한 귀환자인 오디세우스는 오랜 고생 끝에 고향으로 돌아간다. 그래서 odyssean은 '장기 모험 여행의'라는 뜻도 있다. 10여 년에 걸친 전쟁이 끝나고 귀향길에 오른 오디세우스는 집에 당도하기까지도 다시 10여 년이 걸렸다.

그가 처음 머무른 곳의 원주민들은 로토스(lotus)라는 과일을 먹고 있었는데, 이것을 먹은 이들은 그 맛에 반해 만사를 잊어버리기 때문에 그곳을

떠나려 하지 않았다. 이 이야기에 근거해 lotus-eater(무위도식자), lotus land(도원경, paradise)라는 단어가 생겼다. 이 식물은 신화 속에서만 존재하며 현실에서는 '연꽃'을 가리킨다.

고향으로 돌아가는 오디세우스 일행

그는 '바람의 신' 아이올로스

(Aeolos)가 살고 있는 섬에도 머물렀다. 그가 서풍 이외의 바람이 든 자루를 오디세우스에게 주었기 때문에, 이 자루를 묶어놓으면 서풍만 불어 고향 이타카까지 갈 수 있었다. 하지만 눈앞에 고향을 두고 방심한 나머지 잠이 든 사이에 부하들이 호기심을 참지 못하고 자루를 풀어헤치고 말았다. 그 러자 온갖 바람이 불어 일행은 다시 망망대해로 표류하게 되었다.

모든 별들의 신 아스트라이오스와 새벽의 여신 에오스의 아들 가운데 보레아스(Boreas)는 매서운 '북풍'으로 영어의 boreal(북쪽의)로 남았으며, 부 드러운 '서풍'인 제피로스(Zephyros)는 zephyr(서풍)로 남았다.

스킬라와 카리브디스

카리브디스(Charybdis)는 바다의 여신이자 엄청난 괴물이다. 그녀의 어머 니는 대지의 여신 가이아이며 아버지는 바다의 신 포세이돈이다. 어떤 설 에서는 괴물이기도 하지만 또 다른 설에서는 바다를 주름잡는 여신으로도 알려져 있다. 그녀는 식욕이 너무나 강해 넥타르와 암브로시아를 함부로 먹어대자 이에 화가 난 제우스가 그녀를 번개로 바다에 빠뜨리고, 뭐든지 먹으면 토하는 벌을 내렸다. 그래서 카리브디스는 배고플 때 바닷물을 모 두 먹어치우고 다시 뱉어내는데, 마치 심한 폭풍이나 소용돌이와도 같아 배에 타고 있던 선원들이 모두 바다에 빠져 죽음을 맞이했다.

스킬라(Scylla)는 카리브디스와 함께 2대 괴물로 꼽히는 존재로 좁은 해 협의 양옆에 살았다. 그녀는 본디 대단한 미인이었으나 바다괴물인 글라 우코스(Glaucus)의 사랑을 거부하는 바람에 마녀 키르케의 저주를 받아 머 리가 여섯 개 달린 공포스러운 바다괴물로 변했다. 그녀는 자신이 살고 있

왼쪽부터 카리브디스, 오디세우스 일행, 스킬라

는 해역에 배가 접근하면 긴 목을 늘려 한 사람씩 물어가고 무엇이든 닥치는 대로 먹어치웠다.

오디세우스가 부하들과 함께 배를 타고 이곳을 지나가는데, 한쪽에는 무시무시한 바위 스킬라가 버티고 있고 반대쪽에는 소용돌이 물길 카리브디스가 있었다. 어느 쪽으로도 쉽게 지나갈 수 없는 진퇴양난에 빠진 것이다. 카리브디스 주변으로 가면 소용돌이에 휘말려 배가 통째로 가라앉을 위험이 있고, 스킬라 주변으로 가면 여섯 개의 머리가 여섯 명의 선원을 잡아먹을 형국이었다. 오디세우스는 고민하다가 스킬라 쪽을 택했고, 부하 여섯 명이 용감하게 노를 저었으나 그만 스킬라에게 잡아먹히고 말았다. 그들의 희생 덕분에 오디세우스는 이곳을 무사히 빠져나올 수 있었다.

베르길리우스의 《아이네이스》에 따르면, 이들은 보통 이탈리아 본토와 시칠리아섬 사이에 있는 메시나 해협(Strait of Messina) 일대의 소용돌이가 의인화된 존재라고 한다.

그녀들은 between Scylla and Charybdis라는 관용구를 만들어내기도 했는데, '두개의 위험한 상황 중에서 하나를 택해야만 하는 것(being forced to choose between two similarly dangerous situations)'을 뜻한다. 이와 비슷한 표현으로 on the horns of a dilemma(진퇴양난에 처해), between the devil and the deep blue sea(진퇴유곡에 빠져), between a rock and a hard place(선택을 강요당해)가 있다.

페넬로페와의 재회

이타카섬에서는 오디세우스가 이미 죽었다는 풍문이 나돌았고, 온갖 실력자들이 그의 아내 페넬로페(그리스어로 '홍머리 오리'라는 뜻이다)에게 청혼을 했다. 하지만 정숙한 아내는 남편이 살아 있음을 확신했기 때문에 모든 청혼을 거절했다. 그 대신 그녀는 구혼자들에게 시아버지 라에르테스(Laertes)의 수의(壽衣)를 다 짜면 생각해보겠다고 둘러댔다. 그녀는 낮에는 수의를 짜고 밤에는 다시 풀어버렸기 때문에 일이 끝나지 않을 것처럼 보였다. 그래서 오늘날 '페넬로페의 베짜기(Penelope's weaving)'는 '끝이 날 것 같지 않을 일'이라는 표현이 되었다. 이 일은 결국 배반한 하녀 멜란토(Melantho) 때문에 발각되고 만다.

그녀에게는 아들 텔레마코스가 있었지만 어리고 힘이 없어 어머니를 도울 수 없었다. 그래서 왕국에 남아 있던 늙은 충신 멘토르(Mentor)의 충고대로 움직였다. 지금도 mentor는 '조언자' '고문(顧問)'이라는 뜻으로 쓰인다.

그 사이에 오디세우스가 천신만고 끝에 고향으로 돌아왔다. 마음씨 좋

수의를 짜는 페넬로페를 괴롭히는 구혼자들

은 돼지치기 에우마이오스(Eumaeos)가 거지로 변장한 그를 몰라보고도 도움을 주었다. 결혼식이 거행될 회관에는 구혼자들로 북적거렸으며 거지 차림의 오디세우스도 거기에 잠입해 있었다. 어쩔 수 없이 페넬로페는 오디세우스가 쓰던 활로 과녁을 맞히는 사람과 결혼하겠다고 선언했다. 하지만 누구도 활시위를 당기지 못했다. 이때 오디세우스가 나서서 정확히 과녁을 맞혔다. 페넬로페는 그가 남편임을 한눈에 알아보았다. 그 순간 오디세우스의 충신들이 들이닥쳐 구혼자들을 모두 없애버렸다. 오디세우스와 페넬로페는 자그마치 20여 년 만에 재회의 감격을 누린 것이다. 끝까지 남편을 기다린 페넬로페는 오늘날 영어로 '정숙한 아내'라는 뜻을 남겼으며 정절(貞節, marital fidelity)의 상징이 되었다.

한편 아버지 라에르테스는 구혼자의 아버지들과 화해를 도모함으로써 평화를 되찾았다. 《오디세이아》는 여기서 대단원의 막을 내린다.

＊　＊　＊

트로이 전쟁이 끝난 지 100년도 채 되기 전에 그리스 북부에 살던 일단의 미개인들이 남하했다. 도리스인(Dorians, 도리아인)이라 불리는 그들은 기원전 1200년경 철기문명을 가지고 달마티아와 알바니아 지방으로부터 미케네 문명세계의 그리스 본토로 침입해온 것이다. 이것이 바로 '도리스인의 침입(Dorian invasion)'이다.

이후 이들은 미케네와 티린스를 멸망시키고 그리스의 여러 지역에 정착했다. 이들은 강력한 철제 무기를 가지고 있었기 때문에 청동제 무기를 사용하고 있던 그리스인들은 도저히 그들의 상대가 될 수 없었다.

헤라클레스의 후손들과 도리스인은 긴밀히 연합하여 하나의 사회를 이루었는데, 전설에 따르면 헤라클레스의 후손들이 이들을 데리고 남하했다고 한다. 그래서 도리스인들은 자신들의 남하를 '헤라클레스 자손들의 귀환(Return of the Heracleidae)'으로 간주했다. 비록 헤라클레스의 직계 자손들(Heraclids)은 그리스에서 쫓겨났지만 그 후손들이 다시 그리스로 돌아온 것이라고 주장함으로써 자신들의 그리스 정복을 정당화한 것이다.

이를 뒷받침하기 위해서 그들은 헤라클레스의 정복 업적을 과대 포장했으며, 후세의 신화 작가들도 헤라클레스가 수많은 도시들을 정복했다는 내용으로 새로운 이야기를 만들어내야만 했다.

하지만 도리스인들은 건축, 도기, 조각 등에 뛰어났으며 그리스 문화 형성에 크게 기여했다. 특히 건축에서는 '그리스 3대 건축양식(도리아식→이오니아식→코린트식)' 중 하나를 장식하기도 했다.

이후 그리스인들, 특히 아테네인들은 그리스에 계속 남아 있었지만 다른 종족들은 소아시아(지금의 터키)로 건너갔다. 그리고 그들은 본토가 도리스인들의 지배하에서 야만의 시대를 보내고 있었던 것과는 달리, 소아 시아에서 본토보다 200여 년 앞선 문명화된 도시를 건설하기도 했다.

사실 도리스인들의 지배가 시작되면서 그리스 신화의 시대는 막을 내렸다. 신과 인간과 괴물이 어우러져 환상과 전설로 찬란한 불꽃을 피웠던 시대는 스러져가고 무덤덤한 역사의 시대가 도래한 것이다.

그러나 청동기시대가 완전히 사라진 것은 아니다. 결코 잊히지 않을 이야기들을 우리에게 유산으로 남겨주었기 때문이다. 이 이야기들은 지금 우리의 문학과 예술과 음악과 건축에, 더 나아가 우리의 삶 속에 고스란히 스며들어 있다. 특히 영어 단어들은 그 화려했던 신들과 영웅들의 시대를 잊지 않고 고이 간직해나갈 것이다.

그리스 · 로마 신화 이름 대조표

순서	그리스 신화 이름	로마 신화 이름	영어 이름	비고(뜻)	관계
1	우라노스 Uranos	카일루스 Caelus		제1세대 하늘의 신	가이아의 아들이자 남편
2	가이아 Gaia	텔루스 Tellus	테라 Terra	지모신(地母神), 카오스에서 탄생	우라노스의 어머니이자 아내
3	크로노스 Cronos	사투르누스 Saturnus	새턴 Saturn	천공의 신	레아의 남편
4	레아 Rhea	키벨레 Cybele	시빌레 Cybele	동물의 안주인	크로노스의 아내
5	제우스 Zeus	유피테르 Jupiter	주피터 Jupiter	하늘의 신	크로노스와 레아의 아들, 헤라의 남편
6	헤라 Hera	유노 Juno	주노 Juno	가정의 여신	크로노스와 레아의 딸, 제우스의 아내
7	포세이돈 Poseidon	넵투누스 Neptunus	넵튠 Neptune	바다의 신	크로노스와 레아의 아들
8	하데스 Hades	플루톤 Pluton	플루토 Pluto	저승의 신	크로노스와 레아의 아들, 페르세포네의 남편
9	데메테르 Demeter	케레스 Ceres	세레스 Ceres	땅의 여신	크로노스와 레아의 딸, 페르세포네의 어머니
10	헤스티아 Hestia	베스타 Vesta		불/화로의 여신	크로노스와 레아의 딸
11	헤르메스 Hermes	메르쿠리우스 Mercurius	머큐리 Mercury	전령의 신	제우스의 아들
12	헤파이스토스 Hephaestos	불카누스 Vulcanus	벌컨 Vulcan	불/대장간의 신	헤라의 아들, 아프로디테의 남편
13	아프로디테 Aphrodite	베누스 Venus	비너스 Venus	미의 여신	헤파이스토스의 아내, 에로스의 어머니
14	아르테미스 Artemis	디아나 Diana	다이아나 Diana	달/사냥의 여신	제우스의 딸, 아폴론의 쌍둥이 누나

15	아폴론 Apollon	아폴로 Apollo 포에부스 Phoebus	아폴로 Apollo	태양/활의 신	제우스의 아들, 아르테미스의 쌍둥이 동생
16	아레스 Ares	마르스 Mars		전쟁의 신	제우스와 헤라의 아들
17	아테나 Athena	미네르바 Minerva		지혜/전쟁의 여신	제우스의 딸
18	디오니소스 Dionisos	바쿠스 Bacchus	바커스 Bacchus	술의 신	제우스의 아들
19	에로스 Eros	쿠피도 Cupido	큐피드 Cupid	사랑의 신	아프로디테의 아들, 프시케의 남편
20	티케 Tyche	포르투나 Fortuna	포천 Fortune	행운과 운명의 여 신	오케아노스와 테티스의 딸
21	페르세포네 Persephone	프로세르피네 Proserpine	리베라 Libera	저승의 여신	제우스와 데메테르의 딸, 하데스의 아내
22	프쉬케 Psukhe	프시케 Psyche	사이키 Psyche	마음, 영혼	에로스의 아내
23	헬리오스 Helios	솔 Sol, Sola		태양의 신	히페리온과 테이아의 아들
24	셀레네 Selene	루나 Luna		달의 여신	헬리오스의 동생, 에오스의 언니
25	에오스 Eos	아우로라 Aurora	오로라 Aurora	새벽의 여신	헬리오스의 여동생
26	레토 Leto	라토나 Latona		다산의 여신, 어 린이의 양육자	제우스의 연인, 아르테 미스와 아폴론의 어머니

2부

성서에서
유래한
영어표현

영어 성서의 탄생 이야기

14~15세기에 이르자 영국에서는 시인들이 영어를 사용하기 시작했으며 일반 사람들도 이를 따르려고 했다. 본디 영국의 언어이자 가장 널리 사용되는 영어를 사회의 중심에 자리매김하려는 움직임이 일어난 것이다. 국가는 이러한 변화에 직면했고 교회도 예외는 아니었다. 하지만 이런 와중에서 영어가 가장 거센 저항에 부딪힌 곳은 다름 아닌 교회였다.

중세 후기의 영국은 종교적인 사회였다. 로마 가톨릭교회는 지극히 개인적인 성생활을 비롯하여 세상사를 일일이 관장하고 통제했다. 성직자들의 권고, 기적에 관한 이야기들, 영원한 안식에 대한 약속과 끝없는 형벌과 고통의 위협은 쉴 새 없이 교묘하게 사람들의 마음에 천국과 지옥이 실재한다는 확신을 심어주었고, 이에 이르는 열쇠 또한 교회가 쥐고 있었다.

교회에 대항한다는 것은 강한 권력을 쥐고 있을 때나 가능한 일이었다. 그러나 이마저도 교회가 권세를 총동원하여 내린 유죄판결을 감당하지 못하고 맥없이 무너져버리곤 했다. 한편 경건한 신앙을 지닌 영국인들 중에는 영어가 신의 언어가 되어야 한다는 신념에 투철한 자들도 있었다. 이들은 신성한 로마 가톨릭교회의 격노를 불러일으킬 수도 있는 이 일을 실현하고자 일련의 대담한 노력에 착수했다.

14세기 영국에서 성서는 최고의 권위를 지니고 있었지만 영어로 된 성서는 단 한 권도 없었다. 단지 단편적인 찬송가 번역본이나 고대 영어로 기록한 구약성서의 일부분, 중세 영어로 번역한 《시편》 정도가 있을 뿐이었다. 공식적인 자리에서 신은 라틴어로만 말했다. 라틴어가 성직자들의 전유물은 아니었지만 이러한 전통이 분명 라틴어를 보호해주었다. 평신도가 성서에 올바로 다가서려면 라틴어로 중개해주는 신부를 거쳐야만 했다. 신부는 일반 민중을 위해 성서 구절을 해석해주었다. 이것은 마치 모든 문제에 대해 획일적인 태도를 취하는 일당독재 국가의 방식과 다름없었다.

성서는 대다수의 사람들로서는 다가서기조차 불가능한 라틴어로 되어 있었고, 그마저도 많지 않았다. 성직자들은 성서가 신의 말씀이라는 것과 신을 안다는 것은 그 어떤 이해보다도 더 풍요로운 축복이라고 주장하면서 이러한 사실을 정당화했다. 신부는 신의 참된 인간으로서 성직을 서임받은 자로 여겨졌으며, 죄와 다름없는 오역과 이단적인 해석을 피할 수 있는 자였다. 그는 악마가 들어오지 못하도록 막아내는 자였다. 대다수 영국인들이 스스로 성서를 알 수 있는 길은 없었다.

만약 영어로 신과 소통하고 싶다면, 운 좋게도 이상주의적인 지방 교구의 신부를 만나 성서 내용에 대한 설교를 들을 수도 있었다. 하지만 그 신부도 시작과 종료 시점에서는 라틴어를 사용했다.

"In nomine Patris et Filii et Spiritus Sancti. Amen(성부와 성자와 성령의 이름으로, 아멘)."

다른 방법도 있었다. 가장 대표적인 것은 신비극(Mystery Plays)이었다. 신비극은 도시 반대편의 쌍둥이 건물인 노르만성(Norman Castle)만큼이나 거대하고 위압적인 풍모를 자랑하던 요크(York)의 대성당 바깥쪽에서 공연되기 시작했다.

이러한 신비극들은 신의 창조에서 그리스도의 탄생, 죽음, 부활에 이르기까지의 기독교적인 이야기들을 다루었다. 이것들은 종교적인 연극이었지만 성서 그 자체는 아니었으며 성서로 인정받지도 못했다. 기적극은 성서적인 드라마라고 불렸다. 해마다 (심지어 오늘날에도) 12개의 기적극 중 하나씩 그 주제에 어울리는 조합이 맡아(목수조합이 그리스도의 십자가형을 담당하듯이) 14세기의 영국인들 앞에서 공연하곤 했다.

다음에는 양치기 연극의 차례였다. 다음의 몇 행에서, 이 양치기들은 자신들이 그리스도에게 어떤 선물을 드릴 수 있을지 고민하고 있다. 문자 그대로의 번역을 보자.

> 비록 저는 절박하지 않습니다만
> 저를 돌아보소서, 자애로운 주여!
> 당신은 비할 자 없는 왕이십니다.

제게는 당신을 기쁘게 해드릴 선물이 없습니다.

보소서, 사슴의 뿔로 만든 스푼이 여기 있으니

이것이면 좋은 완두콩 40개의 가치는 될 것입니다.

기쁜 마음으로 이를 당신께 바치겠습니다.

당시 대부분의 사람들이 자신의 종교와 교회에 가졌던 두려움과 사랑에 대해서는 거의 의심할 여지가 없다. 그들은 위안과 희망을 구했고 축제일과 성인의 날, 장엄한 성가 행렬 등 일상의 즐거움도 이로부터 나왔다. 그러나 일반 백성들은 변두리에 있었다. 해마다 요크에서 생생히 볼 수 있듯이, 신비극 배우들이 마을 주위를 돌며 대성당 그늘 아래서 공연했지만 여전히 문안으로는 들어갈 수 없었다.

백성들이 성당에 들어가 뒤편에서 경건히 서 있거나 무릎 꿇고 있는 경우에도(예배에 참석하는 것은 어느 누구에게나 의무적이었다) 예배는 실상 본질과는 크게 벗어나 있었다. 모든 강조점은 기독교의 신비에 맞추어져 있었다. 신부들은 비밀스런 공동체를 이루고 사는 것 같았고, 라틴어 설교는 이해할 수 없는 태고의 진실(비록 수 세기가 지나며 일부 구절은 상투어가 되었겠지만)이 자아내는 경외감을 통해 감동을 주고 이에 복종시키려 할 뿐 계몽에는 전혀 관심을 두지 않았다.

물론 당시에는 영어 찬송가집도 기도서도 없었다. 모든 건 신부의 손에 달려 있었다. 신부만이 신의 말씀을 읽을 수 있었고 그마저도 나직한 목소리로 읽곤 했다. 예배 도중 종이 울리면 신도들은 신부가 중요한 부분을 이야기하고 있음을 미루어 짐작했다. 신부는 성서로 이끄는 안내자가 아니라 평신도들이 성서에 접근하지 못하도록 하는 수호자 역할을 했다. 평신도들은 성서에 대해 논할 수조차 없었다.

신부들에게서 그러한 힘을 떼어내려는 노력과 마찬가지로 라틴어를 영어로 대체하려는 노력은 만만치 않은 투쟁이었다. 영어가 걸어온 길에서 이 시기는 매우 고무적이었으며 순교와 커다란 위험이 뒤따르는 시기였다. 학문에서는, 특히 일반적이고 포괄적인 믿음에서는 대담하게도 백성의 언어로 신의 말씀을 담아야 한다고 주장하던 시기였다. 14세기 후반 이러한 불만이 처음으로 제기되자 이 싸움은 결국 교회를 둘로 나누는, 전혀 예상치 못한 결과를 가져왔다. 이 결과는 수많은 사람들의 목숨을 앗아갔다. 그러나 많은 사람들이 영어를 자기 신앙의 언어로 만들고자 기꺼이 목숨을 내던질 각오가 되어 있었다.

14세기의 가장 중요한 운동가는 학자인 존 위클리프(John Wycliffe)였다. 아마도 요크셔(Yorkshire)의 리치먼드(Richmond) 근처에서 태어났을 그는 17세에 옥스퍼드 대학 머턴 칼리지(Merton College)에 입학했으며, 알려진 바로는 카리스마 넘치며 라틴어를 유창하게 구사했다고 한다. 그는 주요한 철학자이자 신학자로서 자신의 지식을 모든 이와 공유해야 한다는 열정에

존 위클리프

사로잡혀 있었다. 세상과는 분리된 성직자의 공간이자 전통을 지극히 고수하는 옥스퍼드의 안락한 담장 안에서 위클리프는 교회의 권세와 부에 대항하는 격렬한 공격을 감행했다. 이 공격은 100여 년 후 마르틴 루터의 출현을 예고하는 공격이기도 했다.

그의 주된 주장은 영원하고 이상적인 하느님의 교회를 로마의 세속적인 교회와 구별하자는 것이었다. 간단히 말해서, 그는 성서에 있는 것이 아니라면 교황이 하는 말일지라도 진리가 될 수 없으며, 더구나 성서에는 교황에 대해 언급한 구절이 하나도 없다고 주장했다. 일반적으로 교회를 얘기하면 주로 신부, 수도승, 교회법규나 탁발 수도사를 의미했지만 그는 이것이 옳지 않다고 생각했다. 교황이 100명일지라도 혹은 탁발 수도사들이 모두 추기경이 될지라도 신앙에 대한 그들의 견해가 성서에 기초하지 않은 한 이를 받아들여서는 안 된다고 주장했다.

이러한 생각은 선동적이자 기존 권위의 뿌리를 잘라내려는 것과 다름없었다. 위클리프와 (존 볼과 같은) 그의 추종자들은 자신들의 주장을 교회가 세속적인 부를 포기하고 이를 가난한 자들에게 양도해야 한다는 요구와 연결시켜 말하곤 했다. 교회로서는 그를 처단하는 수밖에 없었다. 위클리프가 계속 거침없이 나아갔기 때문이다.

그와 그의 추종자들은 '화체설(化體說, transubstantiation)'을 공격했다. 당시 승인된 화체설은 포도주와 빵이 기적적으로 그리스도의 살과 피로 변한다는 것이었다. 그는 이를 부정했다. 그는 성직자의 금욕주의를 성직자 군대를 통제하기 위한 제도적 장치라고 비판했다. 그리고 고해성사를 강요하는 것은 성직자들이 불순분자들을 함정에 빠뜨려 이단 사상을 색출하기 위한 방법이라고 주장했다. 교회에서 지옥에 대한 불안을 덜어주고자 이루어졌던 소위 '면죄부' 매매행위는 동시에 교회의 부를 살찌우기 위한 탐욕이었으며, 순례는 우상숭배나 다름없었다. 그는 신비극 또한 신의 가르침이 아니라는 이유로 비판했다. 위클리프는 어떠한 종류의 죄악도 받아들이려 하지 않았던 것이다.

만약 그의 주장이 어떤 형태로든 받아들여졌다면 분명 교회 전체를 위태롭게 했을 것이다. 이러한 그의 주장들 중 가장 핵심적이고 혁명적인 생각은, 성서만이 종교적 믿음과 실천에 대한 유일한 권위를 지니고 있으며 누구나 성서를 읽고 스스로 해석할 권리가 있다는 것이었다. 이것은 세상을 바꾸려드는 행위였다. 세상을 다스리는 자들 역시 그 위험성을 알고 있었다. 위클리프는 교회 최대의 적이 되었다. 한 가지 아이러니가 있다면, 비록 위클리프와 그의 추종자들이 영어로 설교했지만 주요한 주장을 할 때는 학문과 신학에서 국제 공용어였던 라틴어로 기록해야 했다는 사실이다.

주목할 만한 점은, 로마를 중심으로 한 학문 세계의 가장 변방으로 여겨지던 나라에서 조용한 신학교 출신의 한 젊은이가 지구상에서 가장 강력한 권위에 대항하여 주먹을 치켜들었다는 사실이다. 그는 자신의 행동이 얼마나 위험한지 충분히 이해하고 있었을 것이다. 그럼에도 그 일을 계속했고, 실제로 무언가를 이루어냈으며, 많은 것들을 이루어냈다는 점이 더욱 놀랍다. 그는 자신의 생각을 실천에 옮겼다. 그리고 다른 학자들도 자신들의 목숨과 평생의 연구가 위험에 처할 것을 알면서도 이 황홀한 모험을 돕기 위해 나섰다.

그들을 버티도록 해준 것은 그들이 매일 접하는 교회의 현실이었다. 교회의 상태는 신학자로서는 참기 힘든 수준에 이르렀다. 게으름과 부패가 만연했다. 성직자들조차 성서를 거의 읽지 않았던 것으로 보인다. 그들도 라틴어를 다 읽고 쓰지는 못했기 때문이다. 이를테면 글로스터(Gloucester)의 주교가 자신의 교구 내에 있는 311명의 부제(副祭: 사제 다음의 교역자), 부주교 및 신부를 대상으로 조사해보니 168명이 십계명을 외우지 못했으며,

31명이 성서에서 십계명이 언급된 부분을 알지 못했고, 40명이 주기도문을 외우지 못한 것으로 드러났다.

양심적이고 성실하며 참된 믿음을 가진 위클리프와 그의 추종자들은 가장 중요한 문제조차 주의를 돌보지 않는 이런 부패한 상태는, 이토록 나약해진 믿음으로 소명을 배신하는 상태는 마땅히 사라져야 한다고 여겼다. 그들이 쥐고 있던 가장 주된 무기는 학자로서의 자연스러운 무기인 책, 바로 영어로 번역한 성서였다.

교회는 성서 전체를 영어로 번역하는 것을 승인하지 않았다. 영어로 된 성서는 잠재적으로 이단이 될 소지가 있으며 선동을 불러일으킨다고 생각했다. 따라서 영어 성서 번역에는 가장 잔혹한 형벌이 가해졌으며, 오직 하나의 참된 교회에 대항한 범죄에 부과하던 사형이 내려지기도 했다. 영어 성서 번역은 이토록 커다란 위험이 뒤따랐으므로 비밀스럽게 이루어져야만 했다.

위클리프는 두 종류의 성서 번역에 영향을 주었으며, 이 두 성서는 곧바로 제 이름을 갖게 되었다. 두 번역 모두 라틴어 표준판인 불가타 성서(Latin Vulgate version)를 바탕으로 했다. 이들 번역은 원전을 너무 충실히 반영한 나머지 이해하기 힘들었다. 위클리프가 먼저 번역을 준비하긴 했으나 막상 이 짐을 짊어진 사람은 옥스퍼드 대학 퀸스 칼리지(Queen's College)에서 공부하는 헤리퍼드의 니컬러스(Nicholas of Hereford)였다. 그는 수많은 책들을 참고했을 뿐 아니라 많은 친구들의 도움을 필요로 했을 것이다. 그들이 맞닥뜨린 것은 산더미 같은 번역 작업 그 자체만은 아니었다. 성서를 사람들에게 보급하는 문제도 남아 있었다.

존 위클리프의 후배이자 동료인 헤리퍼드의
니컬러스

조용한 옥스퍼드 대학 곳곳의 방들이 개혁의 공간인 필사실로 탈바꿈했으며, 이 성서들을 출판하기 위한 생산 공정을 갖추었다. 현재까지 남아 있는 필사본의 수로 미루어 상당히 많은 양이 이 시기에 제작되었음을 알 수 있다. 남아 있는 170개의 필사본은 600년이란 세월을 감안하면 어마어마한 숫자이다. 이것은 당시에 아주 효율적으로 무리를 지어 비밀스럽게 성서를 번역하고 복사하고 보급하던 조직이 존재했음을 보여준다. 이후 수백 명이 최초의 영어 성서를 만들어 사람들에게 나누어준 죄로 가장 참혹한 방식으로 순교당했다.

이러한 작업이 어느 정도까지 나아갔는지, 또 이것이 얼마나 무모한 일이었는지를 짐작하기는 그리 쉽지 않다. 위클리프는 사람들을 대포의 화구 속으로 밀어넣고 있었다. 모두가 이를 알고 있었다. 그러면서도 한편으로는 라틴어를 숭상하는 옥스퍼드 대학의 담 너머로, 한때 러시아에서 스탈린의 압제를 피해 반체제적인 지하 출판이 이루어졌던 것처럼, 중세에서도 동일한 조직이 구성되어 효율적으로 활동하고 있었다. 묵묵히 시간을 보내는 고풍스러운 학자 사제들이 세상과는 담을 쌓고 살던 중세 옥스퍼드의 이미지와 이러한 활동이 보여주는 이미지는 사뭇 다르다.

이제 옥스퍼드는 영국에서 가장 위험한 장소가 되었다. 옥스퍼드는 지하운동을 이끌며 이 땅에서 유일하게 막강한 권력에 대항하여 싸웠으며,

지금까지 신을 계시하던 언어의 권위를 공공의 법정으로 불러냈다. 그러나 위클리프와 그를 따르던 자들에게는 자신들이 세상을 바꾸고 있다는 믿음이 있었다. 아주 잠시 동안이긴 했지만 그들의 바람이 실현된 것처럼 보이기도 했다. 위클리프 성서가 완성되었던 것이다. 성서가 출판되기 시작했고, 드디어 사람들은 이를 읽었다.

다음은 위클리프 성서 《창세기》의 시작 부분을 현대어로 옮겨본 것이다.

1 In the bigynnyng God made of nouyt heuene and erthe.

2 Forsothe the erthe was idel and voide, and derknessis weren on the face of depthe;

and the Spiryt of the Lord was borun on the watris.

3 And God seide, Liyt be maad, and liyt was maad

4 And God seiy the liyt, that it was good,

and he departide the liyt fro derknessis;

and he clepide the liyt,

5 dai, and the derknessis, nyyt.

And the euentid and morwetid was maad, o daie.

태초에 하느님이 하늘과 땅을 창조하셨다.

땅이 혼돈하고 공허하며, 어둠이 깊음 위에 있고,

하느님의 영은 물 위에 움직이고 계셨다.

하느님이 말씀하시기를 "빛이 생겨라." 하시니, 빛이 생겼다.

그 빛이 하느님 보시기에 좋았다.

하느님이 빛과 어둠을 나누셔서,

빛을 낮이라고 하시고,

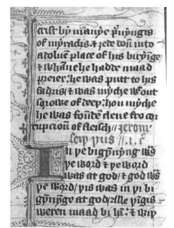

위클리프 성서 《창세기》 1:1~5

어둠을 밤이라고 하셨다.

저녁이 되고 아침이 되니, 하루가 지났다.

– 《창세기》 1:1~5

이 부분은 눈에 간명하게 들어온다. 그러나 많은 부분에서 위클리프 성서는 그다지 쉽게 읽을 수 있는 번역본은 아니다. 그렇지만 눈에 익은 여러 구절들의 기원을 이 번역에서 찾을 수 있다. "Woe is me(슬프도다)." "an eye for an eye(눈에는 눈으로)."라는 구절 모두 위클리프 성서에 담겨 있다. 그뿐만 아니라 birthday(생일), canopy(장막), child-bearing(잉태), cock-crowing(닭 울음소리), communication(말한 바), crime(범죄), to dishonor(부끄럽게도), envy(시기), frying-pan(솥, 냄비), godly(경건한), graven(나무, 돌 등에 새긴), humanity(그리스도의 인성), injury(해), jubilee(희년), lecher(탕아), madness(광증), menstruate(不淨하게 하다), middleman(중매인), mountainous(산지의), novelty(진기함), Philistine(블레셋), pollute(오염시키다), puberty(사춘기), schism(이단), to tramp(짓밟다), unfaithful(신실하지 못한), zeal(열심) 등과 같은 단어들 그리고 그 이상의 많은 단어들이 위클리프 성서에 처음으로 등장했다.

다시 한 번 영어의 단어 창고에 어휘들이 추가되었다. 그뿐만 아니라 새로운 생각들이 도입되고 기존의 생각들이 humanity(인간성) 혹은 pollute(타락) 같은 새 이름을 얻게 되자, 단어가 늘 그렇듯 이러한 단어들은 점점 확장되고 복잡한 의미를 지니게 되었다. 새로운 단어는 곧 새로운 세상이었다. 사람들이 단어를 꾸준히 사용하여 어느 정도 힘을 얻으면 이 단어들은 변화에 발을 맞추게 된다. 이것들이 더 많은 생각들을 기술함에 따라 새로운 통찰이 주어지며 대화가 오가고 책에 표기되는 과정에서 꾸준히 진화한다. 얼마나 많은 뉘앙스들과 그에 따른 다양한 의미들이 humanity란 단어의 다양한 쓰임에 첨가되었는가?

위클리프는 깊이 존경받는 자신의 위대한 믿음을 영국인들에게 전달하는 과정에서 교회의 어휘 수를 늘렸을 뿐만 아니라, 이후의 400년 동안 중세 옥스퍼드에서 위험을 무릅쓰고 번역하는 과정에서 원래의 의미를 잃어버리게 될 단어들을 맘껏 풀어놓기도 했다.

위클리프 성서는 지나치게 라틴어적이라는 비판을 받는다. 라틴어 성서의 권위에 대한 경외감에 사로잡힌 나머지 번역자들은 단어를 일일이 그대로 번역했으며, 심지어 라틴어 어순까지 그대로 따를 정도였다. 그래서 위클리프 성서에는 "Lord, go from me for I am a man sinner(주여, 저를 떠나소서. 저는 죄인이로소이다)." 등의 구절이 등장한다.

이로 인해 성서 전체에 걸쳐 라틴어 어휘가 넘쳐나는 결과를 가져왔다. 이들 어휘 중 일부는 라틴어를 그대로 가져왔으며 일부는 mandement(교서), descrive(묘사), cratch(여물통)처럼 프랑스어를 거쳐 들어온 것들이다. 위클리프 성서에는 profession(소망, 증거), multitud(무리), glory(영광)처럼 이 성서를 통해 영국에서 처음 사용된 것으로 알려진 라틴어 단어들이 무려 1000개도 넘게 등장한다. 이러한 어휘의 차용은 이 성서로서는 아주 적절한 선택이었다.

당시 기준으로 보았을 때 위클리프 성서는 베스트셀러였으며, 교회는 처음에 단지 위클리프를 정죄(定罪)하는 데 그쳤다. 교회의 불만은 그가 평민들을 교화하는 데 사용할 수 있도록 성서 사용의 가능성을 활짝 열어주었다는 데 있었다. 그들은 이로써 "성직자들의 보석이 평신도의 여흥거리로 전락했고 진주와도 같은 복음이 산산이 흩어져서 돼지 같은 백성들에게 짓밟히게 되었다."고 생각했다.

그 돼지 같은 백성들에게는 양식이 필요했고, 위클리프는 이를 책임진 것이다. 선교의 열정에 불타오른 그는 사람들을 조직하고 훈련시켜 새로운 순회설교자들의 체제를 세웠다. 그는 이들을 영국 각지로 파견했다. 그들은 전형적으로 적갈색의 양털 망토를 두르고 긴 지팡이를 짚고 다녔다. 처음에는 간 큰 옥스퍼드 학자 위주로 구성되었으나 평민 출신의 비중이 급격히 늘어나기 시작했다. 그들은 위클리프를 통해 예수가 세상을 변화시키기 위해 보낸 '70명의 복음주의자들'로부터 영감을 얻었다고 공언했다. 그들의 목표는 성서의 가르침을 문자 그대로 영어로 확산시키는 일이었다.

그들의 활동은 게릴라 캠페인의 성격을 띠었다. 그들은 세상의 언어를 통해 사람들을 신에게로 돌려놓고자 했다. 그들은 주요 도로에서 샛길에서 선술집에서 여인숙에서 마을의 풀밭이나 탁 트인 평지 어느 곳에서든지 교회의 부유함과 부패에 반대하는 설교를 했으며, 위클리프의 반(反)성직자적인 주장들을 펼쳐 보였다. 그들은 감시를 받고 주목을 받았다. 이 일은 목숨을 걸고 해야 했지만 그래도 위클리프는 계속해서 그들을 내보냈다. 그들은 롤라드파(Lollards)라고 불리게 되었다. 이 이름은 '중얼거리는 자

(mumbler)'라는 뜻의 네덜
란드어 lollaerd와 '중얼거
리다(mutter, mumble)'라는
뜻의 네덜란드어 lollen에
서 온 것이다. 그들은 스
스로를 기독교 형제들이
라고 불렀다. 가장 놀라

화형당하는 롤라드파 신도들

운 것은 그들이 신부들을 능가했다는 점이다. 다음은 '산상수훈' 8복(八福,
Beatitudes)의 위클리프 성서 번역이다.

3 Blessed ben pore men in spirit, for the kyngdom of heuenes is herne.

4 Blessid ben mylde men, for thei schulen welde the erthe.

5 Blessid ben thei that mornen, for thei schulen be coumfortid.

6 Blessid ben thei that hungren and thristen riytwisnesse, for thei schulen be
   fulfillid.

7 Blessid ben merciful men, for thei schulen gete merci.

8 Blessid ben thei that ben of clene herte, for thei schulen se God.

9 Blessid ben pesible men, for thei schulen be clepid Goddis children.

10 Blessid ben thei that suffren persecusioun for riytfulnesse, for the kingdam
   of heuenes is herne.

……

13 Ye ben salt of the erthe

   심령이 가난한 자는 복이 있나니 천국이 그들의 것임이요,

   애통하는 자는 복이 있나니 그들이 위로를 받을 것임이요,

온유한 자는 복이 있나니 그들이 땅을 기업으로 받을 것임이요,

의에 주리고 목마른 자는 복이 있나니 그들이 배부를 것임이요,

긍휼히 여기는 자는 복이 있나니 그들이 긍휼히 여김을 받을 것임이요,

마음이 청결한 자는 복이 있나니 그들이 하느님을 볼 것임이요,

화평하게 하는 자는 복이 있나니 그들이 하느님의 아들이라 일컬음을 받을

것임이요,

의를 위하여 박해를 받은 자는 복이 있나니 천국이 그들의 것임이라,

······

너희는 세상의 소금이다.

－《마태오복음서》 5:3~13 일부

사람들은 이제 영어를 통해 성서를 직접 접할 수 있게 되었다. 이것은 용납할 수 없는 일이었다. 1382년 5월 17일 런던의 도미니크회 수도원(지금은 빅토리아풍의 선술집이 자리하고 있으며, 그 안의 실내장식이 위클리프의 시대를 떠올리게 해준다)에서는 위클리프의 활동을 검증하기 위한 종교회의가 열렸다. 모두 8명의 주교와 각종 신학의 대가들, 관습법과 민법의 전문가들, 15명의 탁발 수도사들이 이 회의에 참석했다.

재판은 공개재판으로 진행되었다. 결론은 이미 예정되어 있었다. 회의 둘째 날이 되자 위클리프의 주장을 명백한 이단으로 규정한 선언문이 기안되었다. 종교회의에서는 전국에 있는 순회설교자들을 체포해서 처형할 것을 명했다. 많은 사람들이 붙잡혀 고문과 죽임을 당했다. 영어와 관련해서 가장 중요한 점은, 이 종교회의가 이후 모든 영어 성서를 금지하는 의회의 금지안을 이끌어냈다는 사실이다. 그들은 이러한 조항이 효력을 발휘

하도록 만들 수 있는 힘을 지니고 있었다. 위클리프의 위대한 노력은 이제 갈 길이 정해졌다. 그는 교회의 힘에 맞서 결국 패하고 말았다. 그의 성서는 위법으로 판결이 났다. 교회의 문은 최고위의 대성당으로부터 가장 낮은 지방 교회에 이르기까지 여전히 라틴어만이 지배할 수 있는 영역으로 남아 있었다.

5월 30일에 영국 내 모든 교구에 위클리프에 대한 판결문을 공시하라는 지침이 내려졌다. 위클리프는 병에 걸렸다. 발작으로 인해 몸이 마비되었다. 2년 후인 1384년의 마지막 날 그는 숨을 거두었다.

1399년 헨리 4세가 영국의 왕위를 물려받았다. 제프리 초서가 《캔터베리 이야기》로 영국 전역의 독자들과 감상자들을 즐겁게 하던 시기였다. 그러나 교회는 문을 굳게 걸어 잠갔다. 여전히 롤라드파는 헤리퍼드셔(Herefordshire)와 몬머스셔(Monmouthshire) 등지의 은밀한 장소에서 모임을 유지하며 목숨을 건 활동을 이어갔다.

이 시대의 한 연대기 편자의 기록에 따르면, 당시에는 두 명 당 한 명꼴로 롤라드파를 만날 수 있었으며, 이들이 영국 곳곳을 돌아다니며 훌륭한 귀족들과 영주들을 꾀어 포섭했다고 한다. 실제로 귀족층에서 영향력을 가질 만한 롤라드파가 그리 많았을 것 같지는 않다. 그러나 1381년의 농민 반란에서 영어는 중앙의 권위에 대항할 힘을 지닌 언어로 성장했다. 불안에 떨고 있던 일부 귀족과 영주들은 당연히 이를 환영했을 것이다.

윌리엄 랭글런드(William Langland)는 롤라드파 시인인데 그의 종교시 〈농

윌리엄 랭글런드와 〈농부 피어스〉 본문

부 피어스*Piers Plowman*〉가 1390년에 출판되었다. 당시 가장 인기를 끌었던 이 시에는 위클리프의 사상이 얼마나 깊게 녹아 있는지 잘 드러난다. 랭글런드는 중서부 지방 방언으로 시를 썼다. 초서가 인식(cognoscenti)과 런던이라는 도시에 기반을 두었다면, 〈농부 피어스〉는 강한 종교적 신념을 지닌 시골사람을 묘사하여 그들이 처한 절망적인 곤경에 진정한 연민을 보여주었다.

그의 시는 두운시체로 구성되었다. 초서가 오랜 전통에서 멀리 벗어난 규칙적이고 자연스러운 구성과 운율 구조를 사용한 것과 달리 랭글런드는 수세기를 거슬러 올라 영웅 서사시 〈베어울프*Beowulf*〉의 시대로 돌아갔다. 그는 〈맬번 언덕*Malvern Hills*〉을 쓸 때 시상이 어떻게 다가왔는지를 다음과 같이 설명하고 있다.

그는 두운시체에 새로운 감각을 불어넣었다. 그가 지닌 기독교적인 삶에 대한 꿈을, 가난한 자들의 곤궁과 교회의 타락에 대한 그의 바람을 더욱 현실적인 것으로 만들고자 너무나도 평이하게 채색된 이 방식을 시의 바탕으로 삼았다.

이 시는 백성들의 언어를 닮고자 했다. 그 언어 속에서 랭글런드는 위클리프의 활동을 이어나갔다. 이러한 언어와 시들은 존 버니언(John Bunyan)의 종교 우화소설《천로역정 *pilgrim's progress*》(1678)을 비롯하여 종교개혁 시대 영어로 저술된 신교도들의 저작이 등장할 것임을 앞서 보여주는 것이었다. 그러나 역시 시인이 할 수 있는 일이란 상대적으로 극히 미약한 부분에 불과했다.

위클리프가 세상을 떠난 뒤, 교회의 정죄와 거친 공격에도 아랑곳없이 위클리프 성서의 복사본이 꾸준히 제작되어 퍼져나가고 있었다. 위클리프의 저작을 단 한 권만 갖고 있어도 중대한 범죄로 간주되었지만 이 기세는 그칠 줄 몰랐다. 영어를 확산해나가던 일부 가톨릭교도들은 교황에 대항할 준비를 갖추었다. 그들은 목숨과 영혼을 걸고라도 이 기회를 살려 하느님의 말씀을 자신들의 언어인 영어로 읽고자 마음먹었다.

그러나 교회의 고위층에서는 이를 받아들일 수 없었다. 위클리프가 죽은 지 28년 되던 해인 1412년, 캔터베리 대주교 토머스 애런들(Thomas Arundel)은 위클리프의 저작들을 모두 불태워버리라고 지시했다. 그리고 교황에게 보내는 편지에 마땅히 화형을 받아야 할 267명의 이단자 목록을 덧붙였다.

헨리 4세 치하인 1399년에
캔터베리 대주교에 오른 토머스 애런들

그는 이를 위클리프 성서에서 추려냈다고 주장했다. 그는 이렇게 말했다고 한다. "그 저급하고 해로운 녀석이자 악마의 자식, 적(敵)그리스도의 전령이며 아들인 존 위클리프가 성서를 모국어로 새롭게 번역한다는 방편을 생각해냄으로써 자신의 적의를 한껏 드러내보였다."

오늘날처럼 모든 게 그 어느 때보다도 세속적이기만 한 시대에는 다음과 같은 의문이 든다. 왜 이 모든 것이 그토록 심한 분노를 자아냈는가? 위클리프가 한 일이란 무엇인가? 옥스퍼드의 고전적인 학자로서 그가 성서 번역에만 매진하고 만족할 수 있었다면 과연 용서받을 수 있었을까? 만약 그가 교회의 숨통을 옥죄지 않았다면, 교회의 세속적인 존재에 대해 도전하지 않았다면, 흑사병에 뒤이은 사회적 격변이 그의 신학적인 비판과 전혀 무관했다면 그는 용서받았을까? 그러면 그는 영어를 제단 반대편의 서쪽 문으로 들이민 후 본당을 가로질러 성서를 봉헌해둔 위엄 서린 성서대 위로 올려놓는 데 성공했을까?

그랬을 것 같지는 않다. 실제적이면서도 냉소적일 수밖에 없는 이유를 대자면, 라틴어는 성스러운 성서의 언어였고 침해되어서는 안 될 언어였기 때문이다. 위클리프는 오직 한 분의 보이지 않는 하느님을 모시는 전 우주적인 교회의 목소리를 위협했다. 이것은 언어의 힘이 얼마나 지독한지를 보여주는 예이다.

교회는 아직 멈추지 않았다. 지기스문트(Sigismund) 황제가 1414년 콘스탄츠 공의회를 소집했다. 가톨릭교회가 개최한 회의 중 가장 주목할 만한 회의가 열린 것이다. 1415년 위클리프는 이단으로 지목받았고, 1428년 봄에는 그의 무덤을 파헤쳐 시신을 제거해버리라는 명령이 내려졌다.

영국의 대주교가 지켜보는 가운데 위클리프의 무덤이 파헤쳐지고 시신이 불탔다. 이로써 그가 영원한 생명을 얻을 가능성이 사라져버렸다. 당시에는 최후의 심판일이 오면 죽은 육체가 다시 일어나 신과 함께 살도록 선택받은 영혼들과 만날 것이라고 믿고 있었다. 위클리프는 육체와 영혼을 다시 결합할 수 없으므로 그가 이미 지옥에서 사멸하지 않았을지라도 언젠가는 반드시 멸할 수밖에 없었다. 그들은 그런 희망을 담아 기도를 올렸다.

보헤미아, 헝가리, 크로아티아의 왕이자 신성로마제국의 황제인 지기스문트

라틴어는 성서의 언어로 남았다. 위클리프의 실패는 영어로써 부정한 공격을 감행하려는 모든 이들에게 파멸로 이르는 용서받을 수 없는 교훈을 남긴 셈이었다. 위클리프의 시신을 불태운 잔해는 에이번강의 지류인 스위프트강을 가로지르는 작은 다리 위에서 화장되었다. 그의 재는 강물 위로 뿌려졌다. 얼마 후 롤라드의 예언시가 하나 나타났다.

에이번강은 세번강을 향하여 흐르고,
세번강은 바다로 흘러 들어가네.
위클리프의 먼지는 멀리 바다 밖으로 퍼질 것이네.
저 바다의 드넓음만큼이나 멀리.

1장 ▶ 구약성서 편

아론의 지팡이

아론의 지팡이(Aaron's rod, Aaron's staff)는 '모세 5경(Five Books of Moses; 《창세기》《탈출기》《레위기》《민수기》《신명기》)'의 하나인 《탈출기》(출애굽기) 제7장 10절 '모세의 지팡이가 뱀이 되다'에 나오는 말로, 기적의 지팡이(a stick of miracle)라는 뜻으로 쓰인다. 그리고 《민수기》 제17장 8절을 보면, 아론의 권위를 이스라엘 백성들에게 확증하기 위해 하느님이 12개 지파(支派)에게 각자 지팡이를 가져오라는 대목이 나온다. 그중 레위 지파(Levites)에 속하는 대제사장 아론의 지팡이에만 싹이 돋아 꽃이 피었으며 살구가 열렸다. 이것은 하느님이 레위 지파를 택했다는 것을 뜻하며, 대제사장 직이 절대적인 것임을 보증해주는 것이기도 하다.

지금도 주교에게는 주교 지팡이 또는 목장(牧杖)이라 불리는 'Baculus Pastoralis(바쿨루스 파스토랄리스)'가 주어진다. 이것은 아론의 지팡이에서 유래되었다는 설도 있고 양 떼를 모는 목동의 지팡이에서 유래되었다는 설도 있다. 이 지팡이는 주교의 권위뿐만 아니라 주교에게 맡겨진 직무, 즉 양 떼를 사목(司牧)하고 길 잃은 자들을 인도하며 악의 세력으로부터 양 떼를 돌보고 있음을 나타내주는 상징이기도 하다.

아론은 모세의 형으로 이스라엘 최초의 대제사장이다. 말솜씨가 좋았던 그는 모세가 말을 더듬었기 때문에 그를 대신해 이집트의 왕 파라오(Pharaoh, 바로)에게 하느님의 명령을 전했다. 그는 지팡이를 던져 뱀으로 변하게 하는 기적을 행한 뒤 모세를 도와 노예 상태에 있던 이스라엘 민

뱀으로 변한 아론의 지팡이

족을 이집트에서 탈출시키고, 40일 동안 황야를 유랑한 끝에 약속의 땅 가나안으로 인도했다. 이러한 이야기를 담은 것이 바로 《탈출기*The Book of Exodus*》(약어로 Exod, 《공동번역성서》의 '출애굽기')이다. 참고로 '바로'는 한자 '法老'에서 음을 빌려온 것이다.

＊ Then Moses and Aaron went to Pharaoh and did as the LORD had commanded. Aaron threw his staff down before Pharaoh and his servants, and it was changed into a snake. (모세와 아론은 파라오에게 가서 주님께서 명령하신 대로 하였다. 아론이 자기 지팡이를 파라오와 그의 신하들 앞으로 던지자, 그것이 큰 뱀이 되었다.)

아담의 사과

Adam's Apple. 아담(Adam)은 하느님이 자신의 형상대로 흙에서 창조한 최초의 인간이다. 아담은 히브리어로 '사람'을 뜻한다. 그리고 하느님은 아담이 혼자 외롭게 있지 않도록 그의 갈빗대 중 하나를 빼내 반려자를 만들어주었다. 이 반려자가 바로 하와(Hawwāh)이다. 이것은 히브리어로 '모든 살아 있는 것들의 어미'라는 뜻으로 라틴어로는 Eva, 영어로는 이브(Eve)라고 한다.

《창세기*Genesis*》제2장과 3장을 보면, 아담과 하와가 선악과(tree of the knowledge of good and evil, 선악을 알게 하는 나무의 열매)를 따 먹지 말라는 하느님의 금기를 어기고 뱀의 꼬임에 넘어가 따 먹었다. 하느님은 이러한 죄를 짓고도 생명나무(the tree of life)에서 나는 과실까지 먹을까 봐 염려하여 두 사람을 에덴동산(Garden of Eden)에서 쫓아냈다. 인류 최초의 부부인 이들은 이후 힘든 육체노동과 출산의 고통 그리고 죽음을 맛보게 된다. 이들은 카인과 아벨 그리고 아벨이 죽은 뒤 셋(Seth)을 낳았다.

휘호 판데르 휘스의 〈아담과 이브의 유혹〉

사실《창세기》제3장 어디에도 원죄설의 근거가 되는 이 선악과가 사과라는 기록은 없다. 그러다가 영국의 시인 존 밀턴(John Milton)이 대서사시《실낙원Lost Paradise》(1665)을 쓸 때 금단의 열매를 좀 더 리얼하게 표현할 필요가 있어서 선악과를 사과라고 한 것이, '선악과는 사과'라는 등식으로 굳어져버렸다. 이후 헤브라이즘의 시대를 연 '아담의 사과'는 세계를 바꾼 첫 번째 사과로 불렸다. 이 사과는 '금단의 열매(the forbidden fruit)'라고도 하며, 이 말은 '부도덕한 쾌락(any coveted, unlawful pleasure)'이나 '밀통(adultery)' 그리고 '불의(injustice)'를 뜻한다.

참고로 세계를 바꾼 두 번째 사과는 '파리스의 사과(분란의 씨앗)', 세 번째 사과는 '빌헬름 텔(윌리엄 텔)의 사과', 네 번째 사과는 '뉴턴의 사과'이다.

이때 하와는 사과의 맛있는 속살을 먼저 먹고 속심을 아담에게 주었는데, 아담이 그것을 먹다가 그만 목에 걸리고 말았다고 한다. 그래서 의학용어로 남자의 목에 있는 '후골(喉骨, laryngeal prominence)'을 Adam's apple(아담의 사과)이라고도 부른다.

《창세기》제2장 16~17절은 다음과 같다.

＊ The LORD God gave man this order: "You are free to eat from any of the trees of the garden except the tree of knowledge of good and bad. From that tree you shall not eat; the moment you eat from it you are surely doomed to die." (그리고 주 하느님께서는 사람에게 이렇게 명령하셨다. "너는 동산에 있는 모든 나무에서 열매를 따 먹어도 된다. 그러나 선과 악을 알게 하는 나무에서는 따 먹으면 안 된다. 그 열매를 따 먹는 날, 너는 반드시 죽을 것이다.")

아비가일

안토니오 몰리나리의 〈다윗과 아비가일〉

아비가일(abigail)은 《사무엘 상권The Books of Samuel; 1》 제25장 41절에 나오는 인물로 원래 나발(Naval)의 아내였으나 그가 죽자 다윗에게 시집갔다. 그녀는 상징적으로 '시녀(handmaiden)'라는 뜻으로 많이 쓰인다. 《사무엘서》의 히브리어 사본은 원래 한 권이었는데 '70인역 성서'에서 두 권으로 나뉘었다. 이스라엘 부족이 왕국으로 통일되기까지, 즉 사무엘의 탄생에서부터 사울을 거쳐 다윗의 만년까지의 역사를 기록한 이 책은 구약성서 중에서 가장 오래된 역사문학으로, 당시 이스라엘의 사정을 알 수 있는 귀중한 자료이다.

＊ Rising and bowing to the ground, she answered, "Your handmaid would become a slave to wash the feet of my lord's servants." (아비가일은 일어나 얼굴을 땅에 대고 엎드려 절한 다음, "이 종은 나리 부하들의 발을 씻어주

는 계집종입니다." 하고 말하였다.)

내가 동생의 보호자입니까

Am I my brother's keeper.《창세기》제4장 9절에 나오는 말로, 질투심에 동생 아벨을 죽인 카인에게 하느님이 "네 동생 아벨은 어디 있느냐?"고 묻자 카인이 시치미를 떼면서 했던 말이다. 즉 I'm not my brother's keeper라는 말이니 '난 보호자가 아니다'나 '내가 알게 뭐냐'라는 뜻인데, 일상에서는 시니컬한 표현으로 영화 〈친구〉에 나오는 대사 "내가 니 시다바리가?" 정도로 쓰인다.

하지만 미국의 버락 오바마 대통령은 자신의 연설에서 이 문구를 뒤집었다.

"If there's an Arab American family being rounded up without benefit of an attorney or due process, that threatens my civil liberties. It's that fundamental belief-I am my brother's keeper, I am my sister's keeper-that makes this country work." (만일 어느 아랍계 미국인 가족이 검거되어 변호사나 적절한 절차의 보호를 받지 못한다면, 그것은 곧 시민으로서의 내 자유가 위협을 받는 셈입니다. 내 형제는 내가 지켜주고 내 자매는 내가 지켜주어야 합니다. 바로 그 기본적인 신념이 이 나라를 이끌어가는 힘입니다.)

9·11 사태 이후 이슬람 세계를 타도하기 위해 이라크의 대통령 사담 후세인을 처형하는 작업에 앞장섰던 부시의 '우리는 세계를 지배하리라'는 정치철학에, 이 예문은 정면으로 도전한다. 그리고 I am my brother's keeper(내 형제는 내가 지켜준다)라는 문구에 남녀평등의 정신을 살려 I am my sister's keeper를 집어넣음으로써 '통합'의 정신을 살리고 있다.

 ＊ Then the LORD asked Cain, "Where is your brother Abel?" He answered, "I do not know. Am I my brother's keeper?" (주님께서 카인에게 물으셨다. "네 아우 아벨은 어디 있느냐?" 그가 대답하였다. "모릅니다. 제가 아우를 지키는 사람입니까?")

눈 속의 사과

 The apple of one's eyes. 눈에 넣어도 아프지 않을 정도로 소중하다는 말로 '누군가를/무엇을 소중히 여기다(hold somebody/something dear; cherish)' '가장 아끼다(be favorite)'라는 표현이다. 옛날 사람들은 눈동자(pupil)가 사과와 비슷하게 생겨 눈동자를 사과라고 부르기도 했다.

 이것은 모세의 율법을 설명하고 있는《신명기Deuteronomy》제32장 10절과《즈카르야서Zechariah》(스가랴서) 제2장 8절에 나오는 말인데, 셰익스피어의《한여름 밤의 꿈A Midsummer Night's Dream》에도 다음과 같은 구절이 나온다. Flower of this purple dye, Hit with Cupid's archery, Sink in apple of his eye(이 자줏빛 묘약의 꽃, 큐피드의 화살에 맞아 그와 소중한 사랑에 빠지다).

 ＊ He found them in a wilderness, a wasteland of howling desert. He shielded them and cared for them, guarding them as the apple of his eye. (주님께서는 광야의 땅에서 울부짖는 소리만 들리는 삭막한 황무지에서 그[야곱]를 감싸주시고 돌보아주셨으며 당신 눈동자처럼 지켜주셨다.)

재는 재로, 먼지는 먼지로

Ashes to ashes dust to dust. 이는 《창세기》 제3장 19절에서 유래한 말인데, 영국의 장례식에서 자주 사용된다. 즉 '인간은 재에서 왔으니 재로 돌아가야 한다(We come from dust; we return to dust)'는 뜻이다.

데이비드 보위의 앨범 〈애시즈 투 애시즈〉

이 말은 1980년에 발매된 서정적인 팝 가수 데이비드 보위(David Bowie)의 싱글 앨범 제목과, 2005년 노벨문학상을 수상한 영국 극작가 해럴드 핀터(Harold Pinter)의 '불륜에 관한 고백'이란 부제가 붙은 1996년의 연극 〈애시즈 투 애시즈Ashes to Ashes〉에도 인용되었다.

* By the sweat of your face shall you get bread to eat, Until you return to the ground, from which you were taken; For you are dirt, and to dirt you shall return. (너는 흙에서 나왔으니 흙으로 돌아갈 때까지 얼굴에 땀을 흘려야 양식을 먹을 수 있으리라. 너는 먼지이니 먼지로 돌아가리라.)

온갖 재주도 엉클어져버렸다

Their skill was of no avail. 《시편Psalms》 제107장 27절에 나오는 말로 '혼돈 속에 빠지다' '어찌 할 바를 몰라(at one's wits end, perplexed, unable to think what to do)'라는 뜻이다.

* They reeled, staggered like drunkards; their skill was of no avail. (그들이 술

취한 사람처럼 비틀거리고 흔들거리니 그들의 온갖 재주도 엉클어져버렸다.)

바알 신에게 무릎 꿇다

바알 신

to bow the Knee to Baal. 《열왕기 상권*Kings I*》 상권 제19장 18절에 나오는 구절이다. 바알 신에게 무릎을 꿇다는 '우상을 숭배하다(worship an idol)'라는 뜻이다. 바알은 중동과 소아시아에서 믿었던 고대 종교의 신인데, 바알 신앙이 야훼 신앙을 혼란스럽게 했기 때문에 기원전 8세기경 예언자들로부터 우상숭배라는 낙인이 찍혀 배척당했다.

＊ Yet I will leave seven thousand men in Israel-all those who have not knelt to Baal or kissed him. (그러나 나는 이스라엘에서 바알에게 무릎을 꿇지도 않고 입을 맞추지도 않은 7000명을 모두 남겨두겠다.)

바알즈붑

Ba'al Zebub. 《열왕기 하권》 제1장 1~18절에는 바알 신의 일종으로도 알려졌으며, 《마르코복음서*the Gospel according to St. Mark*》(마가복음) 제3장 22절에 나오는 고대 이집트나 중동 지역의 신이다. 이 신의 본래 이름은 바알즈불(Ba'al Zebul, 바알세불)이었다. 이 말은 히브리어로 Baal(Lord)+Zebul(habitation)='주인이 거주하는 곳' 또는 '하늘의 주인'을 뜻하는데, 훗날 사람들은 이것이 솔로몬왕을 연상
시킨다는 이유로 바알즈붑(Ba'al Zebub), 즉 히브
리어로 Baal(Lord)+Zebub(fly)='파리의 왕'을 뜻하
는 말로 바꾸었다. 구약성서에서 바알즈붑(바알
제붑, 베엘제붑*Beel Zebub*)은 에크론의 필리스티아
(바리세) 사람들이 섬기는 신으로 등장하며, 예

자크 콜랭 드 플랑시의
《지옥사전》에 나오는 바알제붑

수와 사도들의 시대에는 그가 폭식(暴食)의 신이었고, 파리의 몰골을 가진
가장 미천한 악마의 우두머리로 비유된다. 그래서 이 파리 대왕은 비유적
으로 '악마(a devil)' '사탄(a satan)'을 뜻한다. 또 to call in Beelzebub to cast out
Satan은 '악으로 다른 악을 물리치다(to use one evil to overcome another)'라는 뜻
이다.

바알제붑은 1954년 발표해 베스트셀러가 된 윌리엄 골딩(William G.
Golding)의 처녀작이자 1983년 노벨문학상 수상작인 장편소설《파리 대왕
Lord of the Flies》에도 나온다.

 * So Elijah left and went down with him and stated to the king: "Thus says
   the LORD: 'Because you sent messengers to inquire of Baalzebub, the
   god of Ekron, you shall not leave the bed upon which you lie; instead you
   shall die.'" (엘리야가 임금에게 말하였다. "주님께서 이렇게 말씀하셨습니다.
   '이스라엘에는 뜻을 문의할 하느님이 없어서, 에크론의 신 바알즈붑에게 문의
   하러 사자들을 보냈느냐? 그러므로 너는 네가 올라가 누운 침상에서 내려오지
   못하고, 그대로 죽을 것이다.'")

 * He has Beelzebul, and by the ruler of the demons he casts out demons. (한
   편 예루살렘에서 내려온 율법학자들이, "그는 베엘제불이 들렸다."고도 하고,
   "그는 마귀 우두머리의 힘을 빌려 마귀들을 좇아낸다."고도 하였다.)

베델

Bethel은 《창세기》 제28장 19절에 나오는 도시로 예루살렘 북쪽에 있는데 히브리어로 '하느님의 집'을 뜻한다. 《창세기》에 따르면 아브라함이 하느님과 계약을 맺은 뒤 여기에 장막을 치고 제단을 쌓았다(12:8). 이곳은 야곱이 꿈속에서 하늘에 이르는 사다리를 본 장소이기도 하다(28:10~22). 지금은 '거룩한 곳(a hallowed spot)'이나 '예배당(chapel)'이라는 뜻으로 쓰인다.

＊ He called that site Bethel, whereas the former name of the town had been Luz. (그러고는 그곳의 이름을 베델이라 하였다. 그러나 그 성읍의 본 이름은 루스였다.)

먼지를 먹다

Bite the dust. 이를 직역하면 '먼지를 먹다'인데, 이것은 《시편》 제72장 9절 '솔로몬의 노래'에 나오는 말로 bite[eat, kiss] the dust는 '헛물켜다' '실패, 패배하다(fail, defeat)' '죽다(die)'라는 뜻으로 쓰인다. 《시편》에서는 원래 bite가 아니라 lick(핥다)으로 되어 있는데, 미국식 표현으로 bite를 쓰기 시작하면서 서부영화에 등장하는 불한당들을 물리쳤을 때 자주 쓰는 말이 되었다. 특히 영적 전쟁에 대한 내용을 서부극으로 표현한 크리스천 아티스트이자 목회자인 카맨(Carman)의 뮤직 비디오 〈Satan, Bite the Dust(사탄아, 넌 끝장이야)〉는 서부의 악당 역할을 사탄이, 보안관 역을 카멘이 맡아 멋지게 악당들을 해치우는 것으로 끝을 맺는다.

또 '보헤미안 랩소디'로 유명한 영국의 록그룹 퀸(Queen)도 'Another One

Bites the Dust'(1980)라는 제목의 노래로 공전의 히트를 쳤으며, 미국의 걸 그룹 푸시캣 돌스(Pussycat Dolls)도 'Bite the Dust'(2005)라는 노래를 불렀다.

* May his foes kneel before him, his enemies lick the dust. (적들은 그 앞에 엎드리고 그의 원수들은 먼지를 핥게 하소서.)

카인과 아벨

Cain and Abel.《창세기》제4장 8절에 나오는 아담과 이브의 장남과 차남 이다. 농부인 카인은 보리의 첫 수확물을, 목자인 아벨은 양의 첫 새끼를 주 님에게 바쳤으나 동생 아벨이 바친 제물만을 반기는 것을 질투하여 동생 을 살해한다. 이 때문에 주님의 저주를 받은 카인은 이마에 낙인찍히고 에 덴의 동쪽에 있는 놋(노드) 땅에 살았다. 인류 최초의 살인사건으로 알려진 이 살인행위는 인간의 질투심이 살인으로 이어지는 과정의 심리를 잘 묘 사하고 있다.

일 틴토레토의 〈카인과 아벨〉

어쨌든 카인은 인류 역사에서 살인자의 대명사처럼 되어 있다. 그래서 Cain은 비유적으로 '형제 살해범(fratricide)' '살인자(killer, murderer)'라는 뜻으로 쓰인다. 그리고 the brand of Cain(카인의 낙인)은 '살인죄'를 가리킨다.

* Cain said to his brother Abel, "Let us go out in the field." When they were in the field, Cain attacked his brother Abel and killed him. (카인이 아우 아벨에게 "들에 나가자." 하고 말하였다. 그들이 들에 있을 때, 카인이 아우 아벨에게 덤벼들어 그를 죽였다.)

카인을 상기시키다

Raise Cain.《창세기》제4장 4~7절 '카인이 아벨을 죽이다'에서 유래한 말이다. Raise Cain에서 raise는 본래 '……을 상기시키다(떠올리게 하다)'나 '주문을 외워 ……이 나타나게 하다(conjure up)'라는 뜻이었다. 그러므로 raise Cain은 '카인이 나타나게 하다'가 직역인데, 보통 '문제의 원인이 되다(to be causing trouble)' '대단히 화를 내다(become very angry)' '소란을 피우다(make a lot of noise)' '대소동을 일으키다(creating an uproar)' '불평하다(complain)' '시끌벅적하게 놀다(have boisterous fun)'라는 의미로 쓰인다.

* while Abel, for his part, brought one of the best firstlings of his flock. The LORD looked with favor on Abel and his offering, but on Cain and his offering he did not. Cain greatly resented this and was crestfallen(풀이 죽은, 의기소침한). So the LORD said to Cain: "Why are you so resentful and crestfallen? If you do well, you can hold up your head; but if not, sin is a demon lurking at the door: his urge is toward you, yet you can be his master." (아벨은 양 떼 가운데 맏배들과 그 굳기름을 바쳤다. 그런데 주님께서는 아벨과 그의 제물은 기꺼이 굽어보셨으나 카인과 그의 제물은 굽어보지 않으셨다. 그래서 카인은 몹시 화를 내며 얼굴을 떨어뜨렸다. 주님께서 카인에게 말씀하셨다. "너는 어찌하여 화를 내고, 어찌하여 얼굴을 떨어뜨리느냐? 네가 옳게 행동하면 얼굴을 들 수 있지 않느냐? 그러나 네가 옳게 행동하지 않으면 죄악이 문앞에 도사리고 앉아 너를 노리게 될 터인데, 너는 그 죄악을 잘 다스려야 하지 않겠느냐?")

가나안

Canaan은 《탈출기》 제6장 4절에 나오는 지금의 팔레스타인(Palestine) 서쪽 해안을 가리키며, 야훼가 유대인에게 약속한 땅을 말한다. 그래서 지금도 Canaan은 '약속의 땅(land of promise)'이나 비유적으로 '이상향' '낙원(paradise)'이라는 뜻으로 많이 쓰인다.

그리고 《창세기》에서는 노아의 저주를 받은 함(Ham)의 아들 이름이기도 하다. 포도주에 취한 노아를 함이 조롱하자 노아는 함에게 저주를 내려 함의 아들이 종이 되리라고 말했다. 원래 이 지역에 살고 있던 가나안 사람들은 셈족의 한 분파로서 정복자인 이스라엘 민족보다 우월한 고도의 문화를 지니고 농경에 필요한 기술을 그들에게 가르쳐주었다.

이 지역이 해상무역으로 전성기를 누렸을 때는 그리스어로 페니키아(Phoenicia)라 불렸는데, '자주색의 땅'이라는 말이다. 그리스 사람들은 가나안 지역을 자주색 염료의 생산지로 여겼기 때문이다.

＊ I also established my covenant with them, to give them the land of

Canaan, the land in which they were living as aliens. (또 나는 가나안 땅, 그들이 나그네살이하는 땅을 주기로 그들과 계약을 세웠다.)

숯불을 그의 머리에 놓아라

Heap coals of fire upon his head. 《잠언》제25장 21~22절 '히즈키야가 사람을 시켜 베낀 금언들'과 《로마 신자들에게 보낸 서간》제12장 20절 '그리스도 안의 새 생활'에 나오는 말로, 원수(악)를 은혜(선)로 갚아 원수를 뉘우치게 하라는 말이다. 당시 히브리인들은 석탄불을 머리에 대면(Heap coals of fire upon his head) 원수가 온유해지리라 여겼던 모양이다. 이는 성서의 주요 메시지인 "원수를 사랑하라."는 말과 일맥상통한다.

여기서 heap은 '쌓아올리다'라는 동사인데, heap favors on a person은 '……에게 많은 은혜를 베풀다', heap insults on a person은 '……에게 숱한 모욕을 주다'라는 뜻이다.

＊ If your enemy be hungry, give him food to eat, if he be thirsty, give him to drink; For live coals you will heap on his head, and the LORD will vindicate you. (네 원수가 주리거든 먹을 것을 주고 목말라하거든 물을 주어라. 그것은 숯불을 그의 머리에 놓는 셈이다. 주님께서 너에게 그 일을 보상해 주시리라.)

＊ Rather, "if your enemy is hungry, feed him; if he is thirsty, give him something to drink; for by so doing you will heap burning coals upon his head." (오히려 "그대의 원수가 주리거든 먹을 것을 주고, 목말라하거든 마실 것을 주십시오. 그렇게 하는 것은 그대가 숯불을 그의 머리에 놓는 셈입니다.")

내 잔이 넘치다

My cup overflows[run over, brims over]. 이것은 《시편》 제23장 5절 '다윗의 노래'에 나오는 말로, '내가 필요로 하는 것 이상을 가지고 있다(I have more than enough for my needs)'는 뜻이다.

이 말은 'Green Green Grass Of Home'을 부른 톰 존스와 동명이인인 오 페라 대본작가이자 시인인 톰 존스(Tom Johns) 작사, 하비 슈미트(Harvey Schmidt) 작곡으로, 1966년 12월 5일부터 1968년 6월 15일까지 총 584회 동 안 브로드웨이 46번가 극장에서 상연된 뮤지컬 〈I Do, I Do〉에 나오는 노 래 '컵에 넘치는 사랑'의 제목이기도 하다. 단 두 명만 나오는 이 뮤지컬에 서 로버트 프레스턴(Robert Preston)과 매리 마틴(Mary Martin)이 부른 이 노래 는 에드 에임스(Ed Ames)가 레코드로 만들었는데, 1967년 1월부터 히트하 여 빌보드 차트 8위까지 올랐었다.

  ＊ You set a table before me as my enemies watch; You anoint my head with oil; my cup overflows. (당신께서 저의 원수들 앞에서 저에게 상을 차려주시 고 제 머리에 향유를 발라주시니 저의 술잔도 가득합니다.)

단에서 브에르세바까지

from Dan to Beersheba. 《사무엘 하권》 제24장 2절에 나오는 말로, '이스 라엘 최북단 도시 단에서 최남단 도시 브에르세바(브엘세바)까지'라는 말이 다. 이것은 '도처에(throughout, all over the auction)'나 '이 세상 끝까지(to the end of the world)'라는 뜻으로 쓰인다.

* Accordingly the king said to Joab and the leaders of the army who were with him, "Tour all the tribes in Israel from Dan to Beer-sheba and register the people, that I may know their number." (그리하여 임금은 자기가 데리고 있는 군대의 장수 요압에게 말하였다. "단에서 브에르세바에 이르기까지 이스라엘의 모든 지파를 두루 다니며 인구를 조사하시오. 내가 백성의 수를 알고자 하오.")

다윗과 요나단

다윗과 요나단

David and Jonathan. 요나단은 사울(Saul)의 아들로 왕자였으므로 왕위에 오를 수 있었다. 하지만 하느님의 뜻으로 다윗이 왕위에 오를 것을 알고 있었기 때문에 그 뜻을 겸허하게 수용했다. 그리고 사울이 다윗을 죽이려고 할 때도 다윗에게 가르쳐주어 다윗의 목숨을 구해주었다. 이처럼 David and Jonathan은 창공의 태양과 같고 황야의 꽃처럼 맑고 아름다운 우정을 가리키며, 참 신앙인들만이 쌓을 수 있는 금자탑과도 같은 것이라 할 수 있다. 그래서 이 말은 '막역한 사이(a close friend, cater-cousin)'라는 뜻으로 자주 인용된다.《사무엘 상권》제18장 1절에 나오는 말이다.

* By the time David finished speaking with Saul, Jonathan had become as fond of David as if his life depended on him; he loved him as he loved himself. (다윗이 사울에게 이야기를 다 하고 나자, 요나단은 다윗에게 마음이 끌려 그를 자기 목숨처럼 사랑하게 되었다.)

다윗과 골리앗

David and Goliath. 《사무엘 상권》 제17장에 나오는 이야기다. 필리스티아(블레셋) 군대가 거구인 골리앗을 앞세워 이스라엘로 쳐들어오자 당시 이스라엘 왕 사울은 골리앗을 쓰러뜨리는 자에게 자기 왕국의 반과 딸을 준다고 했다. 하지만 체격이 좋고 용감한 병사들도 모두 골리앗 앞에서는 속수무책이었다.

이때 자기 나라의 신을 모욕하는 소리를 들은 양치기 소년 다윗이 사울 왕에게 가서 자기가 싸우겠다고 했다. 사울 왕은 썩 내키지 않았지만 다른 도리가 없어 다윗에게 나가 싸우도록 했다. 사울 왕이 자기의 갑옷을 주었으나 거추장스러워 사양한 다윗은 물가에서 돌팔매에 쓸 돌멩이 다섯 개를 들고 골리앗에게 달려갔다(17:40).

* Then, staff in hand, David selected five smooth stones from the wadi and put them in the pocket of his shepherd's bag. With his sling also ready to hand, he approached the Philistine. (그러고 나서 다윗은 자기의 막대기를 손에 들고, 개울가에서 매끄러운 돌멩이 다섯 개를 골라서 메고 있던 양치기 가방 주머니에 넣은 다음, 손에 무릿매 끈을 들고 그 필리스티아 사람에게 다가갔다.)

자신의 신 다곤(Dagon; 셈족들이 섬겼던 농업과 어업의 신)의 이름으로 이스라엘의 신을 조롱하고 있던 골리앗은 어린 다윗을 보고 깔보며 말했다. "네가 나를 짐승으로 보았느냐? 너를 들짐승의 먹이로 주겠다." 그러자 다윗은 이스라엘의 신을 모욕한 자를 응징하겠다며 돌팔매로 골리앗을 공격했다. 돌멩이는 골리앗의 이마에 정확히 명중하여 마침내 골리앗이 쓰러져 죽었다. 그리하여 골리앗을 쓰러뜨린 다윗은 영웅이 되었다(17:50).

　* Thus David overcame the Philistine with sling and stone; he struck the Philistine mortally, and did it without a sword. (이렇게 다윗은 무릿매 끈과 돌멩이 하나로 그 필리스티아 사람을 누르고 그를 죽였다. 다윗은 손에 칼도 들지 않고 그를 죽인 것이다.)

그래서 '다윗과 골리앗(David and Goliath)'은 힘이 세고 과격한 사람과, 약해 보이지만 지혜로운 사람의 대결을 묘사할 때 자주 쓰이는 말이다. 또 골리앗은 힘센 이미지 때문에 조선소의 거대한 기중기인 '골리앗 크레인(goliath crane)'에 그 이름을 남기기도 했다.

돌팔매를 쥐고 있는 다윗과 청동 투구와 창을 들고 있는 골리앗

이 전쟁은 기원전 1000년경 엘라 골짜기에서 벌어졌는데, 엘라는 참나무를 가리킨다. 예루살렘 남서쪽에 자리한 이 골짜기에서 실제로 고고학자들은 기원전 1000년경으로 추측되는 성벽과 그릇들을 발굴하기도 했다.

당시 골리앗은 청동 칼과 청동 투구와 갑옷을 입고 있었다. 학자들은 골리앗이 무장한 무기가 기원전 600년경 그리스 군인들의 무장과 거의 비슷하다고 한다. 이때는 청동기 무기도 흔하지 않아 청동 칼과 창이나 투구 따위의 무기를 갖춘 사람은 왕과 수뇌급 장군에 불과했다. 그래서 다윗은 줄에 돌을 매달아 던지는 슬링(sling)이라는 돌팔매를 사용한 것이다. 돌팔매는 고대부터 중세와 근대에 이르기까지 오랫동안 무기로 사용되었기 때문에 전쟁을 묘사한 작품들에 많이 그려져 있다.

다윗의 별

Star of David. '다윗의 별'은 삼각형 두 개를 엎어놓은 형상의 꼭지 여섯 개짜리 별 모양이다. 이는 '다윗의 문장(紋章)'이라는 뜻을 가진 히브리어 '마겐 다비드(Magen David)'에서 비롯되었으며, 유대인과 유대교를 상징하는 표식이다. 다윗왕의 아들 솔로몬왕은 이스라엘과 유대를 통합한 후 다윗의 별을 유대 왕의 문장으로 삼았다고 전해진다.

카발라(kabbalh; 유대 신비주의) 학자들은 이 6각의 별(hexagram)을 '다윗의 방패' 또는 '솔로몬의 방패'로 불렀고, 주로 마법과 관련지어 사용했다. 숫자 7은 유대교에서 중대한 의미가 있는데, 다윗의 별도 6각과 중심의 6각형을 합하면 7이 된다. 이것을 언급한 가장 오래된 유대 문헌은 12세기경 카라이파 신도(Karaite)인 유다 하다시(Judah Hadassi)가 쓴 《Eshkol Ha-Kofer》이다.

"일곱 천사들의 이름이 메주자(Mezuzah; 《신명기》 제6장 4~9절과 제11장 13~21절에 있는 쉐마의 말씀을 기록한 두루마리 양피지)의 앞에 적혀 있다: 대천사장 미카엘(Michael), 가브리엘(Gabriel), 라파엘(Raphael), 우리엘(Uriel), 메

유대인 표식인 노란색 다윗의 별

타트론(Metatron), 라구엘(Raguel), 라미엘(Ramiel)…… 하느님이 당신을 지켜 주리라. '다윗의 별'이라고 불리는 표식은 천사 각각의 이름 옆에 자리하고 있다."

다윗의 별이 가장 먼저 사용된 것은 로마식 모자이크 포장도로이다. 물론 처음에는 특별한 의미 없이 사용되었다가 1800년 전에 비로소 가버나움 회당(會堂, synagog) 안에 이 문장이 사용되었다. 다윗의 별이 유대인 상징으로 사용된 것은 1648년 프라하에서 유대인 공동체의 공식 인장과 기도서 출판에 사용하면서부터이다. 이후 1897년에는 제1차 '시온주의자 회의(First Zionist Congress)'에서 유대인을 상징하는 심벌로 채택되었고, 건국 5개월 후인 1948년 10월 28일에는 새로운 이스라엘의 국기에도 쓰였다.

그러나 제2차 세계대전 당시에는 나치 독일이 유대인들을 사회로부터 격리시키기 위해 게토(Ghetto)라 불리는 특정 지역에 감금하고 왼쪽 가슴에 노란색 다윗의 별을 강제로 달도록 했으며, 별 한가운데에 JUDE라는 글귀를 넣어 유대인을 식별하는 표식으로 사용했다.

두레박에 떨어지는 물 한 방울

A Drop in the Bucket. 《이사야서》 제40장 15절 '하느님의 위대하심'에 나오는 말이다. 직역을 하면 '두레박의 물 한 방울'이라는 말이기 때문에 '아주 작은 것'이나 '새발의 피(鳥足之血, 九牛一毛, 코끼리 비스킷)'를 가리키는 표

2부

현이다. 이를 두고 사람들은 흔히 '간에 기별도 안 간다'고 말하기도 한다.

＊ Behold, the nations count as a drop in the bucket, as dust on the scales; the coastlands weigh no more than powder. (보라, 민족들은 두레박에서 떨어지는 물 한 방울 같고 천칭 위의 티끌같이 여겨질 뿐. 진정 그분께서는 섬들도 먼지처럼 들어 올리신다.)

땅끝까지

The ends of the earth. 이는 《즈카르야서》 제9장 10절 '평화를 가져오는 겸손한 메시아'에 나오는 말인데, '이 땅에서 가장 먼 곳(the furthest reaches of the land)'을 뜻한다. 지금은 주로 '아주 먼 곳(a very long way away)'이라는 뜻으로 쓰인다.

＊ He shall banish the chariot from Ephraim, and the horse from Jerusalem; The warrior's bow shall be banished, and he shall proclaim peace to the nations. His dominion shall be from sea to sea, and from the River to the ends of the earth. (그분은 에프라임에서 병거를, 예루살렘에서 군마를 없애시고 전쟁에서 쓰는 활을 꺾으시어 민족들에게 평화를 선포하시리라. 그분의 통치는 바다에서 바다까지, 강에서 땅끝까지 이르리라.)

무엇이나 다 정한 때가 있다

There is an appointed time for everything(For everything there is a season). 《코헬

'바나버 카라반'의 피트 시거 추모음반인 〈턴, 턴, 턴〉

렛*The Book of Ecclesiastes*》(전도서) 제3장 1절에 나오는 말로, 모든 것은 다 적
당한 때가 있다(There is an appropriate time for everything)는 말이다.

1950년대에는 노동운동을, 60년대에는 인권운동과 반전운동을, 70년
대 이후에는 환경운동을 하며 보다 나은 세상을 위해 94세로 생을 마칠 때
까지 노래했던 피트 시거(Pete Seeger)는1952년 《코헬렛》 제3장에 곡을 붙
인 'Turn, Turn, Turn(모든 것은 변하고, 변하고, 또 변합니다)'을 발표하기도 했
다. 1970~80년대 민주화 시위현장에서 불렀던 '우리 승리하리라(We Shall
Overcome)'를 만들고 우리나라의 '아리랑'을 영어로 취입하기도 한 그는 '포
크계의 어머니'로 불리는 인물이었다.

* There is an appointed time for everything, and a time for every affair
  under the heavens. -NAB (하늘 아래 모든 것에는 시기가 있고 모든 일에는
  때가 있다. -《성경》)

* There is a time for everything, and a season for every activity under the
  heavens. -NIV (무엇이나 다 정한 때가 있다. 하늘 아래서 벌어지는 무슨 일이
  나 다 때가 있다. -《공동번역성서》)

눈에는 눈, 이에는 이

Eye for eye, tooth for tooth. 《탈출기》 제21장 24~25절, 《레위기》 제 24장 20절, 《신명기》 제 19장 21절, 《마태오복음 서》 제5장 38절에 나오

Code of Hammurabi

- Code of 282 laws inscribed on a stone pillar placed in the public hall for all to see
- Hammurabi Stone depicts Hammurabi as receiving his authority from god Shamash
- Set of divinely inspired laws; as well as societal laws
- Punishments were designed to fit the crimes as people must be responsible for own actions
- Hammurabi Code was an origin to the concept of "eye for an eye..." ie. If a son struck his father, the son's hand would be cut off
- Consequences for crimes depended on rank in society (ie. only fines for nobility)

'탈리오의 법칙'이 새겨진 거석

는 말로 소위 '탈리오의 법칙(Lex Talionis)'을 말한다. 이 법칙은 고대 바빌로 니아 법률에서 피해자가 받은 피해 정도와 똑같게 범죄자를 벌주도록 한 원칙(동해보복법同害報復法)으로 가장 오래된 성문법인 《함무라비 법전Code of Hammurabi》에 기록되어 있다. 그래서 지금도 '피해와 똑같은 보복'이라는 뜻으로 쓰인다.

* Eye for eye, tooth for tooth, hand for hand, foot for foot, burn for burn, wound for wound, stripe for stripe. (눈은 눈으로, 이는 이로, 손은 손으로, 발 은 발로, 화상은 화상으로, 상처는 상처로, 멍은 멍으로 갚아야 한다.)

옥의 티

A Fly in the Ointment. 《코헬렛》 제10장 1절에 나오는 말이다. 직역하면 '연고 속의 파리'이다. 옛날에는 apothecary(약제사)가 각종 원료를 큰 통에 넣어 연고를 제조했는데, 통 안으로 파리나 다른 이물질이 들어가는 불상 사가 발생하곤 했다. 여기서 파리는 '티, 흠, 결점(flaw, defect)'이라는 의미로

쓰였기 때문에 '옥의 티' '큰일을 망치는 사소한 것'을 뜻한다. 그래서 There are no flies on him은 '그는 흠잡을 데가 없는 사람이다'라는 말이다.

> * A fly that dies can spoil the perfumer's ointment. (죽은 파리 하나가 향유 제
> 조자의 기름을 악취 풍기며 썩게 한다.)

너의 후손들

Your Loins.《창세기》제35장 11절 '야곱이 베델로 돌아가다'에 나오는 말이다. 여기서 loin은 '짐승의 허리 살이나 엉덩이 살' 또는 '인체의 둔부나 음부'를 가리킨다. 직역하면 '음부의 결실(The fruits of your loins)'이니 '⋯⋯의 아이나 후손(One's children)'이라는 뜻이다. 그래서 be sprung from one's loins는 '⋯⋯의 자식으로 태어나다'라는 뜻이다. 참고로 a pain in the loins는 '요통'을 말한다.

> * God also said to him: "I am God Almighty; be fruitful and multiply. A nation, indeed an assembly of nations, shall stem from you, and kings shall issue from your loins." (하느님께서 그에게 다시 말씀하셨다. "나는 전능한 하느님이다. 자식을 많이 낳고 번성하여라. 너에게서 한 민족이, 아니 민족들의 무리가 생겨날 것이다. 네 몸에서 임금들이 나올 것이다.")

신 포도

Sour Grapes.《에제키엘서Ezekiel》(에스겔) 제18장 2절과《예레미야서

Jeremiah》(예레미야) 제31장 29절에 나오는 말이다.

＊ What is the meaning of this proverb that you recite in the land of Israel: "Fathers have eaten green grapes, thus their children's teeth are on edge?" (너희는 어찌하여 이스라엘 땅에서, "아버지가 신 포도를 먹었는데, 자식들의 이가 시다."는 속담을 말해대느냐?)

＊ In those days they shall no longer say, "The fathers ate unripe grapes, and the children's teeth are set on edge." (그날에 그들은 더 이상 이렇게 말하지 않을 것이다. "아버지가 신 포도를 먹었는데 자식들의 이가 시다.")

여호와는 "너희들이 멸망하는 것이 조상들의 죄 때문이라고? 아니다. 너희가 멸망하는 것은 조상의 죄 때문이 아니라 너희들도 조상들이 지은 죄와 똑같은 죄를 저지르고 있기 때문이다."라고 말한 것이다. 바빌론에 포로로 잡혀온 자들(바빌론 유수)은 자기들이 당하는 고통을 조상들의 죄 때문에 생겨난 것으로 이해했다. 에스겔은 이런 잘못된 생각에 대해, 각자의 죄에 대해서는 스스로 책임을 져야 한다고 말하고 있다.

일반적으로 sour grapes는 '억지, 오기(傲氣), 지기 싫어함, 가질 수 없기 때문에 원치 않는 것처럼 말하는 자기위안'을 뜻한다. 이는《이솝 우화》의 〈여우와 포도*The Fox and the Grapes*〉에서 포도가 높이 달려 있어 먹을 수 없게 된 여우가 돌아서면서 다음과 같이 말했다는 데서 유래한 말이다.

"Well, they're sour anyway(어차피 시어서 먹을 수도 없는데 뭘)."

여우와 포도

용사들이 쓰러졌구나

How can the warriors have fallen(How are the mighty fallen).《사무엘 하권》제 1장 19절과 27절 '다윗이 사울과 요나단의 죽음을 슬퍼하다'에 나오는 말 인데, 정치용어로 '이전의 권력이 이젠 줄어들었음(The previously powerful are now reduced)'을 뜻한다.

＊ Alas! the glory of Israel, Saul, slain upon your heights; how can the warriors have fallen! (너 이스라엘의 영광이 산 위에서 죽었구나. 아, 용사들 은 쓰러졌구나!)

＊ How can the warriors have fallen, the weapons of war have perished! (아, 용사들은 쓰러지고, 무기는 사라졌구나!)

마음이 상한 자

Crushed in Spirit.《시편》제34장 18절에 나오는 말이다. "여호와는 마음 이 상한 자를 가까이하시고 충심으로 통회하는 자를 구원하시는도다(The Lord is close to the brokenhearted and saves those who are crushed in spirit.)."

여기서 crush는 '부수다'라는 뜻 이외에도 '밀치고 나아가다'라는 뜻이 있 어 'crushed in spirit'은 '영혼이라는 중심 안에서 나아가다'라는 뜻이다.

이 말은 보통 사랑하는 사람과의 이별로 인한 '상심, 비탄' '실연(失戀)' 등 으로 쓰인다. 그런데 No one ever died of a broken heart(상심해서 죽은 사람은 없다)라는 서양 속담도 있다.

이카봇

Ichabod. 이카봇(이카보드)은 《사무엘 상권》 제4장 19~22절에 나오는 사내아이 이름이다.

＊ She named the child Ichabod, saying, "Gone is the glory from Israel," with reference to the capture of the ark of God and to her father-in-law and her husband. (임신 중인 엘리의 며느리이자 피느하스의 아내는 아이 낳을 때가 다 되었다. 그 여인은 하느님의 궤를 빼앗기고 시아버지와 남편마저 죽었다는 소식을 듣고는, 몸을 웅크린 채 아이를 낳았다. 갑자기 진통이 닥쳤던 것이다. 여인이 숨을 거두려 할 때, 그를 돌보던 여자들이 "아들을 낳았으니 걱정 말아요." 하고 일러주었다. 그러나 여인은 그 말에 대꾸도 하지 않고 마음도 두지 않더니, "영광이 이스라엘에서 떠났구나." 하면서, 아이를 이카봇이라 하였다. 하느님의 궤를 빼앗기고 시아버지와 남편마저 죽었기 때문이다.)

Ichabod은 지금도 '슬프도다' '영광이 사라졌구나' 하는 탄식으로 많이 쓰인다. 이와 같은 탄식으로 《욥기Job》 제10장 15절 '욥의 기도'에 나오는 'woe is me(아, 슬프도다[오호, 애재라])'가 있다.

이 말은 셰익스피어의 비극 《햄릿Hamlet》에도 나온다. Woe to me, if I am guilty; even if I am upright, I dare not lift my head, so overwhelmed with shame and drunk with pain am I! (오, 슬프도다. 악을 행했다면 앙화를 받아 마땅합니다. 그러나 잘못한 일이 없다고 해도 고개를 들 수는 없는 노릇, 아, 진저리쳐지도록 당한 이 수모가 지긋지긋하도록 괴롭습니다.)

야곱의 사다리

윌리엄 블레이크의 〈야곱의 사다리〉

Jacob's Ladder.《창세기》제28장 12절에 나오는 말로 이삭의 아들 야곱이 꿈에서 본 사다리(ladder; 실은 층계stairway가 더 적절하다)를 말한다. 여기서 사다리란 지상과 천국을 잇는 다리로 우리와 우리, 너와 나를 연결하는 용서와 화해, 사랑을 의미한다.

그 후 약 2500년 후 예수도 "정말 잘 들어두어라. 너희는 하늘이 열려 있는 것과 하느님의 천사들이 하늘과 사람의 아들 사이를 오르내리는 것을 보게 될 것이다." 하고 말씀하셨다(《요한복음서》1:51). 예수가 사다리, 곧 하늘과 땅을 오갈 수 있는 유일한 길이라는 말이다.

또 자연과학에서 구름 틈새로 햇빛이 비치는 현상, 즉 '틈새빛살(Crepuscular rays)'도 '야곱의 사다리'라고 부른다.

* Then he had a dream: a stairway rested on the ground, with its top reaching to the heavens; and God's messengers were going up and down on it. (꿈을 꾸었다. 그가 보니 땅에 층계가 세워져 있고 그 꼭대기는 하늘에 닿아 있는데, 하느님의 천사들이 그 층계를 오르내리고 있었다.)

도살장으로 끌려가는 어린 양

Lamb to the Slaughter.《이사야서》제53장 7절 '고난받는 종의 넷째 노래'

와 《예레미야서》 제11장 19절 '아나돗 사람들이 예레미야를 죽이려 하다'
에 나오는 말인데, '임박한 재앙을 모르고 무관심한 태도로(In an unconcerned
manner-unaware of the impending catastrophe)'라는 뜻으로 쓰인다.

'에드거 앨런 포 상' 수상작가인 로알드 달(Roald Dahl)의 단편소설 제목도
《Lamb to the Slaughter》이다. 형사의 아내가 남편을 살해하는데, 범인의 시
각에서 범행을 은폐해가는 과정을 그리고 있다. 흉기 처리의 가장 고전적
이고 대표적인 작품으로 우리 말 번역본 제목은 《맛있는 흉기》이다.

＊ Though he was harshly treated, he submitted and opened not his mouth;
Like a lamb led to the slaughter or a sheep before the shearers, he was
silent and opened not his mouth. (학대받고 천대받았지만 그는 자기 입을 열
지 않았다. 도살장에 끌려가는 어린 양처럼 털 깎는 사람 앞에 잠자코 서 있는
어미 양처럼 그는 자기 입을 열지 않았다.)

＊ I for my part was like a trustful lamb being led to the slaughterhouse, not
knowing the schemes they were plotting against me, "Let us destroy the
tree in its strength, let us cut him off from the land of the living, so that his
name may no longer be remembered!" (그런데도 저는 도살장으로 끌려가는
순한 어린 양 같았습니다. 저는 그들이 저를 없애려고 음모를 꾸미는 줄 알아
차리지 못했습니다. "저 나무를 열매째 베어버리자. 그를 산 이들의 땅에서 없
애버려 아무도 그의 이름을 다시는 기억하지 못하게 하자.")

에덴의 동쪽 놋

East of Eden, Nod. 신화에서는 우리가 잠을 자면 가는 평화로운 곳을

줄리 해리스, 제임스 딘 주연의
영화 〈에덴의 동쪽〉 포스터

nod이라고 한다. 그래서 to go off to the land of Nod이나 to nod off는 '잠을 자다(to go to sleep)'라는 뜻이며, nod은 '끄덕거리다, 졸다'라는 동사로 쓰인다. 이 말이 '졸음'이라는 말로 처음 쓰인 것은 조너선 스위프트(Jonathan Swift)의 《걸리버 여행기Gulliver's Travels》라고 한다.

하지만 《창세기》 제4장 16절 '카인이 아벨을 죽이다'에 나오는 놋(노드)은 카인이 동생 아벨을 죽이고 쫓겨난 번민이 가득 찬 곳으로 히브리어로 '방황'이라는 뜻이며 에덴의 동쪽에 있다. 제임스 딘 주연, 엘리아 카잔 감독의 영화 〈에덴의 동쪽East of Eden〉(1955)은 존 스타인벡의 소설을 원작으로 한 것이다. 그는 비행, 사랑, 편애에 대한 반항, 미덕, 자기파괴, 자유의지, 원죄에 대한 테마를 찾던 중 창세기 카인과 아벨의 이야기에서 모티브를 얻어 이 소설을 집필했다.

＊ Cain then left the LORD'S presence and settled in the land of Nod, east of Eden. (카인은 주님 앞에서 물러나와 에덴의 동쪽 놋 땅에 살았다.)

그 땅의 기름진 것을 먹고 살다

Live off the Fat of the Land. 《창세기》 제45장 17~18절에 나오는 말로 '잘 살다(Living well)' '좋은 음식이나 즐길 거리에 쓸 돈이 아주 많다(have plenty of money to spend on the best food, drink, entertainment, etc)'라는 뜻으로 쓰인다.

귀농이 활발해진 요즘 다음과 같은 말을 많이 한다. I'll move to country

and live off the fat of the land(난 시골로 이사 가서 인생을 즐길 거야).

* So Pharaoh told Joseph: "Say to your brothers: 'This is what you shall do: Load up your animals and go without delay to the land of Canaan. There get your father and your families, and then come back here to me; I will assign you the best land in Egypt, where you will live off the fat of the land.'" (파라오가 요셉에게 말하였다. "그대의 형제들에게 이르시오. '너희는 이렇게 하여라. 너희의 짐승들에 짐을 싣고 가나안 땅으로 가서, 너희 아버지와 집안 식구들을 데리고 나에게 오너라. 내가 너희에게 이집트에서 가장 좋은 땅을 주고, 이 땅의 기름진 것을 먹게 해주겠다.'")

표범이 반점을 바꿀 수 있을까

Can the leopard change his spots? 《예레미야서》 제13장 23절 '백성의 교만을 꾸짖다'에 나오는 말이다. 이것은 '사람이나 사물의 천성은 바꿀 수 없다 (The ability of any person or creature can't to change its innate being)는 뜻으로, '제 버릇 개 못 준다(Old habits are die-hard)'나 '세 살 버릇 여든 간다(What is learned in the cradle is carried to the tomb; 요람에서 배운 것은 무덤까지 간다)'는 속담과 같은 뜻으로 쓰인다.

* Can the Ethiopian change his skin? the leopard his spots? As easily would you be able to do good, accustomed to evil as you are. (에티오피아 사람이 자기 피부색을, 표범이 자기 얼룩을 바꿀 수 있겠느냐? 그럴 수만 있다면 악에 익숙해진 너희도 선을 행할 수 있으리라.)

레비아탄

귀스타브 도레의 〈레비아탄의 파멸〉(1865)

Leviathan. 레비아탄(리바이어던)은 《이사야서》 제27장 1절(《시편》 74장과 104장, 《욥기》 3장에도 나온다)에 악의 화신으로 등장하며 뱀처럼 생긴 바다괴물인데, 고대 시리아 지역의 언어(Ugaritic)로 '둘둘 감긴, 구불거리는(coiled)'이라는 뜻이다. 이는 가나안 신화에서 바알의 손에 쓰러지는 일곱 개의 머리를 가진 바다괴물 '로탄(Lotan, Litan)'에서 기원한 듯하다. 존 밀턴의 《실낙원》에서 레비아탄은 루시퍼와 바알즈붑 다음가는 악마의 지도자로 묘사되어 있다. '만인에 대한 만인의 투쟁(Bellum omnium contra omnes: The war of all against all)'을 주장한 영국의 철학자 토머스 홉스는 자신의 저서 《리바이어던》에서 국가를 레비아탄에 비유하면서 전제군주제를 옹호하기도 했다.

일반적으로 레비아탄은 the leviathan of government bureaucracy(거대한 관료조직)에서처럼 거대한 것(mammoth), 거함(巨艦, a big[monster, mighty] warship)을 가리킨다.

＊ On that day, The LORD will punish with his sword that is cruel, great, and strong, Leviathan the fleeing serpent, Leviathan the coiled serpent; and he will slay the dragon that is in the sea. (그날에 주님께서는 날카롭고 크고 세찬 당신의 칼로 도망치는 뱀 레비아탄을, 구불거리는 뱀 레비아탄을 벌하시고 바닷속 용을 죽이시리라.)

살아 있는 개가 죽은 사자보다 더 낫다

A live dog is better off than a dead lion. 이 말은 아무리 '백수의 왕' 사자
라도 죽으면 개도 물어뜯는다는 말이니, '불행하더라도 살아 있는 편이 훨
씬 낫다'는 뜻으로 《코헬렛》 제9장 4절에서 따온 말이다. 이와 비슷한 속담
으로 '손안에 든 새 한 마리가 덤불 속에 있는 두 마리보다 낫다(A bird in the
hand is worth two in the bush)'는 말이 있다. 우리나라 속담에도 '남의 돈 천 냥보
다 제 돈 한 냥'이라는 말이 있듯이, 내가 소유한 것은 아무리 수량이 적더
라도 마음대로 이용할 수 있지만 남이 가진 것은 아무리 많아도 내겐 무의
미하다는 뜻이다.

그리고 이 경구는 something you already have is better than something you
might get(=It's better to have a small real advantage than the possibility of a greater one)이
라는 뜻도 가지고 있다. 즉 앞으로 갖게 될지도 모르는 큰 것보다 이미 가지
고 있는 작은 것이 더 낫다는 말이다(불확실한 미래보다 현실적인 실리가 중요
하다).

 * Indeed, for any among the living there is hope; a live dog is better off than
   a dead lion. (그렇다. 산 이들에 속한 모든 이에게는 희망이 있으니 살아 있는
   개가 죽은 사자보다 낫기 때문이다.)

하느님의 마음에 합한 자

A man after his own heart. 《사무엘 상권》 제13장 14절, 《사도행전Acts of
the Apostles》 제13장 22절에 나오는 말이다. 일상에서는 예를 들어 She is a

woman after my own heart(그녀는 내 마음에 드는 여자이다)에서처럼, after one's own heart는 '마음에 드는' '마음에 잘 맞는'이라는 관용구로 쓰인다.

* but as things are, your kingdom shall not endure. The LORD has sought out a man after his own heart and has appointed him commander of his people, because you broke the LORD'S command. (이제는 임금님의 왕국이 더 이상 서 있지 못할 것입니다. 주님께서 명령하신 것을 임금님이 지키지 않으셨으므로, 주님께서는 당신 마음에 드는 사람을 찾으시어, 당신 백성을 다스릴 영도자로 임명하셨습니다.)

* Then he removed him and raised up David as their king; of him he testified, 'I have found David, son of Jesse, a man after my own heart; he will carry out my every wish.' (그러고 나서 그를 물리치시고 그들에게 다윗을 임금으로 세우셨습니다. 그에 대해서는 '내가 이새의 아들 다윗을 찾아냈으니, 그는 내 마음에 드는 사람으로 나의 뜻을 모두 실천할 것이다.' 하고 증언해 주셨습니다.)

사람은 빵만으로 살 수 없다

One does not live by bread alone. 《신명기Deuteronomy》제8장 3절 '광야에서 이스라엘에게 시련을 주시다'에 나오는 말이다. '물질적으로만 풍요롭다고 해서 건강한 삶을 누리는 것이 아니다. 인간은 정신적 욕구도 충족되어야 한다(Physical nourishment is not sufficient for a healthy life; man also has spiritual needs)'는 말이다.

《마태오복음서》제4장 4절 '광야에서 유혹을 받으신 예수'에도 이 말이

나온다. 예수가 40일간 금식기도를 할 때 사탄이 예수에게 만일 하느님의 아들이라면 돌을 떡으로 만들어보라고 한 첫 시험에 답한 말이다. 한마디로 사람은 먹고살기 위한 빵도 중요하지만 영혼이나 정신세계를 위한 삶도 중요하다는 뜻이다.

＊ He therefore let you be afflicted with hunger, and then fed you with manna, a food unknown to you and your fathers, in order to show you that not by bread alone does man live, but by every word that comes forth from the mouth of the LORD. (그분께서는 너희를 낮추시고 굶주리게 하신 다음, 너희도 모르고 너희 조상들도 몰랐던 만나를 먹게 해주셨다. 그것은 사람이 빵만으로 살지 않고, 주님의 입에서 나오는 모든 말씀으로 산다는 것을 너희가 알게 하시려는 것이었다.)

＊ He said in reply, "It is written: 'One does not live by bread alone, but by every word that comes forth from the mouth of God.'" (예수님께서 대답하셨다. "성경에 기록되어 있다. '사람은 빵만으로 살지 않고 하느님의 입에서 나오는 모든 말씀으로 산다.'")

므투셀라

Methuselah는 《창세기》 제5장 27절에 나오는 인물이다. 그는 에녹의 아들이며 노아의 조부인데, '대확장'이나 '창을 던지는 사람'이라는 뜻을 가지고 있다. 므투셀라(므두셀라)는 969세를 살아 성서에 나오는 인물들 중 가장 오래 살았기 때문에 as old as Methuselah는 '나이가 아주 많은 사람'을 가리킬 때 자주 쓰인다.

델라 프란체스카의 〈앉아 있는 늙은 므투셀라〉(1550)

참고로 성서에 나오는 장수 인물은 다음과 같다.

아담 930년, 셋 920년, 에노스 905년, 에녹 365년, 라멕 777년, 노아 950년, 셈 600년, 아르박삿 438년, 셀라 433년, 에벨 464년, 벨렉 320년, 르우 239년, 스룩 230년, 나홀 148년, 데라(아브라함의 아버지) 205년, 아브라함 175년, 사라 127년, 이스마엘 137년, 이삭(아브라함의 아들) 180년, 야곱(이스라엘의 조상) 147년, 모세(기원전 1500년경) 120년, 요셉 110년, 여호수아 110년, 다윗(이스라엘 왕) 70년.

* The whole lifetime of Methuselah was nine hundred and sixty-nine years; then he died. (므투셀라는 모두 969년을 살고 죽었다.)

* Thus all the days of Methuselah were nine hundred sixty-nine years, and he died. (므투셀라는 모두 969년을 살고 죽었다.)

매를 아끼면 아이를 버린다

Spare the rod and spoil the child. 《잠언Proverbs》 제13장 24절 '슬기로운 아들은 훈계를 달게 받지만'에 나오는 말이다. 그릇된 행동에 대해 벌을 주어 고치지 않으면 아이들이 커서 그릇된 행동을 할지도(if you do not punish a child for behaving badly, he/she will behave badly in future) 모르기 때문에, 초기에 바로잡아주어야 한다는 말이다. 아이들을 무조건 예뻐만 하는 것이 귀여운 자식을 바르게 키우는 것이 아니다.

이는 우리 속담의 "미운 자식 떡 하나 더 주고 예쁜 자식 매 하나 더 때린다(Spare the rod and spoil the child)."는 말과 같은 표현이다.

　＊ He who spares his rod hates his son, but he who loves him takes care to chastise him. (매를 아끼는 이는 자식을 미워하는 자, 자식을 사랑하는 이는 벌로 다스린다.)

일의 뿌리

the root of the matter. "자네들은 '그자를 어떻게 몰아붙일까? 문제의 근원은 그에게 있지.' 하고 말들 하네만(But you who say, "How shall we persecute him, seeing that the root of the matter is found in him")." 이는 《욥기》 제19장 28절 '욥의 답변'에 나오는 말이다.

흔히 '원인'이라고 하면 cause라는 단어를 떠올린다. 하지만 cause는 어떤 문제를 일으키게 된 결과의 문제점이고 root는 그 일의 '발단' '근원'을 가리킬 때 쓰는 말이다. 그래서 the root of the matter(일의 뿌리)는 일반적으로 '만물의 근원' '사물(문제)의 본질(The essential or inner part of something, gut issue)'이나 '사건의 진상(the real facts of the case)'을 말한다.

장애를 입은 사람들은 특히 시간을 다루는 데 현명하다고 한다. 프랭클린 D. 루스벨트 대통령의 가까운 친구이자 '카이로 선언'의 초안을 작성한 해리 홉킨스(Harry Hopkins)도 그러했다. 그는 움직이는 것조차 힘들어 하루에 몇 시간 정도만 일할 수 있었음에도 불구하고 아주 효율적으로 행동해 워싱턴에서 엄청난 활동을 했다. 그래서 당시 영국의 수상이었던 윈스턴

처칠은 그를 '일의 뿌리 경(卿)'이라고 불렀다고 한다.

삼손과 들릴라

귀스타브 도레의 〈삼손과 들릴라〉

Samson and Delilah. 《판관기 *Judges*》 (사사기) 제16장 4~31절은 삼손에 대한 이야기이다. 삼손(Samson)은 소렉 골짜기(Valley of Sorek, 포도밭 골짜기)에 사는 들릴라(Delilah, 델릴라)라는 여자를 사랑하게 되었다. 필리스티아(블레셋) 제후들은 그녀를 꼬드겨 삼손을 제거하려고 했다. 그래서 들릴라는 그들로부터 각각 은 1100개를 받는 조건으로 삼손을 집요하게 유혹하여 그 힘의 비밀을 캐냈다. 그 힘의 원천은 바로 머리카락이었다. 그녀는 머리카락이 잘려 힘을 잃은 삼손을 필리스티아 제후들에게 넘겨주어 결국 삼손을 죽음에 이르게 했다.

일반적으로 Sammson은 '장사(壯士)' '힘센 남자'를 가리킨다. 또 여행용 가방의 유명 상표인 '샘소나이트(Samsonite)'도 Samson+ite(종족을 뜻하는 접미어)=삼손족, 즉 튼튼하다는 뜻을 지니고 있다. 그리고 '요염하다' '약하다' '생각나게 하다'는 뜻을 지닌 창녀였던 들릴라는 보통 '관능적인 몸매로 사람을 유혹하는 악한 여자'의 대명사로 불린다.

＊ So he took her completely into his confidence and told her, "No razor has touched my head, for I have been consecrated to God from my mother's womb. If I am shaved, my strength will leave me, and I shall be as weak as any other man." (그래서 삼손은 자기 속을 다 털어놓고 말았다. "내 머리는 면도칼을 대어본 적이 없소. 나는 모태에서부터 하느님께 바쳐진 나지르인이기 때문이오. 내 머리털을 깎아버리면 내 힘이 빠져나가버릴 것이오. 그러면 내가 약해져서 다른 사람처럼 된다오.")

인생 70년

Three score and ten. "저희의 햇수는 70년, 근력이 좋으면 80년. 그 가운데 자랑거리라 해도 고생과 고통이며 어느새 지나쳐버리니, 저희는 나는 듯 사라집니다(Seventy is the sum of our years, or eighty, if we are strong; Most of them are sorrow and toil; they pass quickly, we are all but gone.)."

이는《시편》제90장 10절 '하느님의 사람 모세의 기도'에 나오는 말이며, '사람의 일생(the span of a life)'을 가리킨다. 여기서 score는 기간을 뜻하는 숫자 '20'인데, 3×20=60+10, 즉 당시 인간의 수명은 보통 70세로 보았음을 알 수 있다.

또 셰익스피어의 비극《맥베스》제2막 4장의 첫 부분에서 노인이 아일랜드로 망명한 스코틀랜드 귀족 로스(Ross)와 대화하는 중에도 이 말이 나온다.

Three score and ten I can remember well: Within the volume of which time I have seen. Hours dreadful and things strange; but this sore night. Hath trifled former knowings. (이 늙은이는 칠십 평생 부대낀 일은 잘 기억하고 있지요; 그 오

랜 세월 동안 무서운 시절도, 이상한 일도 다 보아왔습니다; 하지만 간밤의 처절함에 비하면 그것들은 아무것도 아닙니다.)

참고로 '기간'의 뜻으로 쓰이는 숫자 '10'은 decade, '100'은 centennial로, '1000'은 millennium으로 표기한다.

가까스로

with one's Flesh between one's Teeth. 이것은 《욥기》 제19장 20절 '욥의 답변'에서 유래한 말이다. "내 뼈는 살가죽에 달라붙고 나는 겨우 잇몸으로 연명한다네(My bones cleave to my skin, and I have escaped with my flesh between my teeth)."

NAB(New American Bible)에는 with one's flesh between my teeth로 되어 있으나 다른 영어 성서에는 by the skin of his teeth로 되어 있다. 여기서 by는 '~에 의해'라는 의미뿐 아니라 We won by a nose(코만큼의 차이로 이겼다니까 아주 힘들게 이겼다는 뜻)에서처럼 '차이'를 언급할 때도 사용된다. 물론 치아에는 피부가 없지만 있다 하더라도 아주 얇을 것이기 때문에 '치아의 피부(껍데기)만큼의 차이'이므로 비유적으로 '간신히, 가까스로, 아슬아슬하게(narrowly, barely, by inches)'라는 뜻으로 쓰인다. 이 밖에 'as small as the hairs on a gnat's bollock(각다귀 불알의 털만큼 작은)'도 비슷한 표현이다.

　＊ He escaped the train by the skin of his teeth. (그는 그 기차에서 간신히 탈출했다.)

소돔과 고모라

Sodom and Gomorrha. 소돔과 그 이웃에 있던 고모라는 기원전 2500~기원전 2000년경 지금의 사해 근처에 실제로 존재했다는 도시이다. 이 두 도시는 죄와 타락을 상징하며 '죄악의 도시'라는 뜻으로 쓰인다. 《창세기》제19장 '소돔이 망하다'에는 이 도시들에 죄악이 범람하자 하느님이 진노하여 '불과 유황'으로 멸망시켰다고 나온다. 그래서 '불과 유황'은 '지옥의 고통(the burning marl)'이나 '천벌(divine punishment[retribution], punishment of heaven)'이라는 뜻으로 쓰이기도 한다.

　＊ The sun was just rising over the earth as Lot arrived in Zoar; at the same
　　 time the LORD rained down sulphurous fire upon Sodom and Gomorrah
　　 (from the LORD out of heaven). He overthrew those cities and the whole
　　 Plain, together with the inhabitants of the cities and the produce of the soil.
　　 (롯이 초아르[소알]에 다다르자 해가 땅 위로 솟아올랐다. 그때 주님께서 당신
　　 이 계신 곳 하늘에서 소돔과 고모라에 유황과 불을 퍼부으셨다. 그리하여 그

성읍들과 온 들판과 그 성읍의 모든 주민 그리고 땅 위에 자란 것들을 모두 멸망시키셨다. -《창세기》19:23~25)

솔로몬의 지혜

the Wisdom of Solomon. 솔로몬은《열왕기 상권》제1~11장과《마태오복음서》제6장 29절에 나오는 이스라엘의 3대 왕으로, 다윗왕과 밧세바 사이에서 태어난 둘째아들이다. 장남은 병으로 죽었기 때문에, 사실상 유일한 아들인 그는 다윗왕이 죽자 이스라엘의 왕위에 오른다.

기브온에는 큰 제단이 하나 있었는데 솔로몬은 늘 거기서 제사를 드렸다. 어느 날 하느님이 기브온에 와 있던 솔로몬의 꿈에 나타났다. 하느님이 "내가 너에게 무엇을 해주면 좋겠느냐?"고 하자, 솔로몬은 "소인에게 명석한 머리를 주시어 당신의 백성을 다스릴 수 있고 흑백을 잘 가려낼 수 있게 해주십시오. 감히 그 누가 당신의 이 큰 백성을 다스릴 수 있겠습니까?" 그러자 하느님은 이렇게 대답했다.

"네가 장수나 부귀나 원수 갚는 것을 청하지 않고 이렇게 옳은 것을 가려내는 머리를 달라고 하니 네 말대로 해주리라. 이제 너는 슬기롭고 명석하게 되었다. 너 같은 사람은 전에도 없었고 앞으로도 없으리라. 그리고 네가 청하지 않은 것, 부귀와 명예도 주리라. 네 평생에 너와 비교될 만한 왕을 보지 못할 것이다. 네가 만일 네 아비 다윗이 내 길을 따라 살았듯이 내 길을 따라 살아 내 법도와 내 계명을 지킨다면 네 수명도 길게 해주리라(솔로몬은 70세까지 살았다)."

그래서 그는 부귀와 지혜를 겸비한 인물이자 '지혜로운 사람'의 상징이

니콜라 푸생의 〈솔로몬의 심판〉

되었으며, the wisdom of Solomon(솔로몬의 지혜)이라는 말이 나왔다. 그리고 as wise as Solomon은 '매우 지혜로운(as wise as an owl)'이라는 뜻이며, 형용사로 Solomonic도 '현명한(wise)'이라는 뜻이다.

'솔로몬의 재판' 편을 보면 창녀 둘이 솔로몬에게 아이의 진짜 어머니를 가려달라는 간청을 한다. 두 여자가 서로 자기 아이라고 우기면서 왕 앞에서 말싸움을 벌였다. 그러자 왕이 신하에게 칼을 가져오라고 하여 다음과 같이 명령을 내렸다.

"그 산 아이를 둘로 나누어 반쪽은 이 여자에게, 또 반쪽은 저 여자에게 주어라."

이때 처음 여자가 가슴이 미어지는 듯해 왕에게 아뢰었다.

"임금님, 산 아이를 저 여자에게 주시고 아이를 죽이지만은 마십시오."

그러나 다른 여자는 "어차피 내 아이도 네 아이도 아니니 나누어 갖자." 했다. 그러자 왕의 명이 떨어졌다.

"산 아이를 죽이지 말고 처음 여자에게 내주어라. 그 여인이 진짜 어머니

이니라.”

　이에 이스라엘의 모든 백성들이 왕의 이 판결 소식을 들었다. 그리고 왕에게 하느님의 슬기가 주어져 정의를 베푼다는 것을 알고 모두들 왕을 두려워하게 되었다. 이렇듯 현명하게 판단한 데서 Judgment of Solomon(솔로몬의 심판)이라는 말이 나왔다. 그래서 이 말은 ‘아주 어려운 판단(a very difficult or unpleasant judgement, the devil judgement)’이라는 뜻으로 쓰인다.

오르고 또 올라

　from Hight to Height. 《시편》 제84장 8절 ‘성가대 지휘자를 따라 기띳(gittith)에 맞추어 부르는 코라 후손의 노래’에 나오는 from strength to strength(from hight to height)는 ‘더욱더’ ‘점점 더’라는 뜻이다. 그래서 go from strength to strength는 ‘승승장구하다(continue to thrive)’ ‘성공에 성공을 거듭하다(keet on rolling; progress from one success to another higher level of success)’라는 뜻으로 쓰인다.

　＊ They make their way from strength to strength, God shows himself to them in Zion. (그들은 오르고 또 올라 시온산에서 마침내 하느님을 뵙게 되리라.)

태양 아래 새로운 것은 없다

　There is nothing new under the sun. 솔로몬의 인생론이라 할 수 있는 《코

헬릿》제1장 9절에 나오는 말이다.

"있던 것은 다시 있을 것이고 이루어진 것은 다시 이루어질 것이니 태양 아래 새로운 것이란 없다(What has been will be again, what has been done will be done again; there is nothing new under the sun.)."

이는 《히브리인들에게 보낸 서간》(히브리서) 제13장 8절에 나오는 "예수 그리스도는 어제도 오늘도 또 영원히 같은 분이십니다(Jesus Christ is the same yesterday, today, and forever.)."와 일맥상통하는 말이다. 여기서 해는 보통 '진리의 말씀', 즉 '복음(gospel, evangelism)'이며 '영적인 생명의 빛'이라고 해석한다.

너의 이마의 땀으로

By the Sweat of his Brow. 이것은 《창세기》 제3장 19절에서 금단의 열매를 먹은 아담에게 하느님이 벌을 주는 대목에서 나온 표현이다. "네가 흙으로 돌아갈 때까지 얼굴에 땀을 흘려야(너의 이마의 땀으로) 먹을 것을 먹으리니(By the sweat of your brow you will eat your food until you return to ground.)."

이 말은 당연히 '피땀 흘려(toil away, to work extremely hard)' '너 자신이 열심히 일하거나 육체적 노력을 기울여(by your own hard work or physical effort)'라는 뜻이며, 레프 톨스토이도 이 성서의 구절을 인용해 "너는 너의 이마의 땀으로 너의 빵을 얻지 않으면 안 된다."라고 말했다.

＊ He built this company by the sweat of his brow. (그는 자기의 회사를 피와 땀을 흘려서 일궈냈다.)

칼을 두드려 보습으로

Beat swords into ploughshares. 이것은 《이사야서》 제2장 4절에 나오는 말로 '장차 올 완전한 평화'를 거론한 대목이다. 전쟁의 도구인 칼을 평화의 도구인 보습(쟁기)으로(Beat[turn] swords into ploughshares), 즉 '전쟁을 멈추고 평화를 모색한다(stop fighting and return to peaceful activities; turn to peaceful pursuits and away from war)'는 말이다.

> ＊ He shall judge between the nations, and impose terms on many peoples. They shall beat their swords into plowshares and their spears into pruning hooks; One nation shall not raise the sword against another, nor shall they train for war again. (그분께서 민족들 사이에 재판관이 되시고 수많은 백성들 사이에 심판관이 되시리라. 그러면 그들은 칼을 쳐서 보습을 만들고 창을 쳐서 낫을 만들리라. 한 민족이 다른 민족을 거슬러 칼을 쳐들지도 않고 다시는 전쟁을 배워 익히지도 않으리라.)

바벨탑

The Tower of Babel. 《창세기》 제11장 1~9절 '바벨탑'을 보면, 최초의 사람들은 자신의 힘을 너무 믿어 신을 경멸하고 자신이 신보다 위대하다고 생각했던 것 같다. 오만한 이들은 고대 메소포타미아 남부 지역인 바빌로니아(Babylon, 영어로 바빌론, 구약성서에서는 시나르[Shinar, 시날]라고 한다)에 높은 탑을 쌓았는데, 이 탑이 하늘에 닿으려 할 때 갑자기 신이 있는 곳에서 바람이 불어오기 시작해 탑을 무너뜨렸다. 그 후 이 탑의 폐허는 바벨이라

피티르 브뤼헐의 〈바벨탑〉(1563)

고 불렸다. 그래서 'the Tower of Babel'은 비유적으로 '비현실적이거나 실현 불가능한 계획(an impossible project)'을 뜻한다.

바벨은 히브리어 balal에서 나온 말로 영어로 jumble(혼돈, 뒤섞이다)이라 는 뜻이다. 성서에는 "야훼께서 온 세상의 말을 거기에서 뒤섞어놓아 사 람들을 온 땅에 흩으셨다고 해서 그 도시의 이름을 바벨이라고 불렀다." 라고 나온다. 이 말은 나중에 성서의 영역(英譯) 과정에서 '천국의 문(gate of heaven)'이라고 해석되기도 했다.

＊ That is why it was called Babel, because there the LORD confused the speech of all the world. It was from that place that he scattered them all over the earth. (그리하여 그곳의 이름을 바벨이라 하였다. 주님께서 거기에서 온 땅의 말을 뒤섞어놓으시고, 사람들을 온 땅으로 흩어버리셨기 때문이다.)

벽에 쓰인 글자

Handwriting on the Wall. 예언자 다니엘이 느부갓네살(Nebuchadnezzar, 네부카드네자르 2세)의 아들(손자로 나와 있는 곳도 있다)인 바빌론왕국의 벨사차르(Belshazzar, 벨사살) 왕에게 벽에 쓰인 말을 풀이해주었다는《다니엘서》제5장 5절의 이야기에서 유래한 말이다. 그 내용은 바빌론왕국의 시대가 끝났다는 나쁜 소식인데 다음과 같다.

"저기 쓴 글자들은 '므네 므네 트켈(드겔). 파르신(브라신)입니다(MENE, MENE, TEKEL, UPHARSIN; U[and]+PHARSIN[divided]에서 PHARSIN의 원형이 PERES이다. 그래서 NAB 판에는 MENE, TEKEL, and PERES로 되어 있다). 그 뜻은 이렇습니다. '므네'는 '하느님께서 임금님 나라의 날수를 세어보고 이 나라를 끝내셨다'는 뜻입니다. '트켈'은 '왕을 저울에 달아보니 무게가 모자랐다'는 뜻입니다. '파르신'은 '임금님의 나라가 둘로 갈라져서, 메디아인들 (Medes, 메대)과 페르시아인들(Persians, 바사)에게 주어졌다'는 뜻입니다."

벨사차르는 다니엘에게 자주색 도포를 입히고 금목걸이를 걸어주도록

렘브란트의 〈벨사차르의 연회〉(1635)

영을 내린 다음, 다니엘이 온 나라에서 세 번째로 높은 사람임을 공포했다. 바빌론 왕 벨사차르는 그날 밤으로 살해되었고, 나라는 메디아인 다리우스(Darius)가 차지하게 되었다. 이때 다리우스는 62세였다.

일반적으로 'handwriting on the wall'은 '임박한 재앙의 조짐(a warning of future disaster)' '나쁜 징조(a bad omen)' '불길한 예감(a gloomy foreboding)' 이라는 뜻으로 쓰인다.

* Suddenly, opposite the lampstand, the fingers of a human hand appeared, writing on the plaster of the wall in the king's palace. When the king saw the wrist and hand that wrote. (그런데 갑자기 사람 손가락이 나타나더니, 촛대 앞 왕궁 석고 벽에 글을 쓰기 시작하였다. 임금은 글자를 쓰는 손을 보고 있었다.)

2장 ➡ 신약성서 편

아브라함의 품

Abraham's bosom. 《루카복음서 *The Gospel According to Luke*》(누가복음) 제16장 22절 '부자와 나사로 이야기'에 나오는 말로, '아브라함의 품(곁)'은 원래는 구약의 율법에 따라 살았던 사람들이 사후에 머무는 곳을 뜻했으나, 일반적으로는 '낙원(paradise)'이나 '천국, 천당(heaven)'이라는 뜻으로 쓰인다.

＊ When the poor man died, he was carried away by angels to the bosom of Abraham. The rich man also died and was buried. (그러다 그 가난한 이가 죽자 천사들이 그를 아브라함 곁으로 데려갔다. 부자도 죽어 묻혔다.)

모든 이에게 모든 것이 되다

All things to all men. 《코린토 신자들에게 보낸 첫째 서간 *The Epistle to the Corinthians I*》(고린도전서) 제9장 22절에 나오는 말인데, 여기서 나온 숙어 be all things to all men은 '모든 사람의 비위를 다 맞추려 들다' '누구에게나 마음에 들도록 행동하다' '팔방미인이다(be everybody's friend)'라는 뜻으로 쓰인다.

＊ To the weak became I as weak, that I might gain the weak: I am made All things to all men, that I might by all means save some. (약한 이들을 얻으려고, 약한 이들에게는 약한 사람처럼 되었습니다. 나는 어떻게 해서든지 몇 사람이라도 구원하려고, 모든 이에게 모든 것이 되었습니다.)

늙은 아담

the old Adam. '원죄(the original sin)' 또는 '악을 향한 인간의 본성'이라는 뜻
으로 쓰인다. 성서에 나오는 최초의 인간이었던 아담은 회개하지 않으면
인간의 약점인 원죄 상태가 유지되는 '늙은 아담(the old Adam)'이 된다고 한
다. 참고로 the second[new] Adam은 '예수'를 가리키며, (as) old as Adam은 '태
곳적부터' '아주 오래된' '진부한'이라는 뜻이다.

* We know that our old self was crucified with him so that the body of sin
  might be destroyed, and we might no longer be enslaved to sin. (우리는 압
  니다. 우리의 옛 인간이 그분과 함께 십자가에 못 박힘으로써 죄의 지배를 받
  는 몸이 소멸하여, 우리가 더 이상 죄의 종노릇을 하지 않게 되었습니다. -《로
  마 신자들에게 보낸 서간》 6:6)

《로마 신자들에게 보낸 서간The Epistle to the Romans》(로마서)은 서기 55년
경에 바오로가 로마에 있는 성도들에게 보낸 것으로, 7개 편지들 중 가장
길다.

* The first man Adam became a living being; the last Adam become a life-
  giving spirit. ("첫 인간 아담이 생명체가 되었다." 마지막 아담은 생명을 주는
  영이 되셨습니다. -《코린토 신자들에게 보낸 첫째 서간》 15:45)

《코린토 신자들에게 보낸 첫째 서간》에는 항구도시 코린트(코린토스)의
교회가 베드로파와 아볼로파로 나뉘어 싸우고 있다는 소식을 듣고 눈물을
흘리면서 회개를 촉구했던 바오로의 심정이 가장 잘 나타나 있다. 기독교

에서 고린도 교회는 죄 많은 교회의 전형적인 모델로 곧잘 인용된다.

알파와 오메가

Alpha and omega는 《요한묵시록*The Revelation to John*》 제1장 8절에 나오는 말로 '처음과 마지막 (the first and the last)' 또는 '시작과 끝(the beginning and the end)'이라는 뜻이다. 그리스어 알파벳의 첫 글자 A(소문자 α)와 끝 글자 Ω(소문자 ω)로서 하느님과 그리스도의 영원성을 나타내는 말로 쓰였다. 이것은 알파벳의 두 글자가 모든 글자들을 내포하듯이 하느님과 그리스도는 시간과 공간에서, 모든 차원과 국면에서 모든 것을 포함한다는 것을 시사하고

알파와 오메가

있다. 요한이 묵시록을 기록할 당시에는 그리스 문명이 찬란히 꽃피고 있었다. 그러므로 당시 그리스어는 인류가 사용하는 모든 문자를 대표한다고 볼 수 있기 때문에 '알파와 오메가'는 '이 땅의 모든 지식' 또는 '문명의 시작과 끝'을 의미하기도 한다.

알파와 오메가를 하나로 합치면, 시작이자 마침인 그리스도의 신성(神性)의 상징이 된다. 이 상징은 교회 예술과 건축에서 자주 사용되는데, 부활 성야 예절에서 주례자는 부활초 위에 십자가를 표시하고 상단에는 '알파'를, 하단에는 '오메가'를 새긴다. 특히 오메가는 이공학에서 글자가 아니라 기호로 쓰이는데, 전기저항의 단위 옴(Ω)이 대표적이다.

＊ "I am the Alpha and the Omega," says the Lord God, "the one who is and who was and who is to come, the almighty." (지금도 계시고 전에도 계셨으며 또 앞으로 오실 전능하신 주 하느님께서, "나는 알파요 오메가다." 하고 말씀하십니다.)

하나니아스

Ananias. 예부터 전 재산을 바치는 헌금 행위는 모든 사람들로부터 칭찬과 존경의 대상이었다. 예수가 승천한 이후 사도들의 행적을 기록한 것이 《사도행전》인데, 제5장 1~2절에 나오는 하나니아스(Ananias, 아나니아)와 사피라(Sapphira, 삽비라) 부부는 바로 이 칭찬과 명예를 위해 전 재산 헌금을 하겠다고 공언했다. 하지만 실제로 헌금을 할 때는 본전이 아까워 얼마를 숨겼다.

이들의 행위는 참으로 아름다운 것(헌금)을 더럽히는 추악한 짓이었으므로 다른 성도들도 똑같은 유혹에 넘어가지 않도록 하느님께서 이들을

라파엘로의 〈하나니아스의 죽음〉

죽여버렸다. 이는 초대 교회의 순결성을 보호하기 위한 일종의 경고였다. 그래서 하나니아스는 비유적으로 '거짓말쟁이(liar)'라는 뜻으로 쓰인다.

 ＊ A man named Ananias, however, with his wife Sapphira, sold a piece of property. He retained for himself, with his wife's knowledge, some of the purchase price, took the remainder, and put it at the feet of the apostles. (하지만 하나니아스라는 사람이 자기 아내 사피라와 함께 재산을 팔았는데, 아내의 동의를 얻어 판 값의 일부를 떼어놓고 나머지만 가져다가 사도들의 발 앞에 놓았다.)

적(敵)그리스도와 악마의 숫자 666

Antichrist and the Number of Beast, Six Hundred and Sixty-Six. 《요한묵시록》제13장 18절에 나오는 말이다.

"여기에 지혜가 필요한 까닭이 있습니다. 지각이 있는 사람은 그 짐승을 숫자로 풀이해보십시오. 어떤 사람을 가리키는 숫자입니다. 그 숫자는 666입니다(Wisdom is needed here; one who understands can calculate the number of the beast, for it is a number that stands for a person. His number is six hundred and sixty-six.)."

유대교 설화에 따르면 이 숫자는 《창세기》에 나오는 아담과 이브 신화와 관련이 있다고 한다. 아담에게는 릴리스(Lilith)라는 전처가 있었다. 릴리스는 아담의 성적인 쾌락을 위해 창조되었지만, 아담에게 복종하길 거부하고 에덴동산을 떠났다. 그 후 릴리스는 타락천사 사마엘(Samael)의 아내가 되었다. 이들 사이에서는 666명의 악마 릴림(Lilim)이 태어났기 때문에 666이 '악마의 숫자'가 되었다고 한다. 이러한 이야기는 카발라(Kabbalah; 유대교

《요한묵시록》에 나오는 두 짐승

신비주의) 문헌들에서 자주 등장한다.

또 한 가지 해석은 6이라는 숫자가 불완전성의 상징이라는 것이다. 성서에서는 7이라는 숫자가 상당한 의미를 지니고 있다. 《창세기》의 천지창조도 7일 만에 이루어졌으며, 예수도 7의 70번이나 용서하라고 했다. 그리고 《요한묵시록》제6장 15절에서도 일곱 계층의 인간들(왕, 왕족, 장군, 부자, 강한 자, 종, 지주)을 제시하고 있는데, 여기서 7은 인간 사회의 모든 조직을 뜻한다. 따라서 완전한 숫자 7에서 하나가 부족한 6을 짐승의 세력으로 표현한 것이다.

'악마의 숫자' 또는 '짐승의 숫자'로 알려진 666으로 가장 오랫동안 지목된 인물은 로마의 황제 네로이다. 그의 본명인 네론 카이사르(Neron Kaisar)를 당시의 히브리어 어법에 따라 히브리어 자음만으로 표기하고 이를 수로 대입하여 모두 합하면 666이 되기 때문이다. 대부분 학자들은 악마의 숫자가 실제로 악마와는 아무런 관련이 없고 네로를 가리키는 것이라고 주장하고 있다. 네로를 숫자로 표시한 것은 저자나 초기 기독교인들이 정치적 보복을 피하기 위한 방책이었다고 주장하고 있다.

이후 666과 적(敵)그리스도(Antichrist)를 연계하여 이슬람교가 등장하자 마호메트를 666이라고도 했다. 적그리스도란 세계의 종말에 나타나 그리스도에 대적할 통치자를 가리킨다. 가톨릭교회는 종교개혁자 마르틴 루터를 적그리스도로 규정하고 666이라고 했다. 하지만 위클리프, 칼뱅 같은 종교개혁자들은 《다니엘서》제7장의 '작은 뿔', 《요한계시록》제13장의 '짐승'과 제17장의 '음녀', 《테살로니카 신자들에게 보낸 둘째 서간》(데살로니

카 후서) 제2장의 '불법의 사람'을 근거로 오히려 교황권(papacy)을 적그리스
도로 간주했다.

현대에 들어서는 아돌프 히틀러가 666이라고 불렸으며, 반공주의자들
은 기독교에 적대적인 소련 등 공산국가를 666이라고 불렀고, 최근에는 일
부 극단적인 기독교인들이 《요한계시록》에 나오는 머리가 7개, 뿔이 10개
가 달린 짐승을 G-7과 10개국으로 구성된 유럽공동체(EC)로 간주하고 이
들을 666이라고 주장하기도 했다.

하르마게돈(아마겟돈)

Armageddon. 신약성서의 마지막 책인 《요한묵시록》 제16장 16절에 나
오는 말로, 지구의 종말에 펼쳐질 '선과 악의 최후의 전쟁터'를, 즉 악을 상
징하는 마귀 측의 동쪽 왕들과 선을 상징하는 하느님 세력 간의 결전장을
가리킨다.

Armageddon은 히브리어로 '메기도(므깃도)의 언덕'이라는 뜻의 Har
Megiddo에서 유래했다. 이 말의 그리스어 음역이 Harmagedon(하르마게돈)
이며, 영어로 Armageddon(아마겟돈)이라고 한다. 메기도는 이스라엘 북부
의 항구도시 하이파에서 남동쪽으로 약 29킬로미터 떨어진 곳에 있으며,
비옥한 에스드라엘론 평야(Plain of Esdraelon)를 내려다보는 곳에 있다. 이곳
은 이집트와 메소포타미아를 잇는 무역의 요충지였으며, 북서-남동 방향
으로 난 교통로에 자리잡고 있어서 페니키아의 여러 도시들과 예루살렘
그리고 요르단강 유역까지 연결하는 중요한 역할을 했다.

또한 메기도는 전략적으로도 매우 중요해서 이곳에서 많은 전쟁이 벌

어졌다. 그래서 메기도가 전쟁터의 상징으로 사용된 것으로 짐작된다. 그러나 성서에 실린 언급들을 보면 최후의 전쟁터를 예루살렘으로 암시하고 있다. 아무튼 이런 이유로 아마겟돈은 '대전쟁(a widespread annihilating war)'이라는 뜻으로 많이 쓰인다.

제1차 세계대전 당시 팔레스타인에 주둔하고 있던 영국군은 1918년 9월 에드먼드 앨런비(Edmund Allenby; 그의 활약은 영화 〈아라비아의 로렌스〉에도 나온다) 장군의 지휘 아래 메기도 일대에서 오스만제국의 7군과 8군을 패퇴시켰다. 이는 오스만군이 중동 지역에서 마지막으로 항복한 전투로 '메기도 전투'라 부른다.

＊ They then assembled the kings in the place that is named Armageddon in Hebrew (그 세 영[靈]은 히브리말로 하르마게돈이라고 하는 곳으로 임금들을 불러 모았습니다.)

뿌린 대로 거두리라

As you sow so shall you reap. 신약성서의 《코린토 신자들에게 보낸 둘째 서간》(고린도 후서) 제9장 6절에 나오는 구절에서 비롯된 말인데, '인과응보(Your deeds, good or bad, will repay you in kind)'라는 뜻을 지니고 있다. 어제 뿌렸던 것의 결과가 오늘이며, 오늘 뿌리는 것이 내일의 결과가 되는 것은 만고불변의 진리(an eternal truth)이다.

예전에 광고 천재 이제석이 이라크 전쟁에 반대하는 광고로 히트를 쳤는데, 이때 카피 제목이 'What goes around comes around(어떤 것이 가는 그대로 돌아온다)', 즉 '뿌린 대로 거두리라'이다. 광고지를 펼치면 쭉 길게 뻗은

총구, 탱크의 포신, 전투기가 발사한 미사일이 보이지만, 이 광고지를 전봇대나 원통에 감으면 전혀 다른 메시지가 드러난다. 총구는 총을 잡은 병사의 머리를, 포신은 탱크의 뒤를, 미사일은 전투기 뒤를 쫓는 모양새가 되기 때문이다.

이제석이 만든 광고 〈뿌린 대로 거두리라〉

＊ Consider this: whoever sows sparingly will also reap sparingly, and whoever sows bountifully will also reap bountifully. (요점은 이렇습니다. 적게 뿌리는 이는 적게 거두어들이고. 많이 뿌리는 이는 많이 거두어들입니다.)

불의 세례

Baptism of fire는 '성령에 의한 영적 세례' '시련이나 순교(An ordeal or martyrdom)'를 뜻하며, 《마태오복음서》 제3장 11절에 나오는 말이다. 십자군 전쟁 이후에는 '포화(砲火)의 세례', 즉 '병사가 처음으로 전장에 나가는 것(a soldier's first experience of battle)'을 뜻하기도 했으며, 현대에 들어서는 '새 직장이나 새로운 일의 힘든 시작(a tough row to hoe, a solid start)'이라는 뜻으로도 많이 쓰인다.

＊ I am baptizing you with water, for repentance, but the one who is coming after me is mightier than I. I am not worthy to carry his sandals. He will baptize you with the holy Spirit and fire. (나는 너희를 회개시키려고 물로 세

례를 준다. 그러나 내 뒤에 오시는 분은 나보다 더 큰 능력을 지니신 분이시다. 나는 그분의 신발을 들고 다닐 자격조차 없다. 그분께서는 너희에게 성령과 불로 세례를 주실 것이다.)

제 눈 속의 들보

the Wooden Beam in your Own Eye.《마태오복음서》제7장 3절에 나오는 말로, 이는 대인관계에 대한 실천적 교훈을 제시해주고 있다. 즉 splinter[speck, mot]는 작은 조각이나 먼지나 반점으로 '조그만 결점이나 잘못'을 뜻하며, beam[log]은 통나무나 들보이니 '큰 결점'을 뜻한다.

　＊ Why do you notice the splinter in your brother's eye, but do not perceive the wooden beam in your own eye? (어찌하여 너는 형제의 눈 속에 있는 티는 보면서 제 눈 속에 들어 있는 들보는 깨닫지 못하느냐?)

태초에 말씀이 있었다

In the beginning was the Word. 이것은《요한복음서》제1장 1절 '말씀이 사람이 되시다'에 나오는 말로, 다름이 아니라 '하느님의 본성(the fundamental nature of God)'을 말해주는 것이다.

여기서 '말씀(the word)'은 단순한 소리가 아니라 세계를 질서 있게 만들어주는 어떤 원리, 세계를 이루는 어떤 힘, 즉 카오스에서 코스모스로 만들어주는 로고스(logos; 보편적인 법칙)를 가리킨다. '태초에(한 처음에) 말씀이 있었다'는 말에는 신이 그 인격적인 신뿐만 아니라 세계를 이루는 어떤 원리가 원래부터 존재한다는 그리스적 사고가 들어 있는 셈이다. 이 '말씀'은 후에 모세의 '십계명(Ten Commandments)'으로 계승되었다.

> * In the beginning was the Word, and the Word was with God, and the Word was God. (한 처음에 말씀이 계셨다. 말씀은 하느님과 함께 계셨는데 말씀은 하느님이셨다.)

눈먼 자의 눈먼 길잡이들

The Blind guides of the Blind. 《마태오복음서》 제15장 14절 '유다인들의 전통'에 나오는 말로 예수가 영적 통찰력을 상실한 지도층을 책망하면서 한 말이다. 그야말로 장님들이 장님을 인도하니 얼마나 불안하고 아슬아슬하겠는가. 그래서 이 말은 '위험천만한(very dangerous)'이나 '무능력한(incompetent, incapable)'이라는 뜻으로 쓰인다.

> * Let them alone; they are blind guides[leaders]of the blind. If one blind person guides another, both will fall into a pit. (그들을 내버려두어라. 그들은 눈먼 이들의 눈먼 인도자다. 눈먼 이가 눈먼 이를 인도하면 둘 다 구덩이에 빠질 것이다.)

피터르 브뤼헐의 〈소경의 우화〉(1568)

피

the Blood. 《마태오복음서》 제27장 25절에 나오는 말이다. 예수를 십자가에 못 박혀 죽게 한 유대 군중들이 스스로의 죄를 인정하고 심지어 자랑까지 했다는 사실을 보여주고 있다. 예수를 죽인 피 값을 자신과 자손들에게까지 내려달라고 했던 유대인들은 그 후 서기 70년 예루살렘의 최후를 맞이했으며, 20세기까지도 유랑생활을 해야만 했고, '홀로코스트(holocaust; 제2차 세계대전 당시 나치에 의한 유대인 대학살, 대참사)'를 당해야만 했다. 그래서 이 blood는 '죄(sin)'나 '책임(responsibility, blame)'이라는 뜻으로 쓰인다.

＊ And the whole people said in reply, "His blood be upon us and upon our children." (그러자 온 백성이 "그 사람의 피에 대한 책임은 우리와 우리 자손들이 질 것이오." 하고 대답하였다.)

생명의 빵

The Bread of Life. 《요한복음서》 제6장 35절 '생명의 빵'에 나오는 말이다. 여기서 생명의 빵은 '충만한 삶을 영위하기 위한 정신적, 영적 식량(the spiritual food needed for a full life)'을 뜻하며, 예수 그리스도 자신을 가리키기도 한다.

＊ Jesus said to them, "I am the bread of life; whoever comes to me will never hunger, and whoever believes in me will never thirst." (예수님께서 그들에게 이르셨다. "내가 생명의 빵이다. 나에게 오는 사람은 결코 배고프지 않을 것이며, 나를 믿는 사람은 결코 목마르지 않을 것이다.")

노고와 더위

Burden and Heat. 《마태오복음서》 제20장 12절의 소위 '포도밭 일꾼의 비유'에 나오는 말이다. 말 그대로 '짐과 열기(burden and heat)'이므로 '노고와 더위'를 가리킨다. 따라서 bear the burden and heat of the day는 '하루의 노고와 더위를 참다' '힘든 일을 마치다' '책임을 지고 일에 임하다(carry the ball, take responsibility)'라는 뜻이다.

＊ Saying, "These last ones worked only one hour, and you have made them equal to us, who bore the day's burden and the heat." ("맨 나중에 온 저자들은 한 시간만 일했는데도, 뙤약볕 아래에서 온종일 고생한 우리와 똑같이 대우하시는군요." 하고 말하였다.)

카이사르의 것은 카이사르에게

To Caesar what belongs to Caesar and to God what belongs to God. 《마태오복음서》 제22장 15~22절(마르코 12:13~17, 루카 20:20~26)은 필리스티아인들이 헤로데(헤롯) 당원들과 함께 예수님을 찾아가 "황제에게 세금을 바치는 것이 옳습니까, 옳지 않습니까?" 하고 빈정대는 대목이다. 황제에게 세금을 내야 한다고 대답하면 로마의 권위를 인정한다는 비난을 받을 것이고, 세금을 내지 말아야 한다고 대답하면 실정법을 어긴다는 비난을 받게 되어 있었다. 그러자 예수는 "황제(카이사르)의 것은 황제에게 돌려주고, 하느님의 것은 하느님께 돌려드려라."라는 말로 논란을 종식시켰다. 여기서 카이사르는 율리우스 카이사르가 아니라 손자뻘 되는 티베리우스 카이사르이다.

서기 6년에 갈릴리 지역에서 로마 정권에 세금을 내지 말자는 운동이 강력하게 일어났으며, 그것은 결국 무장봉기로까지 확대되었다. 로마 정권은 식민지의 문화와 종교를 완전하게 보장했지만 로마 체제를 흔드는 것만은 용납하지 않았다. 정권을 유지하기 위해서 가장 중요한 세금을 거부하는 행위에 대해 그들은 일벌백계로 다스렸다. 로마 정부는 당연히 정규군을 파병해서 갈릴리 무장봉기를 진압했다.

그들이 세금으로 내는 데나리온(denarion) 은화 앞면에는 아우구스투스의 양아들로 로마제국의 2대 황제인 티베리우스 율리우스 카이사르 아우구스투스(Tiberius Julius Caesar Augustus)의 두상과 함께 '신성한 아우구스투스의 아들, 티베리우스 카이사르(Tiberius Caesar Divi Augusti Filius Augustus)'라는 글씨가 새겨져 있었고, 뒷면에는 그의 어머니 리비아 드루실라의 좌상과 '최고의 제사장(Pontifex Maximus)'이라는 글씨가 새겨져 있었다. 당시 성전에 바치는 헌금은 우상(티베리우스)이 새겨진 로마의 화폐 데나리온이 아니라 유대의 돈(세겔, Shekel)이나 다른 금품 또는 가축, 곡식이었다. 그래서 예수는

로마제국 황제 티베리우스와 황비가 새겨진 당시의 데나리온 은화

로마의 은화는 로마인들에게나 줘버리라는 뜻으로 말한 것이다.

＊ 그때에 바리사이들이 나가서, 어떻게 하면 말로 예수님께 올가미를 씌울까 하고 의논하였다. 그러고는 저희 제자들을 헤로데 당원들과 함께 예수님께 보내어 이렇게 말하였다. "스승님, 저희는 스승님께서 진실하시고 하느님의 길을 참되게 가르치시며 아무도 꺼리지 않으시는 줄 압니다. 과연 스승님은 사람을 그 신분에 따라 판단하지 않으십니다. 그러니 스승님은 어떻게 생각하시는지 말씀해주십시오. 황제에게 세금을 내는 것이 합당합니까, 합당하지 않습니까?" 예수님께서는 그들의 악의를 아시고 말씀하셨다. "위선자들아, 너희는 어찌하여 나를 시험하느냐? 세금으로 내는 돈을 나에게 보여라." 그들이 데나리온 한 닢을 가져오자 예수님께서, "이 초상과 글자가 누구의 것이냐?" 하고 물으셨다. 그들이 "황제(티베리우스 카이사르)의 것입니다." 하고 대답하였다. 그때에 예수님께서 그들에게 이르셨다. "황제의 것은 황제에게 돌려주고, 하느님의 것은 하느님께 돌려드려라(Then repay to Caesar what belongs to Caesar and to God what belongs to God.)." 그들은 이 말씀을 듣고 경탄하면서 예수님을 두고 물러갔다.

살찐 송아지를 잡다

Get the fatted Calf and kill it. 《루카복음서》 제15장 23절 '되찾은 아들의 비유'에 나오는 말로 '성대한 환영 준비를 하다(prepare a welcome for)' '성찬을 마련하다(prepare the sacrament)'라는 뜻으로 쓰인다.

＊ And get the fatted calf and kill it, and let us eat and celebrate. (그리고 살찐 송아지를 끌어내다 잡아라. 먹고 즐기자.)

갈보리

　Calvary. 《마태오복음서》 제27장 33절에 나오는 예루살렘 근교의 언덕으로 예수가 십자가에 못 박힌 곳이다. 이 바위 언덕은 멀리서 보면 해골처럼 보였기 때문에 '해골(skull)'이라는 이름이 붙여졌는데, 이것을 라틴어로 Calvary라고 하며 히브리어로 골고다(Golgotha)라고 한다. 또 이곳에서는 예부터 공개 처형이 이루어져서 '처형의 산(mount of execution)'이라는 뜻의 아람어인 Gol Goatha에서 나온 말이라고도 한다.

　현재 이곳은 두 군데로 알려져 있다. 하나는 예루살렘성 내부의 서쪽 언덕에 있는 '성묘교회(Church of the Holy Sepulchre)' 또는 동방정교회에서 '부활교회(Church of the Resurrection)'로 부르는 곳인데, 그리스도교 제1의 성지로 알려져 있다. 콘스탄티누스 황제는 313년 '밀라노 칙령(Edict of Milan)'을 공표하고 기독교를 공인했다. 이때 독실한 신자였던 황제의 어머니 헬레나 황후는 직접 예루살렘을 방문해 골고다 언덕을 찾으라고 명령했다. 부하들과 성직자들은 아프로디테 신전이 세워졌던 곳을 골고다로 지목했으며, 당시 십자가에 사용됐던 나무도 발견한 것으로 전해지고 있다.

성묘교회 전경

이후 335년 콘스탄티누스 황제는 그곳에 거대한 성묘교회를 세우고 이 교회가 '지구의 중심'이라고 선언했다. 하지만 잦은 전쟁으로 수차례 붕괴와 재건을 반복했으며, 지금의 건물은 11~13세기 십자군 전쟁 때 그리스도교도들이 예루살렘을 점령했을 때 지었다.

또 한 군데는 예루살렘성 안에서 다마스쿠스문을 통해 밖으로 나가면 약간 북쪽에 있는 '정원 무덤(Garden Tomb)'이다. 1883년 당시 오스만제국을 몰아내기 위해 입성한 영국의 찰스 고든(Charles George Gordon) 장군이 예루살렘성 밖에서 우연히 해골 모양의 바위와 아름답게 가꿔진 정원을 발견했다. 영감을 느낀 그는 발굴 작업을 시도한 끝에 거대한 빈 무덤이 드러났고, 신약성서에 묘사된 무덤의 모양과 상당히 일치한다는 것을 발견했다. 고든 장군은 성서에는 골고다 언덕이 예루살렘성 밖에 있었다고 기록되어 있다면서, 성묘교회보다는 정원 무덤이 진짜 골고다 언덕과 예수님 무덤이 있던 곳이라고 주장했다. 그래서 이곳은 개신교도들에게 인기 있는 성지 순례지가 되었다.

이 calvary는 '그리스도의 수난상(像)'이나 '십자가상'을 뜻하며, 비유적으로 '고난(hardship, trouble, suffering, difficulty, adversity)'이나 '시련(trial, ordeal)'이라는 뜻으로도 많이 쓰인다.

＊ And when they came to a place called Golgotha which means place a skull. (이윽고 골고다, 곧 '해골 터'라는 곳에 이르렀다.)

낙타

The Camel. 낙타는 다리가 길고 발이 부드럽고 넓적하며 발가락이 두 개라서 모래나 눈 위를 쉽게 걸을 수 있다. 더구나 불리한 환경에도 적응할 수 있도록 속눈썹이 두 줄이고, 귀에 털이 나 있으며, 콧구멍을 닫을 수 있고, 시각과 후각이 예민하다. 등에는 독특한 지방 혹이 있는데, 혹이 한 개면 외봉낙타(주로 아프리카와 중동의 사막 지대), 혹이 두 개면 쌍봉낙타(주로 몽골 지역)라 부른다.

신약성서에서 낙타는 세 번 언급된다.

"요한은 낙타털 옷을 입고 허리에 가죽띠를 둘렀으며, 메뚜기와 들꿀을 먹고 살았다(《마르코복음서》1:6)."

성화(聖畵)를 그리는 화가들은 종종 요한의 옷을 약대 가죽으로 묘사하고 있지만, 이 옷은 길게 축 늘어진 약대털로 짠 볼품없는 옷으로 가난한 계층의 사람들이 주로 입는 것이었다. 그래서 자연히 가죽띠를 맬 수밖에 없었다. 한편 즈카르야(스가랴) 선지자처럼, 하느님으로부터 보냄을 받은 선지자들은 때로 털옷을 입었는데 이는 '죄 때문에 슬퍼하는' 자신의 감정을 상징하기 위해서였으며, 심지어는 거짓 선지자까지도 참 선지자로 가장하기 위해 이 털옷을 입었다고 했다.

"그날에 예언자들은 예언을 하면서도 저희가 본 환시를 부끄럽게 여기며, 속이려고 입던 털옷을 걸치지 않을 것이다(《즈카르야서》13:4)."

그리고《마태오복음서》제23장 24절에서도 낙타가 등장한다.

"Blind guides, who strain out the gnat and swallow the camel(눈먼 인도자들아, 너희는 작은 벌레들은 걸러내면서 낙타는 그냥 삼키는 자들이다)."

눈먼 인도자들은 서기관들과 바리새인들로, 그들의 행실에 대해 또 다른 형태의 비판을 가하기 위한 비유적이고 상징적이며 과장된 표현이다. 하루살이는 팔레스타인 기후에서 흔한 곤충이자 가장 조그만 것으로, 낙타는 가장 큰 짐승으로 취급되었으나 이것 역시 먹을 수 없는 부정한 동물로 간주되었다.

"그러나 새김질하거나 굽이 갈라졌더라도 이런 것들은 먹어서는 안 된다. 낙타는 새김질은 하지만 굽이 갈라지지 않았으므로 너희에게 부정한 것이다(《레위기》 11:4)."

이처럼 부정한 곤충과 동물을 비유로 들어 서기관과 바리새인들의 행위를 부정적인 것으로 강조하고 있다. 더욱이 그들이 삼킨 낙타는 곧 그들의 끝없는 탐욕과 육체적 향락 및 무절제한 죄악을 암시한다. 요컨대 하기 쉬운 일에는 생색을 내고 어려운 일에 대해서는 책임을 회피하는 위선적인 종교인에 대한 비판이다.

끝으로 《마태오복음서》 제19장 24절에서 한 부자 청년이 영생(eternal life)에 관한 질문을 하자 예수가 답하면서 나온 말이다. 세속적인 재물이 많거나 지위가 높은 사람은 그것에 집착하기 때문에 마치 낙타가 바늘구멍을 통과하기 불가능한 것처럼 천국에 가기 힘들다고 답했다.

"Again I say to you, it is easier for a camel to pass through the eye of a needle than for one who is rich to enter the kingdom of God(내가 다시 너희에게 말한다. 부자가 하느님 나라에 들어가는 것보다 낙타가 바늘구멍으로 빠져나가는 것이 더 쉽다)."

그래서 camel은 '불가능한 일(the impossible)'이나 '어려운 일(a laborious task)'을 가리킨다. 같은 맥락에서 swallow a camel은 '믿을 수 없는(터무니없는) 일을 받아들이다(묵인하다)'라는 뜻이다. 또 다른 관용구 strain at a gnat and swallow a camel은 하루살이는 걸러내고 낙타는 삼키다, 즉 '작은 일에 구애되어 큰일을 소홀히 하다'라는 뜻이다.

다른 뺨을 내밀다

The other Cheek to him. 《마태오복음서》제5장 39~40절(루카 6:29~30) '폭
력을 포기하라'에 나오는 말로 '모욕감이나 화를 꾹 참다(keep one's temper)'
'관용을 베풀다(show generosity)' '아량을 베풀다(make allowance for)'라는 표현
이다.

＊ But I say to you, offer no resistance to one who is evil. When someone
strikes you on (your) right cheek, turn the other one to him as well. If
anyone wants to go to law with you over your tunic, hand him your cloak
as well. (그러나 나는 너희에게 말한다. 악인에게 맞서지 마라. 오히려 누가 네
오른뺨을 치거든 다른 뺨마저 돌려 대어라. 또 너를 재판에 걸어 네 속옷을 가
지려는 자에게는 겉옷까지 내주어라.)

십자가를 지다

Take up One's cross. 《마태오복음서》제10장 38절에 나오는 말이다. 로마
정부는 십자가형을 당할 죄수들에게 자신이 매달릴 십자가를 형장까지 짊
어지고 가게 했다. 따라서 십자가를 진 죄수는 치욕과 모욕 그 자체였다.
이 말은 진리를 좇는 자가 필연적으로 겪어야 할 고난을 의미하기 때문
에 '희생하다(sacrifice)' '수난을 견디다(to endure affliction)'라는 뜻으로 쓰인다.

＊ And whoever does not take[bear] up his cross and follow after me is not
worthy of me. (또 제 십자가를 지고 나를 따르지 않는 사람도 나에게 합당하
지 않다.)

가시면류관

Crown of thorns. 《마태오복음서》 제27장 29절(마르코 15:16~20, 요한 19:2~3) '군사들이 예수님을 조롱하다'를 보면, 군중들이 예수가 유대인의 왕이라는 사실을 비웃기 위해 그에게 붉은 옷을 입히고 가시 면류관을 씌웠으며, 손에 갈대로 만든 지팡이를 쥐어주었다. 이 가시 면류관은 히브리어로 아타드(Atad)라 부르는 가시나무로 만들었다고 한다. 갈매나뭇과에 속하는 이 식물은 요르단강 계곡에서 자생하며, 이스라엘에서는 흔히 볼 수 있다.

그래서 crown of thorns는 '치욕(humiliation, disgrace)', 나아가 '수난(suffering)' 이나 '시련(ordeal)'이라는 뜻으로 쓰인다.

＊ Weaving a crown out of thorns, they placed it on his head, and a reed in his right hand. And kneeling before him, they mocked him, saying, "Hail, King of the Jews!" (그리고 가시나무로 관을 엮어 그분 머리에 씌우고 오른손에 갈대를 들리고서는, 그분 앞에 무릎을 꿇고 "유다인들의 임금님, 만세!" 하며 조롱하였다.)

잔을 마시다

Drink the Cup. 《마태오복음서》 제20장 22절(마르코 10:35~45, 루카 22:25~27) '출세와 섬김'에 나오는 말로 '어떤 슬픔이든 참아내다'라는 뜻이다. 구약성서에서 잔(cup)은 갈보리처럼 '고난' 또는 '심판(judgment, trial)'이라는 뜻으로 많이 쓰인다.

＊ Jesus said in reply, "You do not know what you are asking. Can you drink the cup that I am going to drink?" They said to him, "We can." (예수님께서 "너희는 너희가 무엇을 청하는지 알지도 못한다. 내가 마시려는 잔을 너희가 마실 수 있느냐?" 하고 물으셨다. 그들이 "할 수 있습니다." 하고 대답하자.)

죽은 자들의 장례는 죽은 자들에게

Let the Dead bury their Dead. 《마태오복음서》 제8장 22절에 나오는 말인데, 진리를 위해 사소한 것들을 버릴 수 있는 결단이 필요하다는 의미이다. 그래서 지금은 '지난 일을 잊다(Let bygones be bygones)'나 '중요한 것에 몰두하다(be absorbed[engrossed, immersed] in the biggie)'라는 뜻으로 쓰인다.

이것은 한 제자가 자기 아버지의 장례를 먼저 치른 뒤 예수를 따르겠다고 하자 예수가 다음과 같이 대답한 데서 유래한 말이다.

＊ But Jesus answered him, "Follow me, and let the dead bury their dead." (그러나 예수님께서는 그에게, "너는 나를 따르라. 죽은 이들의 장사는 죽은 이들이 지내도록 내버려두어라." 하고 말씀하셨다.)

도적의 소굴

A Den of Thieves. 《마태오복음서》 제21장 13절에 나오는 말로 '악의 소굴(den[nest] of vice)'이라는 뜻으로 많이 쓰인다. 당시 성전에는 장사치나 환전상이나 비둘기를 파는 사람들이 있었는데, 제사장과 뒷거래를 통해 온

갖 비리를 자행했다. 그래서 이를 보다 못한 예수가 그들을 나무라면서 한 말이다.

* And he said to them, "It is written: 'My house shall be a house of prayer,' but you are making it a den of thieves." (그리고 그들에게 말씀하셨다. "나의 집은 기도의 집이라 불릴 것이다."라고 기록되어 있다. 그런데 너희는 이곳을 '강도들의 소굴'로 만드는구나.)

열한 번째 시

The Eleventh Hour. 《마태오복음서》 제20장 1절에서 16절까지는 '선한 포도밭 주인의 비유'에 관한 내용이다. 인간의 얼굴을 한 경제학을 부르짖었던 존 러스킨의《나중에 온 이 사람에게도 *Unto this last*》라는 책 제목도 여기서 따온 것이다. '마지막(last)'은 '맨 나중에 온 일꾼(The eleventh hour labourer)'으로 온종일 일한 자와 똑같은 임금을 받은 자를 말한다. '맨 나중'이라

네덜란드의 시인이자 삽화가 얀 뤼켄의 동판화 〈맨 나중에 온 일꾼〉

는 뜻의 '열한 번째 시(The eleventh hour)'는 유대인들이 아침 7시를 첫 번째 시(時)로 보았기 때문에 오후 5시가 된다. 그래서 이 말은 '간신히(at the last possible time)'나 '마지막 순간에(at the last moment)'라는 뜻으로 쓰인다.

주인(하느님)은 이른 아침부터 오후 5시까지 하루에 다섯 번 일꾼을 고용했는데, 품삯을 똑같이 주었다. 이는 강한 자와 약한 자, 앞선 자와 뒤처진 자를 초월한 '신의 섭리의 비유'라 할 수 있다. 여기서는 9~12절을 소개해본다.

* When those who had started about five o'clock[the eleventh hour] came, each received the usual daily wage. So when the first came, they thought that they would receive more, but each of them also got the usual wage. And on receiving it they grumbled against the landowner, saying, "These last ones worked only one hour, and you have made them equal to us, who bore the day's burden and the heat." (그리하여 오후 5시쯤부터 일한 이들이 와서 1데나리온씩 받았다. 그래서 맨 먼저 온 이들은 차례가 되자 자기들은 더 받으려니 생각하였는데, 그들도 1데나리온씩만 받았다. 그것을 받아들고 그들은 밭 임자에게 투덜거리면서, "맨 나중에 온 저자들은 한 시간만 일했는데도, 뙤약볕 아래에서 온종일 고생한 우리와 똑같이 대우하시는군요." 하고 말하였다.)

믿음은 산도 움직인다

Faith will move Mountains. 《마태오복음서》 제21장 21절 '저주받은 무화과나무'에 나오는 말이다. 그만큼 믿음은 '아주 강한 힘을 갖고 있다(Faith is aim densely powerful)'는 뜻이다.

* Jesus said to them in reply, "Amen, I say to you, if you have faith and do not waver, not only will you do what has been done to the fig tree, but even if you say to this mountain, 'Be lifted up and thrown into the sea,' it will be done." (예수님께서 그들에게 대답하셨다. "내가 진실로 너희에게 말한다. 너희가 믿음을 가지고 의심하지 않으면 이 무화과나무에 일어난 일을 할 수 있을 뿐만 아니라, 이 산더러 '들려서 저 바다에 빠져라.' 하여도 그대로 이루어질 것이다.")

은총에서 벗어나다

Fallen from Grace. 《갈라티아인들에게 보낸 서간Galatians》제5장 4절 '그리스도인의 자유'에 나오는 말이다. 이것은 지금 '사람들의 신임을 잃다(to fall from position of high esteem; a loss of status, respect, or prestige)'라는 뜻으로 쓰인다.

* You are separated from Christ, you who are trying to be justified by law; you have fallen from grace. (율법으로 의롭게 되려는 여러분은 모두 그리스도와 인연이 끊겼습니다. 여러분은 은총에서 떨어져나갔습니다.)

돌밭에 떨어지다

Fell on rocky Ground. 《마태오복음서》제13장 5~6장에 나오는 말인데, 여기서는 예수가 '씨 뿌리는 자의 비유'를 들어 하늘나라를 설교하고 있다.

씨(seed)는 생명력을 지닌 하느님의 말씀을 의미한다. 하지만 이 씨가 돌밭에 떨어졌다는 것은 하느님 말씀을 듣고 기꺼이 받아들이기는 하지만 그 마음속에 뿌리가 내리지 않아 오래가지 못하는 사람, 즉 환난이나 박해가 닥쳐오면 곧 넘어지고 마는 사람을 두고 한 말이다.

그래서 이 말은 '헛수고하다(beat the air)' '효과가 없다(be ineffective)' '결실을 못 맺다(come to naught)'라는 뜻으로 쓰인다.

＊ Some[seeds] fell on rocky[stony] ground, where it had little soil. It sprang up at once because the soil was not deep and when the sun rose it was scorched, and it withered for lack of roots. (어떤 씨들은 흙이 많지 않은 돌밭에 떨어졌다. 흙이 깊지 않아 싹은 곧 돋아났지만 해가 솟아오르자 타고 말았다. 뿌리가 없어서 말라버린 것이다.)

선한 싸움을 하라

Compete Well.《티모테오에게 보낸 첫째 서간 *Paul's Letters to Timothy I*》(디모데 전서) 제6장 12절 '믿음을 위한 싸움'에 나오는 말이다. 이는 그리스도의 신앙을 전파하고 믿게 하려는 복음의 소명(an evangelical call to believe in and spread the Christian faith)을 강조한 맥락에서 나왔기 때문에 일상에서는 '제대로 싸워라(to battle for a noble cause)' '선전(善戰)하라(put up a good fight)'라는 뜻으로 쓰인다.

＊ Compete well for the faith. Lay hold of eternal life, to which you were called when you made the noble confession in the presence of many witnesses. (믿음을 위하여 훌륭히 싸워 영원한 생명을 차지하십시오. 그대는

많은 증인 앞에서 훌륭하게 신앙을 고백하였을 때 영원한 생명으로 부르심을 받은 것입니다.)

부정 소득

Filthy Lucre. 《티모테오에게 보낸 첫째 서간》 제3장 3절 '교회 지도자의 자격'에서 유래한 말이다. 티모테오(디모데)에게 보낸 편지는 첫째 편지와 둘째 편지가 있다. 사도 바오로(바울로, 바울)가 신뢰하는 충실한 제자 티모테오에게 이단의 배격과 교회의 성무(聖務) 집행에 필요한 성직자들의 의무 그리고 전도자의 사명 등에 관해 적어놓고 있다.

원래 lucre는 라틴어 lucrum(나라 안에서 돈이나 부를 얻다)에서 나온 말로 지금은 부정적인 이미지로 '부당하게 얻은 돈'이라는 뜻으로 쓰이며, filthy 는 '더러운' '(성적으로) 추악한'이라는 뜻이다. '돈을 사랑하는 것은 모든 악의 근원이다(The love of money is the root of all evil).'

* Not a drunkard, not aggressive, but gentle, not contentious, not a lover of money. (술꾼이나 난폭한 사람이 아니라, 관대하고 온순하고 돈 욕심이 없으며.)

오병이어

Five Loaves and Two Fish. 《마태오복음서》 제14장 17~21절 '5000명을 먹이신 기적'에 나오는 말이다. 예수가 한 소년으로부터 빵 다섯 개와 물고기

암브로시우스 프랑켄 1세의 〈오병이어〉

두 마리를 취하여 5000명의 군중을 먹였다는 기적을 가리키는데, 오병이어(五餠二魚)라고 한다. 이는 기적을 통해 불신을 없애고 예수의 성스러움을 증거하는 것이기도 하지만 '나눔의 힘'을 보여주는 것으로 '콩 한 쪽도 나눠 먹는다'는 우리의 옛말과도 일맥상통한다.

이러한 기적은 《마르코복음서》 제6장 31~44절, 《루카복음서》 제9장 10~17절, 《요한복음서》 제6장 5~15절에도 거론되고 있다. 오병이어의 기적에 대해 4대 복음서는 모두 예수가 생명의 떡이 되었다는 것이며, 예수로 말미암아 모든 사람이 생명을 얻고 예수의 신적 능력을 증명하는 것이라고 주장하고 있다. 따라서 예수가 그리스도임을 증거하는 기적이며, 인간에 대한 예수의 사랑을 증거하는 기적이자 장차 임할 천국의 조짐이라는 것이다.

그런데 성서에 기록된 오병이어의 기적에 대해 다른 해석도 있다. 예수의 말씀을 듣고자 갈릴리 들판에 5000명의 사람들이 모였는데, 저녁식사 시간이 되었으나 이들을 먹일 도리가 없었다. 이에 걱정스런 제자들이 예수에게 "저 많은 사람들의 식사를 어찌 합니까?"라고 물었다. 이때 그 말을 들은 한 어린아이가 품에서 물고기 두 마리와 떡 다섯 개를 내어놓으며 "이거라도 나누어 먹지요." 하고 말했다. 이 어린아이의 행동을 본 주위의 많은 어른들이 주섬주섬 자기의 도시락을 꺼내놓기 시작했다. 그러자 모인 사람들 모두가 각자의 도시락을 꺼내놓고 서로 나누어 먹자 열 광주리가 넘는 떡과 고기가 남았다는 것이다. 즉 모두들 자기 먹을 도시락을 가지고 있었으나 자기 것을 먼저 내놓고 다른 사람들과 나누어 먹으려는 생각이 없었지만, 어린아이의 순수한 행동을 보고 뉘우치며 서로 나누어 먹었기 때문에 모두가 먹고도 남을 수 있었다는 것이다.

이 이야기는 '나눔의 미학'을 구체적으로 보여주고 있으며, 나누면 모두가 행복할 수 있다는 도덕적 당위뿐만 아니라, 그러기 위해서는 누군가 먼저 용기를 내야 한다는 교훈을 주고 있다.

＊ 제자들이 "저희는 여기 빵 다섯 개와 물고기 두 마리밖에 가진 것이 없습니다." 하고 말하였다. 예수님께서는 "그것들을 이리 가져오너라." 하시고는, 군중에게 풀밭에 자리를 잡으라고 지시하셨다. 그러고는 빵 다섯 개와 물고기 두 마리(the five loaves and the two fish)를 손에 들고 하늘을 우러러 찬미를 드리신 다음 빵을 떼어 제자들에게 주시니, 제자들이 그것을 군중에게 나누어주었다. 사람들은 모두 배불리 먹었다. 그리고 남은 조각을 모으니 열두 광주리에 가득 찼다. 먹은 사람은 여자들과 아이들 외에 남자만도 5000명가량이었다.

살과 피

Flesh and Blood. 이 말은 《마태오복음서》 제16장 17절 '베드로의 고백'에 나오는데, 그대로 해석하면 '살과 피'이지만 이는 보통 '평범한 사람(An ordinary[common; normal] person)'을 가리킬 때 쓰인다. 또 누군가의 가족이나 인간, 인간이 만든 살아 있는 물체를 의미할 수도 있다.

＊ Jesus said to him in reply, "Blessed are you, Simon son of Jonah. For flesh and blood has not revealed this to you, but my heavenly Father." (그러자 예수님께서 그에게 이르셨다. "시몬 바르요나야, 너는 행복하다! 살과 피가 아

니라 하늘에 계신 내 아버지께서 그것을 너에게 알려주셨기 때문이다.")

육신은 연약하다

The Flesh is Weak. 《마태오복음서》 제26장 41절(마르코 14:32~42, 루카 22:39~46) '겟세마네에서 기도하시다'를 보면, 예수가 내일이면 닥쳐올 십자가의 고난을 위해 겟세마네(Gethsemane)에서 철야기도를 하는데 제자들이 기도하지 않고 자는 것을 보면서 꾸짖는다. 이것은 영적인 일에 둔감한 인간의 연약성을 간파한 말이다. 그래서 이 말은 '인간의 연약성(man's weakness[effeminacy])'이라는 뜻으로 쓰인다.

＊ Watch and pray that you may not undergo the test. The spirit is willing, but the flesh is weak. (유혹에 빠지지 않도록 깨어 기도하여라. 마음은 간절하나 몸이 따르지 못한다 하시고.)

자기가 하는 일을 모르는 그들을 용서하다

골고다 언덕에서 십자가에 못 박힌 예수

Forgive them, they know not what they do. 《루카복음서》 제23장 34절 '십자가에 못 박힌 예수'에 나오는 말이다. '용서(forgive)'의 엄청난 위력을 강조한 말로, 레이 찰스와 스티비 원더를 잇는 R&B 뮤지션 브라이언 맥나이트(Brian

K. McKnight)의 '나와 너(Me and You)'라는 노래의 가사이기도 하다.

* Then Jesus said, "Father, forgive them, they know not what they do." They divided his garments by casting lots. (그때에 예수님께서 말씀하셨다. "아버지, 저들을 용서해주십시오. 저들은 자기들이 무슨 일을 하는지 모릅니다." 그들은 제비를 뽑아 그분의 겉옷을 나누어 가졌다.)

숨을 거두다

Breathed one's Last. 《사도행전》 제12장 23절에 나오는 말이다. 여기서 ghost는 지금은 '유령'이라는 뜻이지만 옛날에는 '영혼'이나 '호흡'을 뜻했기 때문에 생물인 경우에는 '죽다(die; give up[yield] the ghost)', 무생물인 경우에는 '일을 중단하다, 작동을 멈추다(cease working)'라는 뜻으로 쓰인다.

* At once the angel of the Lord struck him[Herod] down because he did not ascribe the honor to God, and he was eaten by worms and breathed his last[give up the ghost]. (그러자 즉시 주님의 천사가 헤로데를 내리쳤다. 그가 그 영광을 하느님께 돌리지 않았기 때문이다. 그리하여 그는 벌레들에게 먹혀 숨을 거두었다.)

황금률

Golden Rule. 《마태오복음서》 제7장 12절(루카 6:31)은 예수가 인간의 행동과 현실 생활에서 가장 중요한 교훈을 전해주었다는 점에서 '황금률'이라고 한다.

* Do to others whatever you would have them do to you. This is the law and the prophets. (그러므로 남이 너희에게 해주기를 바라는 그대로 너희도 남에게 해주어라. 이것이 율법과 예언서의 정신이다.)

소용없는

Good for Nothing. 《마태오복음서》 제5장 13절을 보면, 예수가 자기를 따르는 자들에게 세상의 빛과 소금이 되라고 한다. 소금은 부패를 방지하고 자기가 녹음으로써 맛을 내는 자기희생의 상징이다. 사람도 그렇게 살아가야 하는데, 그렇지 않으면 짠맛을 잃은 소금처럼 아무 소용없는 존재가 된다는 말이다. 그래서 good for nothing은 '쓸모없는' '소용없는(useless)'이라는 뜻이다.

* You are the salt of the earth; but if salt has lost its taste, how can its saltness be restore? It is thenceforth good for nothing, but is thrown out and trampled under foot. (여러분은 땅의 소금입니다. 그러나 소금이 싱거워지면 무엇으로 그것이 짜게 되겠습니까? 이미 아무데도 소용없으므로 밖에 내버려져 사람들에게 짓밟힙니다.)

착한 사마리아인

Good Samaritan. 《루카복음서》 제10장 33~35절에 나오는 사마리아인을

가리킨다. 강도를 당해 길바닥에 쓰러진
유대인을 보고 당시 사회의 상류층인 제
사장과 레위인들은 모르쇠로 일관했지만,
어떤 사마리아인이 그를 구해주었다. 당
시 사마리아인들은 유대인들에게 배척당
하고 멸시까지 받는 종족이었다.

착한 사마리아인을 묘사한 이콘

하지만 그는 강도를 당한 유대인에게 다가가 상처에 기름과 포도주를
붓고 싸맨 다음 자기의 노새에 태워 여관으로 데려가 정성껏 돌봐주었다.
다음 날 그는 자기 주머니에서 은화 데나리온 두 개를 꺼내 여관 주인에게
건네면서 "저 사람을 잘 돌봐주시오. 비용이 더 들면 돌아오는 길에 갚아드
리겠소." 하며 부탁하고 길을 떠났다.

그래서 이 착한 사마리아인은 '다른 사람을 아무 조건 없이 도와주는
사람'이나 '착한 이웃(a good neighbor)' 그리고 형용사로는 '동정심이 많은
(ruthful)'이라는 뜻으로 자주 쓰인다.

여기서 유래되어 세계 여러 나라에서는 소위 '착한 사마리아인의 법(The
Good Samaritan Law)'을 제정했는데, 이것은 자신에게 특별한 위험을 주지 않
는데도 불구하고 곤경에 처한 사람을 구해주지 않은 행위, 즉 구조 불이행
(Failure-to-Rescue)을 처벌하는 법규이다.

﹡ But a Samaritan traveler who came upon him was moved with
compassion at the sight. He approached the victim, poured oil and wine
over his wounds and bandaged them. Then he lifted him up on his own
animal, took him to an inn and cared for him. (그런데 여행을 하던 어떤 사
마리아인은 그가 있는 곳에 이르러 그를 보고서는, 가엾은 마음이 들었다. 그
래서 그에게 다가가 상처에 기름과 포도주를 붓고 싸맨 다음, 자기 노새에 태

워 여관으로 데리고 가서 돌봐주었다.)

좋은 씨앗

Good Seed. 《마태오복음서》 제13장 24절 '가라지(weed, 잡초)의 비유'에서 나온 말이다. 예수는 여러 가지 비유를 들은 끝에 이렇게 말했다. "좋은 씨를 뿌리는 이는 사람의 아들이고, 밭은 세상이다. 그리고 좋은 씨는 하늘나라의 자녀들이고 가라지들은 악한 자의 자녀들이며, 가라지를 뿌린 원수는 악마다. 그리고 수확 때는 세상의 종말이고 일꾼들은 천사들이다. 그러므로 가라지를 거두어 불에 태우듯이, 세상 종말에도 그렇게 될 것이다."

이처럼 좋은 씨앗은 선택받은 천국의 아들을 가리키는데, 잡초와 같은 악한 사람들과 같이 있으면 괴롭지만 신에게 심판을 맡기고 차분히 살아가라는 교훈이다. 그래서 good seed는 '성품이 착한 사람'에 비유된다.

＊ He proposed another parable to them. "The kingdom of heaven may be likened to a man who sowed good seed in his field." (예수님께서 또 다른 비유를 들어 그들에게 말씀하셨다. "하늘나라는 자기 밭에 좋은 씨를 뿌리는 사람에 비길 수 있다.")

머리카락을 모두 세다

All the hairs of your head are counted. 《마태오복음서》 제10장 30절에 나오는 말이다. 예수가 12제자를 선택한 뒤 그들에게 복음을 전파하는 데 용기를 주기 위해 하느님이 그들의 머리카락을 셀 정도로 보호해주니 두려워 말라는 내용이다. 일반적으로는 머리카락을 셀 정도로 상대방을 '충분히 알다(know full well, know thoroughly)'라는 뜻으로 쓰인다.

＊ Even all the hairs of your head are counted. (그분께서는 너희의 머리카락까지 다 세어두셨다.)

오른손이 한 일을 왼손이 모르게 하라

Do not let your left hand know what your right hand is doing. 《마태오복음서》 제6장 3절 '올바른 자선'에 나오는 말로 자선에 대한 올바른 태도를 강조한 예수의 교훈이다. 진정한 선행이란 남뿐만 아니라 자신도 모르게 하는 것임을 강조한 것이다.

＊ But when you give alms, do not let your left hand know what your right hand is doing. (네가 자선을 베풀 때에는 오른손이 하는 일을 왼손이 모르게 하여라.)

호산나

Hosanna. '하느님을 찬양하는 소리'인 Hosanna는 본래 히브리어 hoshi'ah-nna에서 비롯되었는데, '우리를 구원하소서'라는 의미를 갖고 있다. 《시편》 제118장 25절에는 "아, 주님, 구원을 베푸소서. 아, 주님, 번영을 베푸소서."로 표현되고 있으며, 유대인들의 예배의식 때도 낭송되곤 했다.《마태오복음서》제21장 9절을 보면, 예수님께서 장엄하게 예루살렘에 입성하실 때 군중들은 옷과 나뭇가지들을 길에 깔고 '호산나'를 외치면서 그분을 맞이하였다고 나온다. Hosanna는 일반적으로 '찬미하다(praise, glorify)'라는 뜻으로 쓰인다.

　＊ The very large crowd spread their cloaks on the road, while others cut branches from the trees and strewed them on the road. The crowds preceding him and those following kept crying out and saying: "Hosanna to the Son of David; blessed is he who comes in the name of the Lord; hosanna in the highest." (수많은 군중이 자기들의 겉옷을 길에 깔았다. 또 어떤 이들은 나뭇가지를 꺾어다가 길에 깔았다. 그리고 앞서가는 군중과 뒤따라가는 군중이 외쳤다. "다윗의 자손께 호산나! 주님의 이름으로 오시는 분은 복되시어라. 지극히 높은 곳에 호산나!")

스스로 분열된 집안은 지탱할 수 없다

A house divide against itself cannot stand.《마태오복음서》제12장 25절에 나오는 말이다. 1858년 6월 16일 에이브러햄 링컨이 일리노이주 스프링필드에서 행한 소위 'House Divided(분열된 집안)' 연설의 일부분이기도 하다. 링컨은 노예제도에 대한 문제점을 제기하면서 이 말을 인용해 다음과 같이 말했다.

A house divide against itself cannot stand. I do believe this government cannot exist forever, half slave and half free(스스로 분열된 집안은 지탱하지 못합니다. 저는 이 정부가 언제까지나 반은 노예제도로, 반은 자유주의로 존재할 수

없으리라 믿습니다).

1597년 9월 16일 '명량해전'을 앞둔 이순신 장군도 단생산사(團生散死)를 말했다. 바로 '뭉치면 살고 흩어지면 죽는다'는 뜻이다. 즉 대동단결하면 살고 사분오열하면 죽는다는 사자성어와 같은 말이다.

* But he knew what they were thinking and said to them, "Every kingdom divided against itself will be laid waste, and no town or house divided against itself will stand." (예수님께서 그들의 생각을 아시고 이렇게 말씀하셨다. "어느 나라든지 서로 갈라서면 망하고, 어느 고을이나 집안도 서로 갈라서면 버티어내지 못한다.")

받는 것보다 주는 것이 더 낫다

It is more blessed to give than to receive. 《사도행전》 제20장 35절 '에페소 원로들에게 한 바울로의 고별 연설'에 나오는 말로, 문자 그대로 '주는 것이 받는 것보다 더 낫다'라는 뜻이다. 여기서 It's better to는 '차라리 ……하는 것이 낫다'라는 뜻이므로, It's better to go dutch는 '각자 계산하는 게 낫다'라는 말이다.

* In every way I have shown you that by hard work of that sort we must help the weak, and keep in mind the words of the Lord Jesus who himself said, 'It is more blessed[better] to give than to receive.' (나는 모든 면에서 여러분에게 본을 보였습니다. 그렇게 애써 일하며 약한 이들을 거두어주고, '주는 것이 받는 것보다 더 행복하다'고 친히 이르신 주 예수님의 말씀을 명심하라는 것입니다.)

이스카리옷 유다

귀스타브 도레의 〈유다의 입맞춤〉(1866)

Judas Iscariot.《마태오복음서》제26장 14절에 나오는 유다는 이스카리옷(가리옷) 출신으로 예수의 12제자 가운데 한 사람인데, 은전 30닢에 예수를 팔았다가 후회한 뒤 자살했다. 그는 지금도 배반자(betrayer), 반역자(traitor)의 대명사로 자주 쓰인다. 사실 '이스카리옷(Iscariot)'은 유대의 남부 '이스카리옷 사람'이라는 말 이외에 '암살자' '위선자' '거짓말쟁이' '단검' 등의 뜻도 가지고 있었다.

＊ Then one of twelves, who was called Judas Iscariot , went to the chief priests and said, "What will give me if I betray him to you?" They paid him thirty pieces of silver. (그때에 열두 제자 가운데 하나로 유다 이스카리옷이라는 자가 수석 사제들에게 가서, "내가 그분을 여러분에게 넘겨주면 나에게 무엇을 주실 작정입니까?" 하고 물었다. 그들은 은돈 서른 닢을 내주었다.)

사랑의 수고

Labor of Love. 이것은《테살로니카 신자들에게 보낸 첫째 서간》(데살로니가 전서) 제1장 3절에 나오는 말이다. 즉 '꼭 필요해서가 아니라 좋아서 하는 좀 힘든 일; 좋아하는 것을 얻거나 좋아해서 하는 일(a hard task that you do because you want to, not because it is necessary; Work undertaken for the pleasure of it or for the benefit of a loved one)'을 가리킨다. 이 밖에도 '자선사업(a charity work)'이나 '자원봉사(voluntary work[service])'의 뜻으로도 쓰인다.

셰익스피어는 자신의 작품에서 이 말을 한 번도 쓰지 않았지만《사랑의 헛수고Love's Labours Lost》(1588)라는 제목의 희곡을 발표한 바 있다. 이후 1607~1611년 사이에 완성된《흠정역 성서》집필자들(제임스 1세가 임명한 47명의 학자와 성직자)이 이 제목을 차용했다.

* calling to mind your work of faith and labor of love and endurance in hope of our Lord Jesus Christ, before our God and Father. (하느님 우리 아버지 앞에서 여러분의 믿음의 행위와 사랑의 노고와 우리 주 예수 그리스도에 대한 희망의 인내를 기억합니다.)

라자로

Lazarus. 베다니아(Bethany, 베다니)는 예루살렘 남동쪽으로 3.2킬로미터 정도 떨어진 곳에 있으며, 예수가 살던 시절엔 나병 환자들이 격리되어 모여 살았던 곳이다. 이 지명은 '가난한 자(아나니야)의 집'이라는 뜻의 히브리어 베트 아나니야(Beth Ananiah)에서 따왔다.

당시 베다니아에는 마르다, 마리아 그리고 라자로 삼남매가 살았다. 라자로(Lazarus, 나사로)가 나병으로 고생할 때 마르다와 마리아가 예수가 와서 라자로의 병을 고쳐주기를 간청했다. 하지만 시간을 지체하는 바람에 그만 라자로가 죽고 말았다. 그러자 마르다와 마리아는 예수가 너무 늦게 와서 라자로가 죽었다며, 예수를 탓했다. 이때 예수가 "라자로야 나오라!"

렘브란트의 〈나사로의 부활〉

라고 라자로의 무덤 앞에서 명하여 죽은 라자로를 살려냈다. 기적적으로 라자로가 다시 살아난 것이다.

원래 Lazarus라는 이름은 '하느님이 도움을 준 사람'이라는 뜻이다. 이러한 소생 기적을 통해 예수는 "나는 부활이요 생명이다. 나를 믿는 사람은 죽더라도 살 것이고, 또 살아서 나를 믿는 사람은 누구나 영원히 죽지 않을 것이다."라고 역설했다. 《루카복음서》제16장 20절 '부자와 라자로의 비유'에 나오는 이 이야기는 이후 라자로를 '실패를 극복(만회)하고 있는 사람'의 상징으로 만들었다.

이 '라자로의 소생'을 본떠 죽은 사람이 다시 살아나는 것을 '라자루스 신드롬(Lazarus Syndrome)'이라 부르는데, 심폐소생술을 중단하고 사망선고가 내려진 환자에게서 맥박과 혈압이 측정되는 경우를 말한다. 그리고 가난한 라자로에서 유래한 관용구 as poor as Lazarus[a church mouse, a rat, Job's turkey, Job]는 '찢어지게 가난한' '아주 영락한'이라는 뜻이다.

＊ And lying at his door was a poor man named Lazarus, covered with sores, (그의 집 대문 앞에는 라자로라는 가난한 이가 종기투성이 몸으로 누워 있었다.)

해 질 때까지 화를 풀어라

Never let the sun set on your anger. 이것은 《에페소 신자들에게 보낸 서간

Ephesians》(에베소서) 제4장 26절 '새 생활의 법칙'에 나오는 말이다. '하루 이상 화를 마음에 담지 마라(Do not hold on to your anger[wrath] for more than one day)'는 말이다.

＊ Even if you are angry, do not sin: never let the sun set[go down] on your anger. (화나는 일이 있더라도 죄를 짓지 마십시오. 해 질 때까지 화를 풀지 않으면 안 됩니다.)

세상의 빛

the Light of the World. 《마태오복음서》 제5장 14절에 나오는 말로 예수가 신자들의 사회적 역할에 대해 설파한 것이다. 하느님으로부터 빛을 받은 자는 그 빛으로 세상을 밝혀야 한다는 말이다. 그래서 이 빛은 '희망의 이정표(milestone of hope)'라는 뜻으로도 쓰인다.

＊ You are the light of the world. A city set on a mountain cannot be hidden. (너희는 세상의 빛이다. 산 위에 자리잡은 고을은 감추어질 수 없다.)

돈을 사랑하는 것은 모든 악의 근원이다

the Love of Money is the Root of all Evils. 이것은 《티모테오에게 보낸 첫째 서간》 제6장 10절에 나오는 말인데, 이단(異端, heresy, cult)과 탐욕(greed, avarice)에 대해 경고를 준 것이다.

＊ For the love of money is the root of all evils, and some people in their desire for it have strayed from the faith and have pierced themselves with many pains. (사실 돈을 사랑하는 것이 모든 악의 뿌리입니다. 돈을 따라다니다가 믿음에서 멀어져 방황하고 많은 아픔을 겪은 사람들이 있습니다.)

마케도니아인의 절규

Macedonian Cry. 이 말은《사도행전》제16장 9절에서 유래한 말로, '도움이나 안내를 간절히 호소하다(ask someone for help, appeal for help)'라는 뜻으로 쓰인다. 바오로가 아시아로 건너가 말씀을 전하려 했으나 성령이 가로막자 미시아를 지나 트로아스로 내려갔을 때 일어난 일이다.

　＊ During the night Paul had a vision. A Macedonian stood before him and implored him with these words, "Come over to Macedonia and help us." (그런데 어느 날 밤 바오로가 환시를 보았다. 마케도니아 사람 하나가 바오로 앞에 서서, "마케도니아로 건너와 저희를 도와주십시오." 하고 청하는 것이었다.)

부르심을 받은 이들은 많지만 선택된 이들은 적다

Many are invited, but few are chosen.《마태오복음서》제22장 14절 '혼인잔치의 비유'에 나오는 말이다.《그리스도를 본받아De imitatione Christi》라는 책으로 유명한 5세기 독일의 신비주의자 토마스 아 켐피스(Thomas A Kempis)도 "예수님 곁에는 천국을 사랑하는 이들은 늘 많지만, 십자가를 지는 사람은 적다."라고 말했다. 위안을 바라는 자들은 많지만 시련을 달게 받는 자들은 적다는 뜻이다.

　＊ Many are invited, but few are chosen. (사실 부르심을 받은 이들은 많지만
　　선택된 이들은 적다.)

목에 맨 연자매

　Milestone round one's neck은 《마태오복음서》 제18장 6절에 나오는 말이
다. 천국으로 갈 사람들의 자격을 언급하고 있는 이 대목에서는 순수한 어
린 신앙을 지니고 있는 사람을 넘어지지 않게 하고 이웃의 아픔을 보듬어
주는 성숙한 인격의 소유자가 되어야 한다는 교훈을 주고 있다. 여기서 연
자매는 '도움을 받지 못해 절망에 빠질 수밖에 없는 것'을 뜻한다.

　＊ If any of you put a stumbling block before one of these little one's who
　　believe in me, it would be better for you if a great milestone were fastened
　　in the depth of the sea. (나를 믿는 이 작은 이들 가운데 하나라도 죄짓게 하는
　　자는, 연자매를 목에 달고 바다 깊은 곳에 빠지는 편이 낫다.)

아기들과 젖먹이들의 입에서

　Out of the Mouths of Infants. 《마태오복음서》 제21장 16절(시편 8:2) '성
전 뜰에서 쫓겨난 상인들'에 나오는 말이다. 아무리 어린아이들이라도 놀
랍거나 통찰력 있는 말이 나올 수 있다(Children occasionally say remarkable or
insightful things)는 뜻으로 쓰이는데, 여기에 맞는 영어 속담 한마디. Wisdom

may come out of the mouths of babes(지혜는 아기의 입에서 나올 수도 있다).

 ＊ and said to him, "Do you hear what they are saying?" Jesus said to them,
  "Yes; and have you never read the text, 'Out of the mouths of infants and
  nurslings you have brought forth praise'?" (예수님께 "저 아이들이 무어라고
  하는지 듣고 있소?" 하였다. 예수님께서 그들에게 말씀하셨다. "그렇다. '당신
  께서는 아기들과 젖먹이들의 입에서 찬양이 나오게 하셨습니다.'라는 말씀을
  너희는 읽어본 적이 없느냐?")

겨자씨의 비유

 Parable of the Mustard Seed. 겨자는 매우 천천히 자라 기르기도 어려울
뿐만 아니라 줄기가 억세 자르기도 힘든 식물이다. 게다가 겨자씨는 작고
매끈하여 칼로 자르기도 까다롭기 때문에 '겨자를 자른다'는 것은 매우 어
려운 일을 해냈다는 뜻으로 쓰이게 되었다. 그래서 cut the mustard(겨자를
수확하다)는 '성공하다' '기대에 부응하다' '목표에 이르다'는 뜻으로 쓰이며,
as keen as mustard는 '아주 열심인' '열렬한'이라는 뜻이다. 그리고 mustard
는 색깔 때문에 속어로 '중국인'을 가리키기도 하지만, 미 공군에서는 top
gun(우수 파일럿)의 속어로 쓰이고 있다.

 더구나 나이 많은 사람들이 겨자를 수확하기란 무척 힘들었을 것이
다. 그래서 독일 출신으로 미국에서 활약한 배우이자 가수인 마를레네
디트리히(Marlene Dietrich, 1901~1992)와 로즈메리 클루니(Rosemary Clooney,
1928~2002)는 1952년에 'Too Old to Cut the Mustard(성공하기엔 너무 늦었어)'
라는 노래를 발표했는지도 모른다.

이 표현은 《마태오복음서》 제
13장 31~32절에 나오는 '겨자씨의
비유(Parable of the Mustard Seed)'에서
유래되었다.

'Too Old to Cut the Mustard'가 수록된
컬럼비아 레코드사의 LP판

* The kingdom of heaven is like
  a mustard seed, which a man
  took and planted in his field.
  Though it is the smallest of all
  your seeds, yet when it grows,
  it is the largest of garden plants and becomes a tree, so that the birds of the
  air come and perch in its branches. (천국은 마치 사람이 자기 밭에 갖다 심은
  겨자씨 한 알 같으니 이는 모든 씨보다 작은 것이로되 자란 후에는 풀보다 커
  서 나무가 되매 공중의 새들이 와서 그 가지에 깃들이느니라.)

여기서 a mustard seed(겨자씨 한 알)는 일상에서 '장차 크게 될 가능성이
있는 작은 일'을 가리킬 때 쓰인다.

독사의 자식

Generation of Viper. 《마태오복음서》 제3장 7절에 나오는 말이다.
generation(brood, '같은 때에 태어난 새끼들'이나 '종족') of viper는 바리사이(the
Pharisees, 바리새인; 유대교의 경건주의 분파로 '분리된 자들'이라는 뜻)와 사두가
이(the Sadducees, 사두개; 유대교 제사장을 중심으로 한 유대교 분파)처럼 '독사의

자식들', 즉 '위선자들이나 사악한 자들의 무리(A group of iniquitous people or hypocrites)'를 가리킨다.

1952년 노벨문학상을 탄 프랑수아 모리아크(Francois Mauriac)의 소설 《살모사의 뒤얽힘 *Vipers Tangle*》(1932)도 제목이 암시해주듯이 가족에 대한 늙은 법률가의 증오심과 탐욕을 그리고 있다.

> * When he saw many of the Pharisees and Sadducees coming to his baptism, he said to them, "You brood of vipers! Who warned you to flee from the coming wrath? (그러나 요한은 많은 바리사이와 사두가이가 자기에게 세례를 받으러 오는 것을 보고, 그들에게 말하였다. "독사의 자식들아, 다가오는 진노를 피하라고 누가 너희에게 일러주더냐?")

돼지 앞에 진주를 던지지 마라

Cast your pearls before swine. 이것은 《마태오복음서》 제7장 6절 '거룩한 것을 욕되게 하지 마라'에 나오는 말이다. 돼지는 값비싼(precious) 진주의 가치를 알지 못하기 때문에 목에 걸어줘봤자 아무 소용이 없다는 말로, 감사할 줄도 모르고 말귀를 이해하지도 못하는 사람에겐 아무리 좋은 조언(advice)을 해주어도 소용이 없다는 뜻이다.

> * Do not give what is holy to dogs, or throw[cast] your pearls before swine, lest they trample them underfoot, and turn and tear you to pieces. (거룩한 것을 개들에게 주지 말고, 너희의 진주를 돼지들 앞에 던지지 마라. 그것들이 발로 그것을 짓밟고 돌아서서 너희를 물어뜯을지도 모른다.)

값진 진주

A Pearl of great Price. 《마태오복음서》제13장 46절 '천국에 대한 7가지 비유' 중 하나인 '진주의 비유'에서 나온 말이다. 이는 진주와 같은 진리를 발견한 사람이 취해야 할 태도를 말하고 있다. 여기서 진주는 '아주 귀중한 것(the precious, the valuable)'을 뜻한다. 이와 비슷한 표현으로 '흙 속의 진주'라는 말이 있다. 이는 숨어 있는 보석이 세상 밖으로 나왔을 때 그 가치가 비로소 빛을 발하게 된다는 말이다. 하지만 흙 속의 진주에 대한 영어 표현은 'rough diamond'로 pearl이 아닌 diamond를 사용하는 점이 의미가 있다. diamond라는 원석이 가치를 가진 보석이 되려면 수차례의 정밀한 가공을 거쳐야 하는데, rough diamond는 아직 그 가치를 찾지 못한 다이아몬드 원석을 뜻하기 때문이다.

* When he finds a pearl of great price, he goes and sells all that he has and buys it. (그는 값진 진주를 하나 발견하자 가서 가진 것을 모두 처분하여 그것을 샀다.)

의사여, 네 병이나 고쳐라

Physician, cure yourself. 《루카복음서》제4장 23절 '예언자는 고향에서 존경을 받지 못한다'에 나오는 말이다. '남의 결점을 지적하기에 앞서 자신의 결점에 주의하다(Attend to one's own faults, in preference to pointing out the faults of others)'라는 뜻으로 쓰인다.

이 말은 서양 속담에 나오는 'the cobbler always wears the worst shoes(구

두 수선공은 항상 가장 허름한 신발을 신는다'와 일맥상통한다. 구두 수선공은 너무 가난하거나 너무 바빠서 자신의 신발에 신경을 쓸 여력이 없기 때문이다.

* He said to them, "Surely you will quote me this proverb, 'Physician, cure yourself,' and say, 'Do here in your native place the things that we heard were done in Capernaum.'" (예수님께서는 그들에게 이르셨다. "너희는 틀림없이 '의사야, 네 병이나 고쳐라.' 하는 속담을 들며, '네가 가파르나움에서 하였다고 우리가 들은 그 일들을 여기 네 고향에서도 해보아라.' 할 것이다.")

옹기장이의 밭

the Potter's Field. 《마태오복음서》 제27장 7절에 나오는 말이다. 유다는 예수를 대사제들에 넘겨준 뒤 죄를 뉘우치고 고발한 대가로 받은 은화 30 닢을 되돌려주려 했다. 그러나 대사제들이 받지 않자 은전을 성소에 내동댕이치고 목매어 자살했다. 그 후 대사제들이 그 돈으로 옹기장이의 밭을 사서 공동묘지로 사용한 데서 나온 말이다.

그래서 이 말은 일반적으로 '빈곤층 공동묘지(cemetery or mass yard for the poor)'나 '연고 없는 묘지(bondless grave)'를 가리킨다.

* After conferring together, they used them to buy the potter's field as a place to bury foreigners. (그들은 의논한 끝에 그 돈으로 옹기장이 밭을 사서 이방인들의 묘지로 쓰기로 하였다.)

권세들

The Powers[authorities]. 《로마 신자들에게 보낸 서간》(로마서) 제13장 1~2
절 '그리스도인과 권위'에 나오는 말로, 이것은 1526년 윌리엄 틴들(William
Tyndale)이 번역한 신약성서에서 처음 등장했다. 틴들은 성경 지식을 보급
함으로써 종교개혁이 가능하다고 믿고 성서를 영어로 번역하고자 했으
나, 당시에 성서를 번역하거나 일반인들이 읽는 것은 로마 교황청이 엄격
히 금했다. 틴들은 이러한 박해와 체포 위협 속에서도 유럽 대륙을 떠돌며,
라틴어가 아니라 히브리어와 그리스어 원전에 의한 번역 작업을 계속해
1526년 영어 신약성서를 완성하고 독일에서 인쇄해 영국으로 보냈다. 그
는 이후에도 구약성서 번역 작업을 계속했지만, 1535년 네덜란드에서 성
서를 영어로 번역했다는 죄목으로 체포되어 이듬해에 화형당했다.

Let every soul be subject unto the higher powers. For there is no power but
of God: The powers that be are ordained of God(또한 때를 알거니와 지금이 우
리가 잠에서 깨어야 할 바로 그때이니 이는 지금 우리의 구원이 우리가 믿었을 때

윌리엄 틴들과 그가 영어로 번역한 《요한복음서》 첫장

보다 더 가까이 있기 때문이라).

이 말은 일반화되어 지금은 '조직·국가 등의 실세들(any individuals or group that holds power[authority] over a particular domain)'을 뜻하게 되었다. 일반적으로 'powers that be'라는 표현은 잘 쓰지 않기 때문에 'authorities' 'establishment' 또는 'the system'이라는 문구로 대체할 수 있다. 과거에 권력이 있었으나 지금은 허세인 경우는 과거형으로 'the powers that were'라고 표현할 수도 있다.

* Let every person be subordinate to the higher authorities, for there is no authority except from God, and those that exist have been established by God. Therefore, whoever resists authority opposes what God has appointed, and those who oppose it will bring judgment upon themselves. (사람은 누구나 위에서 다스리는 권위에 복종해야 합니다. 하느님에게서 나오지 않는 권위란 있을 수 없고, 현재의 권위들도 하느님께서 세우신 것입니다. 그러므로 권위에 맞서는 자는 하느님의 질서를 거스르는 것이고, 그렇게 거스르는 자들은 스스로 심판을 불러오게 됩니다.)

마음이 깨끗한 사람

the Clean of Heart. 《마태오복음서》 제5장 8절(루카 6:20~23)은 소위 '산상설교(the sermon on the mount, 산상수훈)' 중 8복, 즉 8가지 참된 행복을 말하면서 그중에서도 마음이 청결한 자가 받는 복을 소개하고 있다.

* Blessed are the clean[pure] of heart, for they will see God. (행복하여라, 마음이 깨끗한 사람들! 그들은 하느님을 볼 것이다.)

주여, 어디로 가시나이까

Quo vadis, Domine. 《요한복음서》제13장 36절(마태오 26:31~35, 마르코 14:27~31, 루카 22:31~34) '베드로가 당신을 모른다고 할 것을 예고하시다'에 나오는 말이다. 쿠오바디스, 도미네는 '주여, 어디로 가시나이까(The Lord, Where are you going)'라는 뜻의 라틴어이다. 베드로가 네로의 박해를 피해 로마를 떠나려는데 갑자기 예수가 나타나 로마로 향했다. 이때 베드로가 예수에게 한 말이다. 그러자 예수는 다음과 같이 답했다. "난 십자가에 매달리려고 다시 로마로 간다(Eo Romam iterum crucifigi; I am going to Rome to be crucified again.)." 이에 용기를 얻은 베드로는 다시 예수의 가르침을 전파하기 위해 길을 나서고 결국 로마의 원형경기장에서 순교하게 된다.

이것은 폴란드의 작가 헨리크 시엔키에비치(Henryk Sienkiewicz)가 1896년에 발표한 대표적 장편소설의 제목이기도 하다. '네로 시대의 이야기'란 부제가 말해주듯이 이 소설은 1세기경 로마에서 벌어진 고대 로마의 세계관과 그리스도교 신앙의 투쟁이라는 역사적 대사건을 배경으로 삼고 있다.

그는 고대 그리스·로마의 역사와 문학작품에 매료되어 있었는데, 이 작품도 로마의 역사가 타키투스의 《연대기》를 참조하여 썼다고 한다.

원래 정의와 진리는 승리한다는 것을 호소하여 제정러시아의 식민통치를 받던 폴란드 민족의 운명에 희망의 불길을 밝혀주고자 썼던 시엔키에비치는 이 애국적 역사소설로 1905년 노벨문학상을

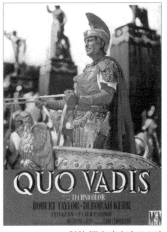

영화 〈쿠오바디스〉 포스터

받았다. 이후 이 작품은 1951년에 로맨스 무비 〈마음의 행로*Random Harvest*〉
로 유명한 머빈 리로이(Mervyn LeRoy) 감독이 로버트 테일러, 데버라 커, 피
터 유스티노프 등을 주연으로 영화화하여 전 세계적으로 크나큰 인기를
끌었다.

＊ Simon Peter said to him, "Master, where are you going?" Jesus answered
him, "Where I am going, you cannot follow me now, though you will
follow later." (시몬 베드로가 예수님께 "주님, 어디로 가십니까?" 하고 물었
다. 예수님께서는 그에게, "내가 가는 곳에 네가 지금은 따라올 수 없다. 그러
나 나중에는 따라오게 될 것이다." 하고 대답하셨다.)

심지 않은 데서 거두다

Harvesting where you did not plant. 《마태오복음서》 제25장 24절(루카
19:11~27) '달란트의 비유'에서 나온 말이다. 어떤 사람이 먼 여행을 떠나게
되어 하인들에게 그 재능대로 각각 5달란트, 2달란트, 1달란트를 주어 돌
아올 때까지 장사를 잘하라고 부탁했다. 한참이 지난 뒤 주인이 돌아와 계
산해보니 5달란트와 2달란트를 맡은 자는 두 배의 이문을 남겨 각각 10달
란트와 4달란트를 내놓았다. 그러나 1달란트를 받은 자는 땅을 파고 그것
을 묻어두었다가 그대로 가져왔다.

5달란트와 2달란트를 받은 하인은 위임된 달란트를 가지고 충성스럽게
일한 유형이다. 실패할 것을 두려워하지 않고 작은 일에도 최선을 다한 믿
음직스러운 일꾼인 반면에, 1달란트를 받은 자는 일감을 맡고서 아무 일도
하지 않았다. 해보지도 않고 안 될 것부터 생각한 부정적인 모습으로 '악하

고 게으른 종'이라는 질책을 들었다.

이것은 자신이 가진 재능이 다른 사람과 비교했을 때 아무리 보잘것없는 것이라 하더라도 그것을 꾸준히 갈고 닦으면 반드시 결과가 나온다는 교훈을 말하려는 것이다. 여기서 '심지 않은 데서 거두다'는 '힘들이지 않고 결실을 얻다(bear fruit without an effort)'라는 뜻이다.

﹡ Then the one who had received the one talent came forward and said, "Master, I knew you were a demanding person, harvesting where you did not plant and gathering where you did not scatter." (그런데 1달란트를 받은 이는 나아가서 이렇게 말하였다. "주인님, 저는 주인님께서 모진 분이시어서, 심지 않은 데에서 거두시고 뿌리지 않은 데에서 모으신다는 것을 알고 있었습니다.")

바람에 흔들리는 갈대

Reed shaken with the wind. 《마태오복음서》 제11장 7절 '세례자 요한에 대한 예수의 증언'에서 나온 말이다. 예수가 사람들에게 너희가 무엇을 보러 나갔느냐고 물으면서, 바람에 흔들리는 갈대를 보러 나갔느냐고 물었다. 세례자 요한의 설교를 들으면서 사람들은 그의 뒤쪽에 있는 요르단강가에서 바람에 흔들리는 갈대를 보고 있다는 말이다. 즉 한눈을 팔고 있다는 말이다. 여기서 예수는 사람들에게 세례자 요한은 결코 바람에 흔들리는 갈대가 아니라고 말했다.

﹡ As they were going off, Jesus began to speak to the crowds about John, "What did you go out to the desert to see? A reed swayed by the wind?" (그

들이 떠나가자 예수님께서 요한을 두고 군중에게 말씀하기 시작하셨다. "너희는 무엇을 구경하러 광야에 나갔더냐? 바람에 흔들리는 갈대냐?")

그래서 바람에 흔들리는 갈대는 '줏대 없는 사람(doughface)'이나 '주관이 확실치 않은 사람'을 가리킨다. 그리고《마태오복음서》제12장 20절과《이사야서》제42장 3절에 나오는 '부러진 갈대(a broken reed)'는 '믿을 수 없는 사람'을 일컬을 때 쓰이며, lean on a reed는 '못 믿을 사람(물건)에 의지하다'라는 뜻이다.

블레즈 파스칼

프랑스의 철학자이자 수학자인 블레즈 파스칼(Blaise Pascal)의《팡세 Penses》서두에 나오는 명언 '인간은 생각하는 갈대'도 바로 이 성서 구절에서 따온 말이다.

L'homme est un roseau le plus faible de la nature: mais c'est un roseau pensant/Man is only a reed, the weakest in nature, but he is a thinking reed(인간은 자연 가운데서 가장 약한 갈대에 불과하다. 그러나 생각하는 갈대이다).

소금과 빛

The salt and the light. 이 말은《마태오복음서》제5장 13~14절 '세상의 소금, 세상의 빛'에 나오는 말이다. 우리 인체에도 반드시 필요한 성분인 소금은 자체를 녹여 짠맛을 내고 부패를 방지하는 역할을 하는 필수불가결한 존재이다.

소금은 모든 음식의 맛을 내기 때문에 역사적으로 볼 때 굉장히 중요한 물질이었다. 소금을 얻기 위해 전쟁을 하기도 하고, 로마시대에는 군인들에게 주는 봉급이었다. 그래서 소금이라는 뜻의 라틴어 salaria가 영어의 salary(봉급)로 되었다. 소금이 모든 음식에 들어가서 맛을 내는 것처럼 사람은 세상에서 맛을 내야 한다는, 즉 필요한 존재가 되라는 말이다. 또 소금은 음식을 썩지 않게 하는 방부제 역할을 하기 때문에 사람도 세상에서 방부제 역할을 하라는 말이다.

그리고 빛은 자체를 태워 세상을 밝혀주는 역할을 한다. 빛은 어둠을 몰아내고 그 가운데 있는 것을 환하게 드러내는 특징을 지니고 있다. 빛은 특성상 대단히 직선적이고 적극적이며, 아무리 작은 빛이라도 그 나름대로 어두움을 밝혀준다.

즉 빛과 소금은 모두 자체를 희생함으로써 그 목적과 가치를 이뤄내는 특징이 있다. 그래서 이 말은 일반적으로 '가장 훌륭한 가치나 신뢰를 지닌 사람'이라는 뜻으로 쓰인다.

　＊ You are the salt of the earth. But if salt loses its taste, with what can it be seasoned? It is no longer good for anything but to be thrown out and trampled underfoot. You are the light of the world. A city set on a mountain cannot be hidden. (너희는 세상의 소금이다. 만일 소금이 짠맛을 잃으면 무엇으로 다시 짜게 만들겠느냐? 그런 소금은 아무데도 쓸데없어 밖에 내버려져 사람들에게 짓밟힐 따름이다. 너희는 세상의 빛이다. 산 위에 있는 마을은 드러나기 마련이다.)

모래 위에 세우다

Build on sand. 《마태오복음서》 제7장 25~26절에 나오는 말로, 진리는 반석(盤石, foundation)과 같고 거짓 선지자의 말은 사상누각(house on the sand)이나 다름없다는 말이다. 그래서 이 말은 '헛된 일(a futile attempt, a wild-goose chase)'이나 '바탕이 허술한 일이나 행위(a lax attempt)'를 뜻한다. 참고로 '반석 같다'는 be as firm as a rock이라고 한다.

> ＊ The rain fell, the floods came, and the winds blew and beat on that house, but it did not fail, because it had been founded on rock. And everyone who hears these words of mine nd does not act on then will be like a foolish man who built his house on sand. (비가 내려 큰 물이 밀려오고 또 바람이 불어 들이쳐도 그 집은 반석 위에 세워졌기 때문에 무너지지 않는다. 그러나 지금 내가 한 말을 듣고도 실행하지 않는 사람은 모래 위에 집을 짓는 어리석은 사람과 같다.)

사탄아 물러가라

Get behind me, Satan! 《마태오복음서》 제16장 23절(마르코 8:31~33, 루카 9:22) '수난과 부활을 처음으로 예고하시다'에 나오는 말이다. 이것은 예수가 부활하지 못할 수도 있다는 베드로를 힐책하면서 나온 말이었다.

> ＊ He turned and said to Peter, "Get behind me, Satan! You are an obstacle to me. You are thinking not as God does, but as human beings do." (그러나 예수님께서는 돌아서서 베드로에게 말씀하셨다. "사탄아, 내게서 물러가라. 너

는 나에게 걸림돌이다. 너는 하느님의 일은 생각하지 않고 사람의 일만 생각하는구나!")

산상수훈

Sermon on the Mount. 산상수훈(山上垂訓)은 예수가 서기 30년경 그의 제자들과 군중들에게 설교한 내용으로 산상설교라고도 한다. 산상수훈의 내용은《마태오복음서》제5장에서 7장까지 기록되어 있다.

특히 제5장의 첫 부분은 '8복(八福, the Beatitudes)'으로 잘 알려져 있는데, 내용은 다음과 같다.

예수님께서는 그 군중을 보시고 산으로 오르셨다. 그분께서 자리에 앉으시자 제자들이 그분께 다가왔다. 예수님께서 입을 여시어 그들을 이렇게 가르치셨다.

"행복하여라, 마음이 가난한 사람들! 하늘나라가 그들의 것이다.

행복하여라, 슬퍼하는 사람들! 그들은 위로를 받을 것이다.

행복하여라, 온유한 사람들! 그들은 땅을 차지할 것이다.

행복하여라, 의로움에 주리고 목마른 사람들! 그들은 흡족해질 것이다.

행복하여라, 자비로운 사람들! 그들은 자비를 입을 것이다.

행복하여라, 마음이 깨끗한 사람들! 그들은 하느님을 볼 것이다.

행복하여라, 평화를 이루는 사람들! 그들은 하느님의 자녀라 불릴 것이다.

행복하여라, 의로움 때문에 박해를 받는 사람들! 하늘나라가 그들의 것이다."

귀스타브 도레의 〈야산에서 설교하는 예수〉

이것은 오늘날까지도 신자들이 지켜야 할 윤리행위의 지침이 되고 있다. 그 내용은 8복을 시작으로 사회적 의무, 자선활동, 기도, 금식, 이웃사랑 등에 관한 예수의 가르침으로 구성되어 있다.

이 산의 위치는 성서에 나타나 있지 않지만, 고고학자들은 갈릴래아(갈릴리) 호수 북쪽 타브가(Tabgha)와 가파르나움(Capernaum) 사이에 있는 야산으로 추정하고 있다.

회칠한 무덤

whitewashed Tombs.《마태오복음서》제23장 27절 '위선자에 대한 책망'에 나오는 말이다. 성서에 나와 있듯이, '회칠한 무덤(whited sepulchre, whitewashed tombs)'은 위선자(hypocrite)라는 뜻으로 쓰인다. 주로 돌로 만든 무덤(tomb)을 가리키는 sepulchre는 라틴어 sepulcrum(매장, burial)에서 나온 말이다. 이 말은 영어로 그대로 차용되어 sepulture(매장, 무덤, 지하매장소, sepulcher)가 되었다.

* Woe to you, scribes and Pharisees, you hypocrites. You are like whitewashed tombs[whited sepulchre], which appear beautiful on the outside, but inside are full of dead men's bones and every kind of filth. (불행하여라, 너희 위선자 율법학자들과 바리사이들아! 너희가 겉은 아름답게 보

이지만 속은 죽은 이들의 뼈와 온갖 더러운 것으로 가득 차 있는 회칠한 무덤 같기 때문이다.)

양과 염소를 분리시키다

Seperate the sheep and the goat. '최후의 심판'에서는 심판받을 사람들을 좌우로 나눠 앉게 하는데, 오른쪽에 앉은 사람을 축복한다. 이는 "He will place the sheep on his right and the goats on his left(그렇게 하여 양들은 자기 오른쪽에, 염소들은 왼쪽에 세울 것이다)."라는 《마태오복음서》 제25장 33절에도 잘 나타나 있다. 따라서 양과 염소를 분리시키는 것은 '선과 악을 구별하다(distinguish[differentiate, discriminate] between good and evil)'라는 뜻이며, the sheep and the goats는 '선인과 악인'을 가리킨다.

sheeple(복종적인 시민)은 sheep people을 줄인 신조어다. 그리고 black sheep (of the family)은 '(한 집안에서의) 말썽꾸러기, 두통거리'를 뜻한다. 검은 양의 털은 염색을 할 수 없는 데다 일정량을 모으기도 어려워 다른 양털에 비해 값이 싼 데서 비롯된 말이다.

잃어버린 양

the Lost Sheep. 《루카복음서》 제15장 1~7절(마태오 18:12~14)의 '되찾은 양의 비유'는 다음과 같은 이야기이다.

세리들과 죄인들이 모두 예수님의 말씀을 들으려고 가까이 모여들고 있었다. 그러자 바리새인들과 율법학자들이, "저 사람은 죄인들을 받아들이고 또 그들과 함께 음식을 먹는군." 하고 투덜거렸다. 예수님께서 그들에게 이 비유를 말씀하셨다. "너희 가운데 어떤 사람이 양 백 마리를 가지고 있었는데 그 가운데에서 한 마리를 잃으면, 아흔아홉 마리를 광야에 놓아둔 채 잃은 양을 찾을 때까지 뒤쫓아가지 않느냐(What man among you having a hundred sheep and losing one of them would not leave the ninety-nine in the desert and go after the lost one until he finds it)?" 그러다가 양을 찾으면 기뻐하며 어깨에 메고 집으로 가서 친구들과 이웃들을 불러, "나와 함께 기뻐해주십시오. 잃었던 내 양을 찾았습니다." 하고 말한다.

여기서 '길 잃은 양'이나 '잃어버린 양'은 '방황하는 인간(a wandering[stray] man)'을 가리킨다.

시대의 표징

the Signs of the Times. 《마태오복음서》 제16장 3절(마르코 8:11~13, 루카 12:54~56) '바리사이들과 사두가이들이 표징을 요구하다'에 나오는 말이다. 일반적으로는 '시세(the trend of the age; the tendency of the times)'라는 뜻으로 쓰이며, 이외에 It's a sign of the times처럼 세상을 풍자하면서 '요즘 세상은 그래'라는 표현에도 쓰인다.

＊ and, in the morning, 'Today will be stormy, for the sky is red and threatening.' You know how to judge the appearance of the sky, but you cannot judge the signs of the times. (아침에는 '하늘이 붉고 흐리니 오늘은 날씨가 궂겠구나.' 한다. 너희는 하늘의 징조는 분별할 줄 알면서 시대의 표징

은 분별하지 못한다.)

붉은 저녁놀은 목동들의 기쁨

Red sky at night; Shepherds delight.《마태오복음서》제16장 2~3절 '바리사이들과 사두가이들이 표징을 요구하다'에 나오는 말인데, 어느덧 서양의 날씨에 관한 설화로 자리잡았다. 이 말은 나중에 목동들보다는 뱃사람들의 전통적인 민간 상식이 되었다.

Red sky at night; shepherds delight, Red sky in the morning; shepherds warning(석양이 붉으면 목동들이 기뻐하고 아침이 붉으면 목동들이 근심한다).

＊ The Pharisees and Sadducees came and, to test him, asked him to show them a sign from heaven. He said to them in reply, "In the evening you say, 'Tomorrow will be fair, for the sky is red'; and, in the morning, 'Today will be stormy, for the sky is red and threatening.'" (바리사이들과 사두가이들이 와서 예수님을 시험하려고, 하늘에서 오는 표징을 보여달라고 요청하였다. 그러자 예수님께서 이렇게 대답하셨다. "너희는 저녁때가 되면 '하늘이 붉으니 날씨가 좋겠구나.' 하고, 아침에는 '하늘이 붉고 흐리니 오늘은 날씨가 궂겠구나.' 한다.")

마음은 간절하나 몸이 말을 듣지 않는다

The spirit is willing, but the flesh is weak.《마태오복음서》제26장 41절(마

르코 14:32~42, 루카 22:39~46) '겟세마네에서 기도하시다'에 나오는 말이다. 마음과는 달리 쉽게 유혹을 뿌리칠 수 없다. 즉 자신이 세운 높은 도덕적 기준을 지키며 살기 힘들다(A statement of the difficulty in living up to the high moral standards that one has set oneself)는 뜻이다.

　＊ Watch and pray that you may not undergo the test. The spirit is willing, but the flesh is weak. (유혹에 빠지지 않도록 깨어 기도하여라. 마음은 간절하나 몸이 따르지 못한다.)

죄 없는 자가 먼저 돌을 던져라

　Let the one among you who is without sin be the first to throw a stone.《요한 복음서》제8장 7절에 나오는 말이다. 이 말은 범법자를 용서하라는 뜻이 아니다.

　여인과 단둘이 남았을 때, 예수 그리스도는 "나도 너를 정죄하지 아니하노니 가서 다시는 죄를 범하지 말라(요한 8:11)." 하며 여인의 간음한 죄를 분명 지적한 뒤 다시는 반복하지 말라고 했다. 여기에서 교훈은 죄를 범한 누구라도 영원한 죄인으로 낙인찍을 수 없다는 것이다. 철저히 반성하고 새로운 피조물로 나아갈 기회는 누구에게나 열려 있다는 말이다. 그러나 민주주의 국가에서 범법자는 모두 재판을 통해 상응한 처벌을 받아야 정의가 서고 공동체가 유지될 수 있다.

　일반적으로는 'judge not lest you be judged(비판받지 않으려거든 비판하지 말라)', 즉 남을 부당하게 비판하면 똑같은 대접을 받게 되어 있다(you should not judge others unfairly, or you will receive the same treatment)는 뜻이다.

* But when they continued asking him, he straightened up and said to them, "Let the one among you who is without sin be the first to throw[cast] a stone at her." (그들이 줄곧 물어대자 예수님께서 몸을 일으키시어 그들에게 이르셨다. "너희 가운데 죄 없는 자가 먼저 저 여자에게 돌을 던져라.")

빵 대신 돌

A Stone for Bread. 《마태오복음서》 제7장 9~10절에 나오는 말이다. 여기서 give a person a stone for bread는 빵을 청하는 사람에게 돌을 주는 것이니 '농락하다(toy)' '돕는 체하고 남을 우롱하다(pretend to help and ridicule; make a fool of)'라는 뜻이다.

* Which one of you would hand his son a stone when he asks for a loaf of bread, or a snake when he asks for a fish? (너희 가운데 아들이 빵을 청하는데 돌을 줄 사람이 어디 있겠느냐? 생선을 청하는데 뱀을 줄 사람이 어디 있겠느냐?)

좁고 험한

Strait and Narrow. 《마태오복음서》 제7장 13~14절(루카 13:24) '좁은 문으로 들어가라'에 나오는 말이다. 여기서 strait and narrow는 천국으로 가는 길을 설명하는 문구에서 유래해서 일반화된 표현으로, '난관(difficulty)'이라는 뜻 말고도 '옳은 행동'이나 '단정한 품행'이라는 뜻으로도 쓰인다. 이때는 대개 stay[keep, be] on the straight and narrow(=tread the path of virtue; 정도를 밟다, behave in a way that is honest and moral; 정직하고 올바른 행동을 하다)의 형식을 취한다.

원래 strait는 '좁아서 통행이 어려운 길이나 물길(a route or channel, so narrow as to make passage difficult)'을 가리켰지만, 지금은 육지 사이에 끼어 있는 좁고 긴 바다를 가리키는 '해협'이라는 뜻으로 자리잡았다. 그리고 '험하다'는 이미지 때문에 '궁핍(destitution, poverty)'이라는 뜻도 가지고 있다.

＊ Enter through the narrow[strait] gate; for the gate is wide and the road broad that leads to destruction, and those who enter through it are many. How narrow the gate and constricted the road that leads to life. And those who find it are few. (너희는 좁은 문으로 들어가라. 멸망으로 이끄는 문은 넓고 길도 널찍하여 그리로 들어가는 자들이 많다. 생명으로 이끄는 문은 얼마나 좁고 또 그 길은 얼마나 비좁은지, 그리로 찾아드는 이들이 적다.)

살 속의 가시

A Thorn in the Flesh. 《코린토 신자들에게 보낸 둘째 서간》 제12장 7절에 나오는 말이다. '고통거리(a source of annoyance)'나 '끊임없는 고난이나 고통(A persistent difficulty or annoyance)'을 뜻한다.

＊ because of the abundance of the revelations. Therefore, that I might not become too elated, a thorn in the flesh was given to me, an angel of Satan, to beat me, to keep me from being too elated. (그 계시들이 엄청난 것이기에 더욱 그렇습니다. 그래서 내가 자만하지 않도록 하느님께서 내 몸에 가시를 주

셨습니다. 그것은 사탄의 하수인으로, 나를 줄곧 찔러대 내가 자만하지 못하게 하시려는 것이었습니다.)

토마스

Tomas. 《마태오복음서》 제10장 2~3절 (마르코 3:13~19, 루카 6:12~16) '열두 사도를 뽑으시다'에 등장하는 인물로, 예수의 12 제자들 중 한 사람이다. '디디모스(디디모) 의 토마스(도마)'라고도 하는데, 디디모스 (Didymos)는 그리스어로 '쌍둥이'라는 뜻 이다.

그는 자기가 직접 예수의 손에 난 못 자 국과 옆구리에 난 창 자국을 보기 전에는 그의 부활을 믿을 수 없다고 했다. 그래서

이탈리아 화가 조르조 바사리의 〈도마의 의심〉(1572)

Tomas는 '회의론자(sceptic)'나 '의심이 많은 자'라는 뜻으로 많이 쓰인다.

 * The names of the twelve apostles are these: first, Simon called Peter, and his brother Andrew; James, the son of Zebedee, and his brother John; Philip and Bartholomew, Thomas and Matthew the tax collector; James, the son of Alphaeus, and Thaddeus. (열두 사도의 이름은 이러하다. 베드로 라고 하는 시몬을 비롯하여 그의 동생 안드레아[안드레], 제베대오의 아들 야 고보[야곱]와 그의 동생 요한, 필립보[빌립]와 바르톨로메오[바돌로매], 토마스 [도마]와 세리 마태오[마태], 알패오의 아들 야고보와 타대오[다대오].)

진리가 너희를 자유롭게 하리라

The truth shall make you free. 《요한복음서》 제8장 32절 '진리를 알지니 진리가 너희를 자유롭게 하리라(Then you will know the truth, and the truth shall[will] make[set] you free)'에서, 여기서의 진리는 오감으로 느낄 수 있는 물질적 개체(matter)가 아닌 영원히 변하지 않는 것(idea), 즉 과학적 진리가 아닌 영적인 진리를 말한다고 볼 수 있다.

이 말은 연세대학교의 건학정신이기도 하며, 시인 윤동주와 정지용이 다녔던 일본 도지샤대학(同志社大學)의 교훈이기도 하다. 라틴어로는 VERITAS LIBERABIT VOS라고 한다.

눈 깜빡할 사이에

In the Blink of an Eye. 《코린토 신자들에게 보낸 첫째 서간》 제15장 52절 '부활 때에 완성되는 인간의 구원'에 나오는 말인데, 말 그대로 '순식간에(In an instant)'라는 뜻이다.

* In an instant, in the blink[twinkling] of an eye, at the last trumpet. For the trumpet will sound, the dead will be raised incorruptible, and we shall be changed. (순식간에, 눈 깜박할 사이에, 마지막 나팔 소리에 그리 될 것입니다. 나팔이 울리면 죽은 이들이 썩지 않는 몸으로 되살아나고 우리는 변화할 것입니다.)

광야의 소리

A Voice of One Crying Out in the Desert. 《마태오복음서》 제3장 3절(마르코 1:1~8, 루카 3:1~9/15~18, 요한 1:19-28) '세례자 요한의 설교' 편에서 예언자 이사야가 한 말로, '받아들여지지 않는 개혁의 소리'라는 뜻으로 많이 쓰인다. 또 이것은 이라크 전쟁을 막기 위해 이라크로 들어간 반전운동단체의 이름이기도 하다.

* It was of him that the prophet Isaiah had spoken when he said: "A voice of one crying out in the desert, 'Prepare the way of the Lord, make straight his paths.'" (요한은 이사야 예언자가 말한 바로 그 사람이다. 이사야는 이렇게 말하였다. "광야에서 외치는 이의 소리, '너희는 주님의 길을 마련하여라. 그분의 길을 곧게 내어라.'")

죄의 대가는 죽음

For the wages of sin is death. 《로마 신자들에게 보낸 서간》 제6장 23절 '그리스도인은 의로움의 종'에 나오는 말로, 죄지은 자들은 영원한 고통 속으로 내던져진다(Sinners are cast into everlasting torment)는 뜻이다.

* For the wages of sin is death, but the gift of God is eternal life in Christ Jesus our Lord. (죄가 주는 품삯[대가]은 죽음이지만, 하느님의 은사는 우리 주 그리스도 예수님 안에서 받는 영원한 생명이기 때문입니다.)

손을 씻다

Washed One's Hands. 《마태오복음서》 제27장 24절(마르코 15:6~15, 루카 23:13~25, 요한 18:38~19:16) '사형선고를 받으시다'에 나오는 말이다. 예수가 십자가에 못 박혀 죽기 직전에 당시 총독이던 본디오 빌라도(Pontius Pilate) 앞에서 재판을 받았는데, 빌라도는 예수가 사형당할 만한 죄가 없어 석방시키려 했으나 군중들의 소동이 두려워 책임을 회피하려고 그대로 사형을 집행시킨 데서 유래되었다.

이것은 어떤 일이나 책임에서 완전히 '손을 떼다(disclaim all responsibility for)' '관계를 끊다(cut off)'라는 뜻으로 쓰인다.

* When Pilate saw that he was not succeeding at all, but that a riot was breaking out instead, he took water and washed his hands in the sight of the crowd, saying, "I am innocent of this man's blood. Look to it yourselves." (빌라도는 더 이상 어찌 할 수가 없을 뿐만 아니라 오히려 폭동이 일어나려는 것을 보고, 물을 받아 군중 앞에서 손을 씻으며 말하였다. "나는 이 사람의 피에 책임이 없소. 이것은 여러분의 일이오.")

미하일 문카치의 〈빌라도 앞에 선 예수〉(1881)

하느님께서 짝지어주신 것을 사람이 갈라놓아서는 안 된다

What God has joined together, no human being must separate. 《마태오복음서》 제19장 6절(마르코 10:1~12, 루카 16:18) '혼인과 이혼'에 나오는 말로, 주로 그리스도 교인의 결혼식에서 인간에 대한 하느님의 권위를 설교할 때 많이 낭독되는 말이다.

1991년 'I.O.U'로 세계적인 히트를 친 독일의 부부 듀엣 '캐리와 론(Carry & Ron)'도 'What God has joined together'라는 제목으로 노래를 발표했다. 'I.O.U'는 1996년 드라마 〈애인〉의 배경음악으로 쓰이면서 한국에서 인기를 끌어 내한공연을 갖기도 했다.

＊ So they are no longer two, but one flesh. Therefore, what God has joined together, no human being must separate. (따라서 그들은 이제 둘이 아니라 한 몸이다. 그러므로 하느님께서 맺어주신 것을 사람이 갈라놓아서는 안 된다.)

사방

the Four Winds. 《마태오복음서》 제24장 31절(마르코 13:24~27, 루카 21:25~28) '사람의 아들이 오시는 날' 편에 나오는 말이다. 이것은 예수가 감람산에서 예루살렘의 멸망과 말세의 징조 그리고 예수의 재림(Second Coming)에 대해 설교한 것들 중 하나이다.

여기서 four winds는 네 개의 바람이 아니라 '사방(四方)'을 가리키며, to the four winds(=in all directions)는 '사방으로'라는 뜻이다.

＊ And he will send out his angels with a trumpet blast, and they will gather his elect from the four winds, from one end of the heavens to the other. (그리고 그는 큰 나팔 소리와 함께 자기 천사들을 보낼 터인데, 그들은 그가 선택한 이들을 하늘 이 끝에서 저 끝까지 사방에서 모을 것이다.)

새 술은 새 부대에

New wine is poured into fresh wineskins. 《마르코복음서》 제2장 18~22절 (마태오 9:14~17, 루카 5:33~39) '단식 논쟁─새것과 헌 것'에 나오는 말이다.

요한의 제자들과 바리사이들이 단식하고 있었다. 사람들이 예수님께 와서, "요한의 제자들과 바리사이의 제자들은 단식하는데, 선생님의 제자들은 어찌하여 단식하지 않습니까?" 하고 물었다. 예수님께서 그들에게 이르셨다. "혼인잔치 손님들이 신랑과 함께 있는 동안에 단식할 수야 없지 않으냐? 신랑이 함께 있는 동안에는 단식할 수 없다. 그러나 그들이 신랑을 빼앗길 날이 올 것이다. 그때에는 그들도 단식할 것이다. 아무도 새 천 조각을 헌 옷에 대고 깁지 않는다. 그렇게 하면 헌 옷에 대어 기운 새 헝겊에 그 옷이 당겨 더 심하게 찢어진다. 또한 아무도 새 포도주를 헌 가죽부대에 담지 않는다. 그렇게 하면 포도주가 부대를 터뜨려 포도주도 부대도 버리게 된다. 새 포도주는 새 부대에 담아야 한다(Likewise, no one pours new wine into old wineskins. Otherwise, the wine will burst the skins, and both the wine and the skins are ruined. Rather, new wine is poured into fresh wineskins)."

이 비유는 기존의 율법으로는 예수의 가르침을 이해할 수 없다는 말이다. 즉 생각의 틀을 바꾸지 않으면 새로운 사상이나 변화를 이해하기 힘들다는 말이다.

또 이것은 인류의 역사를 '도전과 응전'으로 바라본 영국의 역사학자 아널드 토인비(Arnold Joseph Toynbee)가 "역사를 이끌어가는 창조적 소수가 자신의 성공철학을 절대 진리로 믿은 나머지 새로운 도전에 과거의 방식으로만 대응하려고 하면 반드시 실패하여 역사 진보의 대열에서 떨어져나가게 된다."라고 한 말과도 일맥상통한다.

사실 새 포도주는 막 담근 것이기 때문에 발효 숙성시켜야 하는데, 이 과정에서 상당량의 가스가 발생한다. 옛날에는 병이 없었기 때문에 포도주를 가죽부대에 담았다. 그래서 가죽부대가 팽창하게 된다. 그런데 가죽부대는 한번 팽창하면 원상태로 돌아가지 않는다. 특히 오래된 헌 가죽부대는 이미 팽창의 한계에 다다라서 더 이상 늘어나지도 않는다. 그러므로 여기에 발효 숙성시켜야 할 새 포도주를 담게 되면 터져버릴 수밖에 없다.

양의 탈을 쓴 늑대

Wolf in Sheep's Clothing.《마태오복음서》제7장 15절(마르코 13:9~13, 루카 21:12~17) '열매를 보고 나무를 안다'에 나오는 말이다. 이는 '겉과 속이 다른 사람(a double-faced person)'을 일컫는데, wolf in a lamb's skin 으로 쓰기도 한다. 그리고 제10장

양의 탈을 쓴 늑대

16절 '박해를 각오하라'에 "Behold, I am sending you like sheep in the midst of wolves; so be shrewd as serpents and simple as doves(나는 이제 양들을 이리 떼 가운데로 보내는 것처럼 너희를 보낸다. 그러므로 뱀처럼 슬기롭고 비둘기처럼 순박하게 되어라)."라는 대목이 나온다. 전도의 길은 고난의 연속이 아니겠는가.

또한 이것은《이솝 우화》에서 가장 유명한 이야기 중 하나의 제목이기도 하다.

* Beware of false prophets, who come to you in sheep's clothing but underneath[inwardly] are ravenous wolves. (너희는 거짓 예언자들을 조심하여라. 그들은 양의 옷차림을 하고 너희에게 오지만 속은 게걸 든 이리들이다.)

너희 믿음이 약한 자들아

O You of little Faith. 《루카복음서》 제12장 28절(마태오 6:25~34) '세상 걱정과 하느님의 나라'에 나오는 말인데, 예수의 신성을 의심하는 신도들에게 한 말이다. 그래서 이 말은 누가 자신의 능력을 의심할 때 건네는 농담으로 자주 쓰인다.

* If God so clothes the grass in the field that grows today and is thrown into the oven tomorrow, will he not much more provide for you, O you of little faith. (오늘 들에 서 있다가도 내일이면 아궁이에 던져질 풀까지 하느님께서 이처럼 입히시거든, 너희야 얼마나 더 잘 입히시겠느냐? 이 믿음이 약한[적은] 자들아!)

우리가
자주 쓰는
라틴어
관용구

[A]

Absit omen 압시트 오멘
May this omen be absent 제발 그런 불길한 일이 없기를

A cappella 아 카펠라
Music in church style, i.e unaccompanied voices '성당풍으로'라는 뜻으로, 원래는 중
세 유럽에서 반주 없이 부르던 합창곡

A priori 아 프리오리
From what comes before 선험적인

Ad absurdum 아드 압수르둠
To the point of absurdity 불합리하게

Ad hoc 아드 호크
For this purpose 적격인, 특별한

Ad infinitum 아드 인피니툼
Without limit; endlessly 무한정한

Adios Amigo 아디오스 아미고
Good-bye, friend 친구여, 안녕

Ad nauseam 아드 나우세암
To a sickening extent 지겹도록

Ad rem 아드 렘
To the point 문제의 본질을 찔러[찌른], 요령 있게[있는], 적절히[한]

Ad rem mox nox 아드 램 목스 녹스
Get it done before nightfall 밤이 오기 전에 끝내자

Agnus Dei 아뉴스 데이
Lamb of God 하느님의 어린 양

Alea iacta est 알레아 약타 에스트
The die has been cast 주사위는 던져졌다

Alis volat propriis 알리스 볼라트 프로프리스

She flies with her own wings 자신의 날개로 난다

Alma Mater 알마 마테르
One's old school 모교

Alter ego 알테르 에고
Otheralternative self 또 다른 자아

Amicus ad adras 아미쿠스 아드 아드라스
A friend until one's death 죽을 때까지 친구

Amor vincit omnia 아모르 빈치트 옴니아
Love Conquers All 사랑은 모든 것을 극복한다

Anima Sana In Corpore Sano 아니마 사나 인 코르포레 사노
A sound mind in a sound body 건전한 육체에 건전한 정신이 깃든다; ASICS 스포츠
상품 명칭

Annus horribilis 아누스 호리빌리스
A horrible year 끔찍한 해

Ante victoriam ne canas triumphum 안테 빅토리암 네 카나스 트리움품
Do not sing your triumph before the victory 승리를 거두기 전에 승전가를 부르지
마라

Aqua pura 아쿠아 푸라
Pure water 증류수

Aqua vitae 아쿠아 비타이
Alcoholic spirit, e.g. brandy/whisky 생명수; 브랜디나 위스키 같은 알코올 증류주를
가리킨다

Ars longa, vita brevis 아르스 롱가, 비타 브레비스
Art is long, life is short 예술은 길고 인생은 짧다

Au pied de la lettre 아우 피에드 데 라 레트레
Literally 문자 그대로

Ave Maria 아베 마리아
Hail Mary 로마 가톨릭교의 성모송

[B]

Brevissima ad divitias per contemptum divitiarum via est 브레비시마 아드 디비티아스 페르 콘템프툼 디비티아룸 비아 에스트

The shortest road to wealth lies through the contempt of wealth 부자가 되는 지름길은 부를 멀리하는 것이다

Bellum omnium contra omnes 벨룸 옴니움 콘트라 옴네스

War of all against all 만인에 대한 만인의 투쟁

Bono malum superate 보노 말룸 수페라테

Overcome evil with good 선으로 악을 이겨라

[C]

Carpe diem 카르페 디엠

Seize the day 현재를 잡아라, 오늘을 즐겨라

Cave canem 카베 카넴

Beware of the dog 개조심

Caveat emptor 카베아트 엠프토르

Let the buyer beware 살 때 조심하라; 구매 물품의 하자 유무에 대해 구매자가 확인할 책임이 있다는 '구매자 위험 부담 원칙'

Canes timidi vehementius latrant quam mordent 카네스 티미디 베헤멘티우스 라트란트 쾀 모르덴트

Timid dogs bark more fiercely than they bite 겁이 많은 개들은 물기보다는 맹렬히 짖는다

Cogito ergo sum 코기토 에르고 숨

I think, therefore I am 나는 생각한다, 고로 존재한다

Corpus Christi 코르푸스 크리스티

The body of Christ 예수 그리스도의 육신; 삼위일체 대축일 후의 목요일에 성체에 대한 신앙심을 고백하는 성체 축일

Credo qvia absurdum 크레도 크비아 앱수르둠

I believe because it is absurd 나는 신이 불합리하기에 믿는다

[D]

De facto 데 팍토
In fact; In reality 사실상

Deferto neminem 데페르토 네미넴
Accuse no man 남을 탓하지 마라

Dei Gratia 데이 그라티아
By the grace of God 신의 은총으로; 정식 문서에서 왕호王號 뒤에 붙인다

De nihilo nihilum 데 니힐로 니힐룸
Nothing can be produced from nothing 무에서는 아무것도 생겨나지 않는다

Deo volente 데오 볼렌테
God willing 신의 뜻대로; 옛날에 편지의 끝에 넣는 수식어구

Deus vult 데우스 불트
God wills it 신이 그것을 원하신다

Dicta docta pro datis 딕타 독타 프로 다티스
Smooth words in place of gifts 고운 말은 선물을 대신한다

Dominus illuminatio mea 도미누스 일루미나티오 메아
The Lord is my light 주님은 나의 빛

Dum vita est, spes est 둠 비타 에스트, 스페스 에스트
While there's life, there's hope 생명이 있는 한 희망이 있다

[E]

E Pluribus Unum 에 플루리부스 우눔
One from many 여럿이 하나로

Ego spem pretio non emam 에고 스펨 프레티오 논 에맘
I do not buy hope with money 나는 희망을 돈으로 사지 않는다

Errare humanum est 에라레 후마눔 에스트
To err is human 인간이라면 실수도 할 수 있는 법이다

Et alii 에트 알리

And others et al 그리고 다른 사람들 등등

Et cetera(etc.) 에트 세테라

And the rest 기타 등등

Et tu, Brute 에트 투, 브루테

And you, Brutus 브루투스, 너 마저도

Ex libris 엑스 리브리스

'Out of the books', i.e. from the library ……의 장서에서; 책의 앞면에 책 주인 이름 앞에 붙이는 글귀

Experientia docet 엑스페리엔티아 도세트

Experience is the best teacher 경험이 최고의 선생이다

[F]

Fata regunt orbem! Certa stant omnia lege! 파타 레군트 오르벰! 케르타 스탄트 옴니아 레게!

The fates rule the world, all things exist by law 운명은 세상을 지배하고, 만물은 법칙에 따라 존재한다

Fele absente, mures saltant 펠레 압센테, 무레스 살탄트

While the cat's away, the mice will play 고양이가 없으면 쥐들이 날뛴다

Festina lente 페스티나 렌테

Hurry slowly 천천히 서둘러라; 급할수록 돌아가라

Frustra laborat qui omnibus placere studet 프루스트라 라보라트 퀴 옴니부스 플라세레 스투데트

He labors in vain who strives to please everyone 모든 사람의 마음에 들게 하려는 것은 헛수고다

Fuctu non foliis arborem aestima 푹투 논 폴리스 아르보렘 아이스티마

Judge a tree by its fruit, not by its leaves 나뭇잎이 아니라 열매를 보고 그 나무를 평가하라; 겉모습이 아니라 결과를 보고 판단하라

[G]

Gaudeamus, Igitur uvenes dum sumus 가우데아무스 이기투르 우베네스 둠 수무스

Let's rejoice, therefore, While we are young 그러므로 우리가 젊을 때 기뻐하자

Gloria in excelsis deo 글로리아 인 엑스켈시스 데오

Glory to God in the highest 지극히 높은 곳에서는 하느님께 영광

Gnothi seauton 그노티 세아우톤

Know yourself 너 자신을 알라

Gutta cavat lapidem 구타 카바트 라피뎀

Constant dripping wears the stone 물방울이 바위를 뚫는다

[H]

Habe ambitionem et ardorem 하베 암비티오넴 에트 아르도렘

Have ambition and passion 야망과 열정을 가져라

Habeas corpus 하베아스 코르푸스

You must have the body in court / writ of the protection of personal liberty 인신보호영장

Hic et nunc 히크 에트 눙

Here and now 여기 지금; 외교용어로는 '현 상황狀況하에서At the present time and place; in this particular situation'

Hic et ubique 히크 에트 우비쿼

Here and everywhere 여기나 어디에나, 도처에

Hic jacet sepultus 히크 야켓 세풀투스; H.J.S

Here lies buried 여기에 묻혀 잠들다

Hic Rhodus, hic salta! 히크 로두스, 히크 살타!

Here is Rhodes, jump here! 여기가 로두스다. 여기서 뛰어!

Hodie mihi, cras tibo 호디에 미히, 크라스 티보

It is my lot today, yours to-morrow 오늘은 나에게, 내일은 당신에게

[I]

Id est(i.e.) 이드 에스트
That is to say 즉, 말하자면

Igitur qui desiderat pacem, praeparet bellum 이기투르 퀴 데시데라트 파켐, 프래
파레트 벨룸
If you want peace, prepare for war 평화를 원하거든 전쟁을 준비하라

Imperaturus omnibus eligi debet ex omnibus 임페라투루스 옴니부스 데베트 엑
스 옴니부스
He who govern all men shall be chosen from among all men 만인을 통치할 사람은
만인 가운데서 선택되어야 한다

In absentia 인 압센티아
In one's absence 부재중에

In camera 인 카메라
In private chamber 개인 방 안에서, 즉 비공개로

In flagrante delicto 인 플라그란테 델릭토
In the act of committing an offence 현행범으로

In loco parentis 인 로코 파렌티스
In the place of a parent 부모 대신에

In vino veritas 인 비노 베리타스
In wine [there is the] truth 술 속에 진리가 있다

In vitro 인 비트로
In a test tube 체외[시험관]에서 진행되는

Ipsa scientia potestas est 입사 스키엔티아 포테스타스 에스트
Knowledge itself is power 지식은 그 자체가 힘이다

Ipso facto 입소 팍토
By that very fact 앞에서 언급한 그 사실 때문에

Ira brevis furor est 이라 브레비스 프로르 에스트
Wrath is but a brief madness 분노는 한낱 미친 짓에 지나지 않는다

Ira deorum 이라 데오룸

wrath of the gods 신의 분노

Iram qui vincit, hostem syperat maximum 이람 퀴 빈키트, 호스템 시페라트 막시뭄

He who overcomes the wrath is to defeat the biggest enemy 분노를 이기는 자는 최대의 적을 극복하는 것이다

[L]

Leges sine moribus vanae 레게스 시네 모리부스 바나이

Lacking moral sense, laws are in vain 도덕 없는 법은 쓸모가 없다

Letum non omnia finit 레툼 논 옴니아 피니트

Death does not end it all 죽음이 모든 것을 끝내는 것은 아니다

Lucete 루케테

To shine 밝게 빛나라

Lumen Gentium 루멘 겐티움

Light of the Nations 나라의 빛

Lumen in caelo 루멘 인 카일로

Light in the Sky 하늘에서의 빛

Lupus pilum mutat, non mentem 루푸스 필룸 무타트, 논 멘템

A wolf can change his coat but not his character 늑대는 털은 바꿔도 마음은 못 바꾼다

[M]

Medicus curat, natura sanat 메디쿠스 쿠라트, 나투라 사나트

The doctor treats, the nature cures 의사는 치료하고, 자연은 치유한다

Magnum opus 마그눔 오푸스

A great work 대작

Manus manum lavat 마누스 마눔 라파트

One hand washes the other 한 손이 다른 손을 씻는다

Mea culpa 메아 쿨파
My fault 내 탓이오

Memento mori 메멘토 모리
Remember death 죽는다는 것을 기억하라

Mens et Manus 멘스 에트 마누스
Mind and Hand 마음과 손

Mens sana in corpore sana 멘스 사나 인 코르포레 사나
A sound mind in a sound body 건전한 정신은 건전한 육체에 깃든다

Modus operandi(M.O.) 모두스 오페란디
Mode of operating 작동 모드

Mors innotescit repedante latrone per horas 모르스 인노테스키트 레펜단테 라트
로네 페르 호라스
Death is coming back every hour appear like a flock of bandits 죽음은 매 시간마다 다
시 돌아오는 도적떼처럼 나타난다

Mors sola 모르스 솔라
The only death 죽을 때까지 한 몸

Mortui vivos docent 모르투이 비보스 도켄트
The dead teach the living 죽음이 삶을 가르친다

Mortuo leoni et lepores insultant 모르투오 레오니 에트 레포레스 인술탄트
The lion dies and even the hares insult him 죽은 사자는 토끼마저 깔본다

Multa fidem promissa levant 물타 피뎀 프로미사 레반트
Many promises lessen confidence 약속이 많으면 믿음이 떨어진다

Multum non multa 물툼 논 물타
Not many things, but much 많게가 아니라 깊게

Multi multa, nemo omnia novit 물티 물타, 네모 옴니아 노비트
Many know many things, but No one Knows it All 많은 것을 아는 사람은 많지만, 모
든 것을 아는 사람은 없다

Mundus vult decipi, ergo decipiatur 문두스 불트 데키피, 에르고 데키피아투어

The world wants to be deceived, so let it be deceived 세상은 속아 넘어가려 한다. 고로 그 세상은 속아 넘어간다

[N]

Ne quid nimis 네 퀴드 니미스

All things in moderation 무슨 일이든 지나치지 않게

Nemo sine vitio est 네모 시네 비티오 에스트

No one is without fault 결점 없는 사람은 아무도 없다

Nihil lacrima citius arescit 니힐 라크리마 키티우스 아레키트

Nothing dries more quickly than a tear 눈물보다 빨리 마르는 것은 없다

Nunc est bibendum 눙 에스트 비벤둠

Now is the time to drink 이제 술을 마실 때가 되었다

[O]

Omne initium difficile est 옴네 이니티움 디피킬레 에스트

Beginnings are always hard 처음은 항상 어렵다

Omne trinum perfectum 옴네 트리눔 페르펙툼

Every combination of three is perfect; All good things go by threes 3으로 이루어진 모든 것은 완벽하다

Omnia vincit amor 옴니아 빈키트 아모르

Love Conquers All 사랑은 모든 것을 극복한다

Omniae viae quae ad romam duxerunt 옴니에 비에 퀘 아드 로맘 둑세룬트

All roads lead to Rome 모든 길은 로마로 통한다; 같은 목표에 도달하는 데 많은 다른 길이 있다

Omnibus requiem quaesivi, et nusquam inveni in angulo cum libro 옴니부스 레퀴엠 퀘시비, 에트 누스쾀 인베니 인 앙굴로 쿰 리브로

Everywhere I have searched for peace and nowhere found it, except in a corner with a book 이 세상 도처에서 쉴 곳을 찾아보았으나, 책이 있는 구석방보다 더 나은 곳은 없다

Opus Dei 오푸스 데이
The work of God 신의 작품

[P]

Pax Romana 팍스 로마나
Roman peace 로마의 평화

Per ardua ad astra 페르 아르돠 아드 아스트라
Through difficulties to the stars 역경을 헤치고 별을 향하여

Per fumum 페르 푸뭄
By means of smoke 연기를 통해서; 향수의 어원

Plus ratio quam vis 플루스 라티오 쾀 비스
Reason means more than power 이성은 힘보다 강하다

Post partum 포스트 파르툼
After childbirth 아이를 낳은 뒤의

Potius sero quam numquam 포티우스 세로 쾀 눔쾀
Better Late Than Never 안 하는 것보다는 늦게라도 하는 것이 낫다

Praemonitus, praemunitus 프라이모니투스 프라이무니투스
Forewarned is forearmed 경계가 곧 경비이다; 유비무환

Prima facie 프리마 파키에
At first sight; on the face of it 처음 볼 때는; 언뜻 보기에 증거가 확실한

Pro bono publico 프로 보노 푸블리코
Without charge－for the public good 공익을 위해 무료로; 자신이 사회에서 익힌 재능, 즉 기술이나 지식을 사회나 공공의 목적을 위해 제공하는 자원봉사활동. 미국에서는 주로 변호사들이 사회적 약자에게 무료로 제공하는 법률서비스를 지칭

[Q]

Quamlibet 쾀리베트

As much as you wish 필요한 만큼, 마음대로

Quid pro quo 퀴드 프로 쿠오

Something for something 보상으로 주는 것; 오는 게 있어야 가는 게 있다

Quid rides? motato nomine de te fabla narratur 퀴드 리데스? 모타토 노미네 데 테 파불라 나라투르

Why are you laughing? Change the name and the story is about you 뭘 웃나, 이름만 바꾸면 당신 이야긴데

Quo vadis 쿠오바디스

Where are you going 주여 어디로 가시나이까

[R]

Ratias tibi agit res publica 라티아스 티비 아기트 레스 푸블리카

The state should thank you 국가는 그대에게 감사한다

Requiescat in pace 레퀴에스카트 인 파케

Rest in peace 편히 잠드시오

Respice finem 레스피케 피넴

Look to the end [consider the outcome] 결과를 생각하라

Res, non verba 레스, 논 베르바

Facts instead of words 말만이 아닌 사실; Action, not words 말이 아닌 행동

Rigor mortis 리고르 모르티스

The rigidity of death 죽음의 엄격함

Roma non uno die aedificata est 로마 논 우노 디에 아이디피카타 에스트

Rome was not built in a day 로마는 하루아침에 이루어지지 않았다

[S]

Sanctus, nullus repentini honoris, adeo non principatus appetens 상투스, 눌루스 레펜티니 호노리스, 아데오 논 프린키파투스 아페텐스

Wise men do not covet the position of sudden fame and the best 현자는 갑작스러운 명예나 최고의 지위를 탐내지 않는다

Si vis vitam, para mortem 시 비스 비탐, 파라 모르템

If you want to endure life, prepare yourself for death 삶을 원하거든 죽음을 준비하라

Suaviter in modo, fortiter in re 수아비테르 인 모도, 포르티테르 인 레

Resolute in execution, gentle in manner 행동은 꿋꿋하게, 태도는 부드럽게

Semper apertus 셈페르 아페르투스

Always open 언제나 열려 있는

Scientia est potentia 스키엔티아 에스트 포텐티아

Knowledge is power 아는 것이 힘이다

Si me amas, serva me 시 메 아마스, 세르바 메

If you love me, save me 나를 사랑한다면 나를 구원해

Sine qua non 시네 콰 논

Indispensable 필요불가결한

Sit vis tecum 시트 비스 테쿰

May the Force be with you 힘이 너와 함께하길

Solum omnium lumen 솔룸 옴니움 루멘

The Sun shines everywhere 태양의 빛은 모든 곳을 비춘다

Sperandum est infestis 스페란둠 에스트 인페스티스

Keep hope alive when it is difficult 어려울 때 희망을 가져라

Spero Spera, Dum spiro spero 스페로 스페라, 둠 스피로 스페로

While I breathe, I hope 숨 쉬는 한 희망은 있다

Spes agit mentum 스페스 아기트 멘툼

Hope will stimulate the mind 희망은 정신을 자극한다

Status quo 스타투스 쿠오
The current state of affairs 현재의 상태, 현상 유지

Sub judice 수브 유디케
Before a court 미결상태, 소송 사건의 심리 중인

Sustine et abstine 수스티네 에트 압스티네
Sustain and abstain 참아라. 그리고 절제하라

[T]

Taedium vitae 타에디움 비타에
Pessimism 삶의 권태, 염세

Tempus edax rerum 템푸스 에닥스 레룸
Time, the devourer of all things 모든 것을 잡아먹는 시간

Tempus fugit 템푸스 푸기트
Time flees 시간은 흐른다

Terra firma 테라 피르마
Solid ground; Solid earth 하늘과 바다와 대비되는 육지, 대지

[U]

Ubiquitous 우비퀴토우스
Existing or being everywhere at the same time 언제 어디서나 동시에 존재한다

Urbi et orbi 우르비 에트 오르비
To the city and to the globe[world] [로마] 도시와 전 세계에게

[V]

Vade in pace 바데 인 파케
Go in peace 편히 가시오

Vade retro Satanas 바데 레트로 사타나스
Go back, Satan 사탄아 물러가라

Veni vidi vici 베니 비디 비키
I came, I saw, I conquered 왔노라, 보았노라, 이겼노라

Verba volant, scripta manent 베르바 볼란트, 스크립타 마넨트
Spoken words fly away, written words remain 말은 날아가지만 글은 남는다

Veritatis lumen 베리타티스 루멘
The Light of Truth 진리의 빛

Veritas lux mea 베리타스 룩스 메아
The truth is my light 진리는 나의 빛

Veritas omnes mortales alligati 베리타스 옴네스 모르탈레스 알리가티
The truth shall be binding upon all people 진리는 모든 사람을 구속한다

Vice versa 비세 베르사
The other way around 거꾸로도 반대로도 마찬가지

Vivat Regina 비바트 레기나
Long live the queen 여왕 폐하 만세

Vox populi vox dei 폭스 포풀리 폭스 데이
The voice of the people is the voice of the God 민중의 소리는 신의 소리

[X]

Xitus acta probat regulam 크시투스 악타 프로바트 레굴람
The result justifies the actions 결과는 행위를 정당화한다

| 찾아보기 |

본래 뜻을 찾아가는 우리말 나들이
알아두면 잘난 척하기 딱 좋은 **우리말 잡학사전**

'시치미를 뗀다'고 하는데 도대체 시치미는 무슨 뜻? 우리가 흔히 쓰는 천둥벌거숭이, 조바심, 젬병, 쪽도
못 쓰다 등의 말은 어떻게 나온 말일까? 강강술래가 이순신 장군이 고안한 놀이에서 나온 말이고, 행주치
마는 권율장군의 행주대첩에서 나온 말이라는데 그것이 사실일까?
이 책은 이처럼 우리말이면서도 우리가 몰랐던 우리말의 참뜻을 명쾌하게 밝힌 정보 사전이다. 일상생활
에서 자주 쓰는 데 그 뜻을 잘 모르는 말, 어렴풋이 알고 있어 엉뚱한 데 갖다 붙이는 말, 알고 보면 굉장히
험한 뜻인데 아무렇지도 않게 여기는 말, 그 속뜻을 알고 나면 '아하!'하고 무릎을 치게 되는 말 등 1,045
개의 표제어를 가나다순으로 정리하여 본뜻과 바뀐 뜻을 밝히고 보기글을 실어 누구나 쉽게 읽고 활용
할 수 있도록 하였다.

이재운 외 엮음 | 인문·교양 | 552쪽 | 33,000원

역사와 문화 상식의 지평을 넓혀주는 우리말 교양서
알아두면 잘난 척하기 딱 좋은 **우리말 어원사전**

이 책은 우리가 무심코 써왔던 말의 '기원'을 따져 그 의미를 헤아려본 '우리말 족보'와 같은 책이다. 한글
과 한자어 그리고 토착화된 외래어를 우리말로 받아들여, 그 생성과 소멸의 과정을 추적해 밝힘으로써 올
바른 언어관과 역사관을 갖추는 데 도움을 줄 뿐 아니라, 각각의 말이 타고난 생로병사의 길을 짚어봄으로
써 당대 사회의 문화, 정치, 생활풍속 등을 폭넓게 이해할 수 있는 문화 교양서로 구실을 톡톡히 하는 책이다.

우리가 흔히 쓰는 말들이 어떠한 배경에서 탄생하여 어떤 변천과정을 거쳤는지 살펴보는 작업은 그 자체
로도 의미 있는 일이지만, 과거 선조들이 살았던 시대의 관습과 사회상, 선조들이 겪었던 아픔을 보여준
다는 점에서도 의미가 크다.

이재운 외 엮음 | 인문·교양 | 552쪽 | 33,000원

베스트셀러 작가가 알려주는 창작노트
알아두면 잘난 척하기 딱 좋은 **에피소드 잡학사전**

이 책은 215여 권의 시집을 출간하고 에세이를 출간하여 수백만 독자들을 매료시킨 베스트셀러작가인
용혜원 시인의 창작 노하우가 담긴 에피소드 잡학사전이다. 창작자에게 영감과 비전을 샘솟게 하는 정
보와 자료의 무한한 저장고로서 역할을 하며, 다양한 주제와 스토리로 구성된 창작 노하우를 담고 있다.

<창작자들을 위한 에피소드 백과사전>은 재미난 주제의 스토리와 그와 관련된 영화 대사나 명언 그리
고 시 한 편으로 고급스러운 대화와 이야기를 풀어나가도록 구성되었다. 이 책은 강사들이나 새로운 세
계를 창조해 내는 창작자들에게 아이디어와 창의력을 샘솟게 하는 자료들이 창고의 보물처럼 쌓여 있다.

용혜원 지음 | 인문·교양 | 512쪽 | 32,000원

영단어 하나로 역사, 문화, 상식의 바다를 항해한다

알아두면 잘난 척하기 딱 좋은 영어잡학사전

이 책은 영단어의 뿌리를 밝히고, 그 단어가 문화사적으로 어떻게 변모하고 파생 되었는지 친절하게 설명해주는 인문교양서이다. 단어의 뿌리는 물론이고 그 줄기와 가지, 어원 속에 숨겨진 에피소드까지 재미있고 다양한 정보를 제공함으로써 영어를 느끼고 생각할 수 있게 한다.

영단어의 유래와 함께 그 시대의 역사와 문화, 가치를 아울러 조명하고 있는 이 책은 일종의 잡학사전이기도 하다. 영단어를 키워드로 하여 신화의 탄생, 세상을 떠들썩하게 했던 사건과 인물들, 그 역사적 배경과 의미 등 시대와 교감할 수 있는 온갖 지식들이 파노라마처럼 펼쳐진다.

김대웅 지음 | 인문·교양 | 452쪽 | 27,000원

신화와 성서 속으로 떠나는 영어 오디세이

알아두면 잘난 척하기 딱 좋은

신화와 성서에서 유래한 영어표현사전

그리스·로마 신화나 성서는 국민 베스트셀러라 할 정도로 모르는 사람이 없지만 일상생활에서 흔히 쓰이고 있는 말들이 신화와 성서에서 유래한 사실을 아는 사람은 많지 않다. <신화와 성서에서 유래한 영어표현사전>은 신화와 성서에서 유래한 영단어의 어원이 어떻게 변화되어 지금 우리 실생활에 어떻게 쓰이는지 알려준다.

읽다 보면 그리스·로마 신화와 성서의 알파와 오메가를 꿰뚫게 됨은 물론, 이들 신들의 세상에서 쓰인 언어가 인간의 세상에서 펄떡펄떡 살아 숨쉬고 있다는 사실에 신비감마저 든다.

김대웅 지음 | 인문·교양 | 320쪽 | 19,800원

흥미롭고 재미있는 이야기는 다 모았다

알아두면 잘난 척하기 딱 좋은 설화와 기담사전1, 2

판타지의 세계는 언제나 매력적이다. 시간과 공간의 경계도, 상상력의 경계도 없다. 판타지는 동서양을 가릴 것 없이 아득한 옛날부터 언제나 우리 곁에 있어왔다.

영원한 생명력을 자랑하는 신화와 전설의 주인공들, 한끗 차이로 신에서 괴물로 곤두박질한 불운의 존재들, '세상에 이런 일이?' 싶은 미스터리한 이야기, 그리고 우리들에게 너무도 친숙한(?) 염라대왕과 옥황상제까지, 시공간을 종횡무진하는 환상적인 이야기가 펼쳐진다.

이 책은 실체를 알 수 없고 현실감이 없는 상상의 존재들은 어떻게 태어났고 우리의 삶 속에 살아 있는 것일까? 인간의 욕망이 만들어 낸 판타지의 주인공들이 시공간을 종횡무진하는 환상적인 이야기를 펼쳐놓은 설화와 기담, 괴담들을 모아놓았다.

이상화 지음 | 인문·교양 | 1권 360쪽, 2권 376쪽 | 각권 22,800

신과 종교, 죽음과 신화의 기원에 대한 아주 오래된 화두

알아두면 잘난 척하기 딱 좋은 **신의 종말**

'신은 존재할까, 허구일까? 신은 정말 존재하는 것일까?' 이는 인류 역사에서 가장 오래된 질문이다. 물론 지금까지도 신의 존재를 증명할 방법은 없다. 니체는 '신은 죽었다'고 했다. 곧 신은 있었지만, 의미를 상실하고 사라졌다고 생각한 것일까?

이 책에서는 그 물음을 찾아 신과 종교의 오리진(Origin)을 긁어내려 한다. 종교는 어떻게 탄생해 어떤 진화 과정을 거쳤는지, 그리고 신과 과학의 만남은 어떻게 이루어졌는지 믿음을 생물학적 유전자를 캐내며 인간의 종말과 신의 종말을 예견한다. 그래서 마지막 남은 환상인 유토피아를 찾아내어 존재하지 않는 것으로부터 위안을 받는 인간을 보여준다.

이용범 지음 | 인문·교양 | 596쪽 | 28,000원

인간은 왜 딜레마에 빠질까?

알아두면 잘난 척하기 딱 좋은 **인간 딜레마**

인간의 행동과 선택에 대한 궁금증을 풀어주는 진화심리학적 인문서. 이 책은 소설가이자 연구자인 이용범이 풀어내는 인간 딜레마, 시장 딜레마, 신 딜레마로 이어지는 인류문화해설서 중 첫 번째이다. 딜레마를 품은 존재인 인간이 어떤 기준에서 진화하고 생존하며 판단하는지를 여러 학설의 실험과 관찰 및 연구를 통해 보여준다.

전체 3부 구성으로 1부에서는 일반적인 선택의 문제를, 2부에서는 도덕의 기제가 작동하는 원리와 사회적 존재로서의 문제를, 3부에서는 남성과 여성의 입장에서 유전적 본성과 충돌하면서도 유지되고 있는 인류의 짝짓기 문화와 비합리성 문제를 살펴본다.

이용범 지음 | 인문·교양 | 462쪽 | 25,000원

엄연히 존재했다가 사라진 것들을 찾아가는 시간여행

알아두면 잘난 척하기 딱 좋은 **사라진 것들**

이 세상에 사라지지 않는 것은 아무것도 없다. 이 세상의 모든 생명체는 태어나서 융성하다가 언젠가는 반드시 사라진다. 그것이 자연의 섭리다. 모든 것은 시대 변화와 발전에 따라 사라지고 새로운 것이 등장하기를 되풀이한다.

이 책《사라진 것들》은 제목 그대로 우리 삶과 공존하다가 사라진 것들을 다루었다. 삶 자체가 사라짐의 연속이므로 모든 것을 기록으로 남길 수는 없어서, 나름의 기준을 가지고 '사라진 것들'을 간추렸다. 먼저 우리가 경험했던 국내에서 사라진 것들은 대부분 잘 알려진 것들이어서 제외하고, 세계적으로 관심이 컸던 것 중에서 선별해 보았다.

이상화 지음 | 인문·교양 | 400쪽 | 19,800원

엉뚱한 실수와 기발한 상상이 창조해낸 인류의 유산

알아두면 잘난 척하기 딱 좋은 **최초의 것들**

우리는 무심코 입고 먹고 쉬면서, 지금 우리가 누리는 그 모든 것이 어떠한 발전 과정을 거쳐 지금의 안락하고 편안한 방식으로 정착되었는지 잘 알지 못한다. 하지만 세상은 우리가 미처 생각지도 못한 사이에 끊임없이 기발한 상상과 엉뚱한 실수로 탄생한 그 무엇이 인류의 삶을 바꾸어왔다.

이 책은 '최초'를 중심으로 그 역사적 맥락을 설명하는 데 주안점을 두었다. 아울러 오늘날 인류가 누리고 있는 온갖 것들은 과연 언제 어디서 어떻게 시작되었는지, 그것들은 어떤 경로로 전파되었는지, 세상의 온갖 것들 중 인간의 삶을 바꾸어놓은 의식주에 얽힌 문화를 조명하면서 그에 부합하는 250여 개의 도판을 제공해 읽는 재미와 보는 재미를 더했다.

김대웅 지음 | 인문·교양 | 552쪽 | 31,000원

그리스·로마 시대 명언들을 이 한 권에 다 모았다

알아두면 잘난 척하기 딱 좋은 **라틴어 격언집**

그리스·로마 시대 명언들을 이 한 권에 다 모았다
그리스·로마 시대의 격언은 당대 집단지성의 핵심이자 시대를 초월한 지혜다. 그 격언들은 때로는 비수와 같은 날카로움으로, 때로는 미소를 자아내는 풍자로 현재 우리의 삶과 사유에 여전히 유효하다.

이 책은 '암흑의 시대(?)'로 일컬어지는 중세에 베스트셀러였던 에라스뮈스의 <아다지아(Adagia)>를 근간으로 한다. 그리스·로마 시대의 철학자, 시인, 극작가, 정치가, 종교인 등의 주옥같은 명언들에 해박한 해설을 덧붙였으며 복잡한 현대사회를 헤쳐나가는 데 지표로 삼을 만한 글들로 가득하다.

데시데리위스 에라스뮈스 원작 | 김대웅·임경민 옮김 | 인문·교양 | 352쪽 | 19,800원

악은 의외로 평범함 속에 숨어 있다!

알아두면 잘난 척하기 딱 좋은 **악인의 세계사**

이 책은 유사 이래로 저질러진 수많은 악행들 가운데 그것이 세계사에 미친 영향을 조명하는 한편, 각 시대마다 사회를 불안과 공포에 몰아넣은 악인들의 극악무도한 악행을 들여다본 책이다. 권력 때문에, 돈 때문에 저지른 참혹하고 가공할 만한 악행들이 사회와 국가를 뒤흔들면서 어떻게 역사의 흐름을 바꾸어 놓았는지, 오늘날 인류의 삶에 어떤 영향을 미쳤는지 따라가본다.

아울러 인간이 어디까지 잔인해질 수 있는지, 그 악행의 심리 밑바닥에 도사리고 있는 것은 무엇인지 다시 한 번 생각하게 한다. 우리 옆 가까이에서 모습을 감춘 채 득실대는 악인들의 존재는 우리를 언제 어떻게 무슨 방법으로든 그들의 세계로 끌어들일지도 모른다. 그들과 맞서는 것을 두려워하지 않을 때 우리는 그들의 악행을 멈추게 할 수 있다.

이상화 지음 | 인문·교양 | 378쪽 | 22,800원

세계 최초의 백과사전

교양인을 위한 **플리니우스 박물지**

플리니우스의『박물지』는 77년에 처음 10권이 출판되었고, 나머지는 사후에 조카인 소(少)플리니우스가 출판한 것으로 추정된다. 플리니우스는『박물지』에서 천문학, 수학, 지리학, 민족학, 인류학, 생리학, 동물학, 식물학, 농업, 원예학, 약학, 광물학, 조각작품, 예술 및 보석 등과 관련된 약 2만 개의 항목을 많은 문헌을 참조해 상세하게 기술할 뿐만 아니라 풍부한 풍속적 설명과 이용 방식 등을 곁들여 설명하고 있다. 따라서 이 저작은 구체적인 사물에 관한 단순한 지식을 뛰어넘어 고대 서양 문화를 이해하는 데 중요한 참고문헌으로 쓰이고 있다. 플리니우스의『박물지』는 과학사와 기술사에서의 가치뿐만 아니라 고대 로마 예술에 대한 자료로서 미술사적으로 귀중한 자료로 고대 그리스·로마 시대의 예술에 대한 지식을 담은 서적으로 이『박물지』가 유일하다.

플리니우스 원작 | 존 S. 화이트 엮음 | 서경주 번역 | 인문·교양 | 608쪽 | 39,000원

세계 각 지역의 기이한 풍속들을 간추린 이색적 풍속도

알아두면 잘난 척하기 딱 좋은 **기이하고 괴이한 세계 풍속사**

이 책은 세계 각 지역의 그러한 독특하고 괴상하고 기이한 풍속들을 간추려 이색적인 풍속, 특이한 성 풍속, 정체성이 담긴 다양한 축제, 자신들의 삶이 담긴 관혼상제, 전통의상으로 나누었다. 민족들 사이에 소통이 거의 없었던 고대(古代)에서 중세에 이르는 시기에 충격적이고 엽기적인 풍속이나 풍습이 훨씬 더 많다. 그러나 그것들이 대부분 사라졌기 때문에 되도록 오늘날에도 전통성이 이어지는 풍속들을 소개하려고 노력했다. 어느 민족의 풍속이든 그것은 인류문화의 원형이다. 하지만 시대와 환경 그리고 종교의 변화에 따라 영원히 사라지기도 하고, 다른 민족의 그것들과 결합하고 융합하면서 새로운 풍속이 탄생한다. 그것은 생존에 적응하려는 진화이기도 하다. 이 책에서는 그러한 인류의 삶을 살펴봄으로써 우리의 인문, 교양을 함양시키는 데 큰 도움이 될 것이다.

이상화 지음 | 인문·교양 | 408쪽 | 25,000원

전 세계의 샤머니즘 자취와 흔적을 찾는 여정

알아두면 잘난 척하기 딱 좋은 **샤머니즘의 세계**

샤머니즘은 관념이 아니라 실질적인 삶의 방식이자 일종의 종교 행위라고 할 수 있다. 많은 사람들이 샤머니즘을 섣불리 미신으로 치부하면서 그에 대한 탐구를 소홀히 한 탓에 그에 대한 다양하고 풍부한 정보를 접하는 게 쉽지 않다. 이 책『샤머니즘의 세계』에서는 샤머니즘의 본질과 근원을 비롯해 우리가 제대로 알지 못하는 샤머니즘에 대한 올바른 지식을 전하고자 한다.

샤머니즘은 흔적은 전 세계에 걸쳐 남아 있고 현재도 실질적인 샤먼이 여러 형태로 존재하고 있다.『샤머니즘의 세계』에서는 샤먼과 샤머니즘의 이해를 위한 각종 정보를 제공하고 샤먼의 종류, 샤머니즘의 제례의식 등을 살펴본다. 인류의 오랜 종교적 문화를 담고 있는 샤먼과 샤머니즘의 세계를 엿볼 수 있는 기회이다.

이상화 지음 | 인문·교양 | 328쪽 | 18,800원